LIVIA PIPES

Der Elternfänger

LIVIA PIPES

Der Elternfänger

Thriller

Vorbemerkungen

Jede Ähnlichkeit mit lebenden oder toten Personen sowie realen Geschehnissen ist rein zufällig und nicht beabsichtigt.

ISBN: 978-1519124142

„Der Elternfänger“
by Livia Pipes

Kirstin Krause
Enzstraße 23, 71706 Markgröningen
Kirstin.Maria.Krause@gmail.com

Titelfoto: Colourbox.de

Printed in Germany by Amazon Distribution GmbH, Leipzig

*„Aus der tiefsten Sehnsucht
entsteht oft der tödlichste Hass.“*

Sokrates

1

USA – Nevada
Freitag, 7.08.2015

Das kleine Mädchen hielt es nicht mehr aus. »Jetzt kommt! Schnell! Ich mache mir gleich in die Hose!« Melody lief mit zusammengekniffenen Beinen ein paar Meter voraus und sah sich dabei immer wieder verzweifelt nach ihren Eltern um.

Ihre Mutter Cassandra lachte bei dem Anblick ihrer sechsjährigen Tochter. »Dann lauf doch schon vor zum Klo, aber fass' nichts an und setz' dich bloß nicht auf die Brille!«

»Okay!«, rief Melody ihren Eltern zu und lief mit wippenden Zöpfen weiter, bis sie bei dem Klohäuschen am Parkplatz des Valley of Fire State Parks ankam. Sie öffnete die metallene Tür und sah sich um. Ihre Mutter hatte sie schon von klein an gelehrt, wie sie sich auf öffentlichen Klos verhalten sollte. Dieses hier kam ihr ziemlich sauber vor. Es lag weder Klopapier herum, noch war die Brille vollgepinkelt. Aber dieser Gestank und die Fliegen! Melody rümpfte die Nase. Erleichtert zog sie ihr Kleid hoch und die rosa geblümte Unterhose herunter. Dann hockte sie sich ein wenig nach vorn gebeugt über die Schüssel, die zum Glück nicht so hoch war, und pinkelte. Sie horchte, wie die Tropfen unten auftrafen. Es klang dumpf. Als sie fertig war ließ sie das Klopapier durch die Öffnung nach unten segeln. Durch ein eingebautes Deckenfenster aus Kunststoff fielen helle Strahlen genau in das dunkle Loch, und Melody wagte neugierig einen Blick in die stinkende Masse.

Was sie sah, ließ sie zuerst stutzen. Dann kreischte sie aus vollem Hals, lief in Richtung Tür und stürzte ihren Eltern draußen vor die Füße.

Cassandra fasste sich vor Schreck ans Herz. »Oh, mein Gott. Melody! Warum schreist du? Was ist denn passiert?« Sie beugte sich herunter und strich ihrer Tochter besorgt über das braune Haar.

»Da liegt ein Kopf im Klo! Mitten in der Schei...!«

»Stopp, mein Fräulein!« Matthew, Melodys Vater, schrie seine Tochter wütend an. »Was redest du da für einen Quatsch, Mel? Und in welchem Ton! So etwas will ich nicht hören! Das weißt du!«

»Ich habe aber recht!«, schrie sie zurück. Die Augen der Kleinen füllten sich mit Tränen.

Matthew war genervt und schüttelte den Kopf. »Was soll denn das jetzt, Cassandra? Ist das wieder eine von ihren Spinnereien?«

Seine Frau sah ihn missbilligend an. Dann ging sie in die Hocke. »Schatz! Hast du dir das mal wieder ausgedacht?«

Melody beruhigte sich langsam und verfolgte mit ihrem Blick ihren Vater, der nun selber in das Haus ging. Laut schluchzend hob sie den Arm und zeigte mit dem Finger in Richtung Klo. »Ich hab es doch schon gesagt, Mama! Da liegt ein Kopf im ...«

In diesem Moment stolperte Matthew würgend aus dem Toilettenhaus und übergab sich direkt neben seiner Frau.

Zwei Stunden später. Das Telefon auf seinem Schreibtisch klingelte schrill und laut. »Nein, bitte nicht!«, stöhnte Nathanael Porter. Er musste dieses Telefon unbedingt leiser einstellen. Diese miesen Kopfschmerzen, die ihn wie ein lästiges Insekt seit Stunden quälten, brachten ihn fast um! Seinen Kopf auf einen Arm gestützt, ging er ran.

»FBI-Außenstelle Las Vegas. Sie sprechen mit Special-Agent Porter.« Er hörte zu. »Richtig. O'Brian ist zur Zeit im Urlaub. Momentan bin ich hier der stellvertretende Dienstleiter.«

Während er diese Tatsache dem Division Chief gegenüber aussprach, wurde ihm bewusst, wie viel Verantwortung er gerade inne hatte. O'Brian hatte ihm vor seinem Urlaub, wegen der vielen Sauferei, die Pistole auf die Brust gesetzt. Würde er in dieser Woche versagen, hätte das weitreichende Konsequenzen. Versetzung, Degradierung – im Prinzip war alles möglich. Er hatte nur diese eine letzte Bewährungschance! Der Gedanke ließ ihn unbewusst seinen Körper straffen, er setzte sich aufrecht hin und hörte weiter zu.

»Äußerst bestialisch?« Porter griff nach seinem Notizblock und schrieb eine Adresse und einen Namen auf. »Ja. Gut. Habe ich notiert. Und sind die Crime Scene Technicians schon vor Ort?« Er sah auf die große Bürouhr an der Wand gegenüber. *Wo bleibt Joe nur?* »In Ordnung. Wir sind so gut wie auf dem Weg ... Bye!« Er legte auf, stöhnte und fuhr sich dabei mit den Händen durch seine Afromähne.

In dem Moment knallte ihm sein Kollege Joe Villano unsanft einen übervollen Kaffeebecher auf den Schreibtisch.

»Hey! Was soll das?« Porter warf kurz einen wütenden Blick auf Villano, zupfte ein Kleenex aus der Box und tupfte ein paar daneben gegangene Tropfen weg.

Villano guckte ihm amüsiert dabei zu. »Sonst machen dir Flecken doch auch nichts aus. Guck dir mal dein T-Shirt an! Voll davon!«

Porter sah an sich herunter und entdeckte tatsächlich in Brusthöhe zwei große Fettflecken. *Mist!* Er sah zu Villano, der gerade sein leichtes beigefarbenes Sommerjackett sorgfältig über die Rückenlehne seines Stuhls hängte, und sich in einem blütenweißen, gebügelten Hemd Porter gegenübersetzte.

Villano machte gleich mit dem nächsten Spruch weiter. »Mann, siehst du scheiße aus, mein Freund!

Bei einem Weißen würde ich sagen, du siehst blass aus, aber das funktioniert ja bei dir nicht.« Dann beugte er sich in Richtung seines Kollegen, dessen Schreibtisch seinem direkt gegenüber stand und schnupperte provozierend in den Raum. »Sag mal, riechst du das auch? Irgendwie riecht es nach Alkohol, oder?«

Porter ignorierte den Angriff, sah Villano an, schlug einmal kurz die Augen zu und schnaufte. *Und wenn schon, dann sehe ich eben scheiße aus und rieche nach Bourbon. Was geht es dich an! Hättest du die Schuld, die ich mit mir trage …* Seine Gedanken schweiften blitzschnell ab, zu dem Tag, an dem seine kleine Schwester wegen seiner Unachtsamkeit im Alter von drei Jahren in der Badewanne ertrank. *Ach, lass es!,* stoppte er sich selbst. Er musste das jetzt ausblenden!

Er nahm den Kaffee und erhob sich. »Komm! Wir haben einen Fall. Das Police-Department braucht uns!«

Villano protestierte. »Hey, Nat! Um was …«

Porter schnappte sich seine schwarze Sonnenbrille vom Schreibtisch und ging in Richtung Lift. »Komm einfach erst mal mit, Joe!«

»Nat!«, zeterte Villano, nahm seine Jacke und hastete hinter seinem Partner her. »Komm schon! Du weißt doch, es war nicht so gemeint! Nun sag schon! Um was geht es?«

Porter schwieg. Das war seine Rache an Villano. Er wusste, dass er es nicht leiden konnte, an einen Tatort zu kommen, ohne zu wissen, was passiert ist. Doch er schwieg auch deswegen, weil der Division Chief ihn selbst auch nicht über alles in Kenntnis gesetzt hatte.

Die Fahrt verlief überwiegend schweigend. Porter pflegte seine Kopfschmerzen und hantierte lediglich einmal kurz mit der Aspirin-Tablettenpackung herum. Sein Partner hing seinen Gedanken nach. Er war kurz vor Dienstbeginn noch mit seiner Frau bei der Paartherapie gewesen. Das Gespräch, das dort geführt worden war, ging ihm einfach nicht mehr aus dem Kopf. Es war ja nicht die erste Sitzung bei Dr. Pintera gewesen, doch es war das erste Mal, dass seine Frau Guiliana von Trennung gesprochen hatte. Er war verwirrt. Villano sah von der weiten Wüstenlandschaft Nevadas zurück auf den Highway. Die Hitze erzeugte flimmernde Schlieren, und auf der Straße tauchten immer wieder in unregelmäßigen Abständen Fata-Morgana-Wasserpfützen auf. *Sie hat ja recht, mit allem, was sie sagt.* Die Ehe lief überhaupt nicht mehr rund. Er war oft weg und immer, wenn er dann mal nach Hause kam, stritten sie sich. Oft über völlig belangloses Zeug. Aber Trennung? Das war ein völlig neuer Aspekt. Sie kannten sich nun fünf Jahre und waren seit drei Jahren verheiratet. Nachdem er, nach seiner Spezialausbildung bei der Verhaltensanalyseeinheit in Virginia, hierher versetzt worden war, hatten sie sich hier in Las Vegas in einer Bar kennengelernt. Es war tatsächlich Liebe auf den ersten Blick gewesen, und er hatte damals gar nicht fassen können, dass es das wirklich gab. Doch das harte Leben funkte ihnen immer wieder dazwischen, und er musste bald einsehen, dass die Zukunftspläne, was Haus und Kinder betraf, mit seinem Beruf sehr schwer vereinbar waren.

Villano holte spontan sein Smartphone aus der Innentasche seine Jacketts und suchte nach seinem Lieblingsbild von seiner Frau. Auf dem Foto saß sie mit einem glücklichen Lächeln beim Sonnenuntergang am Strand von Sanibel-Island in Florida. Zärtlich streichelte er es. *Damals war alles leichter gewesen.*

Porter fuhr mit dem schwarzen SUV Escalade vom Highway 169 herunter in Richtung des Parkplatz des

Valley of Fire State Parks. Der Parkplatz war mit gelben Bändern abgesperrt. Ein Beamter ließ sie passieren, nachdem Porter sich bei ihm als FBI-Mitarbeiter ausgewiesen hatte. Er stellte den Wagen neben eines der schwarzen Polizeiautos ab, stieg aus und ging in Richtung des Klohäuschens, an dessen Seite im Schatten drei Polizisten und einige CST-Teammitglieder standen und sich unterhielten.

Villano folgte ihm. »Dann auf ins Getümmel!«

Porter sah sich grinsend um. »Genau, und nun wirst du auch endlich erfahren, worum es geht, Joe!«

Villano grinste zurück, mit einem gespielt bösartigen Gesicht.

Eine Polizistin löste sich aus der Menge und kam auf die beiden zu. Sie streckte dem gut aussehenden afroamerikanischen FBI-Agenten zuerst die Hand entgegen. Sie kannte ihn von früher, hatte mit ihm schon ein paar Mal zusammengearbeitet und mochte ihn und seine legere Art gern. »Nat! So sieht man sich wieder!« Sie pikste ihm mit ihrem Zeigefinger auf die Brust. »Schickes T-Shirt!«

Porter seufzte. Wie viele würden ihn da heute noch drauf ansprechen? »Hallo Cathrin!«, begrüßte Porter die attraktive blonde Mittdreißigerin. »Wie geht es dir?«

»Nicht schlecht.« Dann wandte sie sich Villano zu. »Hallo Joe! Alles klar bei dir?«

Villano brummte. »Hallo Cathrin! Geht schon. Danke.«

Sie gingen gemeinsam ein paar Schritte weiter. »Also Cathrin. Ihr habt uns herbestellt. Spann uns nicht auf die Folter. Was habt ihr für uns?«, fragte Porter.

Cathrin Stone blieb stehen, sah Porter an und zeigte in Richtung Klohaus. »Ein sechsjähriges Mädchen, sie heißt Melody Pine, war auf der Toilette und fand ihn. Es sieht nach ausgeprägtem Sadismus aus, deshalb hat man euch gerufen!«

»Wen fand sie?«, fragte Villano und tupfte sich gleichzeitig mit seinem weißen Stofftaschentuch die Stirn ab.

Stone blinzelte die beiden FBI-Agenten unsicher an. »Ja. Also am besten seht ihr selbst nach. Ich will euch den Überraschungseffekt nicht verderben. Wie ihr seht, ist das CST-Team schon da und hat vor allem erst mal hier draußen nach Spuren gesucht, da wir drinnen nichts verändern wollten, bis ihr kommt.«

Porter sah Villano an. »Okay, dann sehen wir uns das Ganze mal an.«

Stone drehte sich um. »Viel Spaß, Jungs! Ich warte dort im Schatten!«

Beide gingen zurück zum Wagen und zogen sich blaue Plastiküberzieher über die Schuhe. Porter griff sich ein paar Handschuhe aus der Vorratsbox und reichte sie an Villano weiter. Dann machten sie sich mit gemischten Gefühlen auf den Weg zurück zu dem Häuschen mit dem Plumpsklo, wie man sie in den einsamen Wüstengebieten ohne Wasseranbindung oft vorfindet. Dessen Tür hatte man offen gelassen.

»Was für ein schöner Ort für Ermittlungen!«, stellte Villano fest.

Sie sahen sich um. Es stank widerwärtig, obwohl das Häuschen oben an den Seiten große Lüftungsöffnungen hatte. Und es wimmelte nur so vor Fliegen. Diese fanden den Geruch und das Nahrungsangebot wohl trotz der unbarmherzigen Hitze anziehend.

»Was zum Teufel ...?« Villano musste sich beherrschen, nicht zu würgen, zog erneut sein Stofftaschentuch aus der vorderen Hosentasche und hielt es sich vor die Nase. »Ist das widerlich!«

Porter steuerte, nachdem der Raum ansonsten leer war, direkt auf die Toilettenschüssel zu. Der Deckel stand offen. Er sah hinein. Normalerweise konnte ihn so schnell kein Anblick schocken, aber in diesem Fall wollte sein Mageninhalt, inklusive des getrunkenen Kaffees, direkt den Weg ins Freie antreten. Gerade so konnte er den Würgereiz unterdrücken, indem er sich weg drehte und gebeugt in Richtung Ausgang ging, um nach Luft zu schnappen. »Wenn du dir das ansiehst Joe, solltest du bedenken, dass du das Beweismittel nicht kontaminieren darfst!«, brachte er im Vorbeigehen noch heraus.

Villano sah seinem Kollegen verwundert nach und begab sich dann zur Schüssel. *Sehr witzig! Etwas in einer Kloschüssel kontaminieren. Das ist ja schon …* Er blickte in das Loch und sah direkt in ein Gesicht, das ihn mit aufgerissenen Augen seltsam anstarrte.

Villano, der vorher schon mit dem Gestank zu kämpfen hatte, wurde schlecht, konnte seinen Blick jedoch nicht von dem blassen Gesicht wenden. Die vielen Fliegen, die sich mittlerweile auf Lidern und Wimpern niedergelassen hatten, ließen ihn aber nicht viel erkennen. Er wendete sich ab.

»Netter Anblick, was?«, rief ihm Porter durch die immer noch offenen Tür zu.

Villano zog wieder eine Grimasse. »Du hättest mich ruhig mal vorwarnen können, Nat!«

Porter lachte. »Ich wollte dir den Spaß nicht verderben!« Er trat wieder in das Klohaus, gesellte sich zu seinem Kollegen und betrachtete den Kopf. »Keine besonders schöne Art, so zu enden!«

Villano verscheuchte die um sie herum sirrenden Fliegen mit seinen Händen. »Das kann man wohl sagen, und das sieht auf jeden Fall nicht nach Selbstmord aus!«

Porter ging wieder zum Ausgang. »Bevor wir weiterarbeiten können, muss der Kerl da auf jeden Fall erst einmal raus! Erst dann sehen wir, ob es sich hierbei nur um den Kopf handelt oder der Rest des Körpers auch noch daran hängt. Dann muss die Jauchegrube abgepumpt und der gesamte Inhalt untersucht werden.«

Villano folgte Porter nach draußen und atmete erleichtert die frische Luft in seine Lungen. »Ganz ehrlich? In der Haut derer, die das machen müssen, möchte ich nicht stecken! Ich werde inzwischen mal mit der Familie sprechen, die den Kerl gefunden hat.«

Mit einem schnellen Ruck öffnete Villano die Schiebetür des schwarzen Polizeivans. Melody und ihre Eltern saßen schon seit dem Eintreffen der State Police in dem durch die Klimaanlage gekühltem Wagen und warteten. »Angenehm ist es hier drin! Mrs. und Mr. Pine? Mein Name ist Villano, Special-Agent des FBI.« Er schüttelte allen die Hand. Sie schienen sich, dem ersten Anschein nach schon wieder von dem Schreck des ekelhaften Fundes erholt zu haben. Er wandte sich an die Eltern. »Wenn Sie nichts dagegen haben, würde ich Melody gerne befragen. Es dauert auch nicht lange.«

Matthew nickte. »Bitte. Nur zu, aber wirklich nur kurz. Wir wollen nur noch weg von hier!«

»Ja, natürlich. Kein Problem«, versprach Villano, der dafür vollstes Verständnis hatte.

»Darf ich mich neben dich setzen, Melody?«, fragte er das sechsjährige Mädchen und setze sich neben sie auf die Sitzbank, nachdem sie genickt hatte. »Wie geht es dir, Melody? Ich kann mir vorstellen, dass das vorhin ein ganz schöner Schreck für dich war, als du in das Klo geguckt hast, oder?«

Das Mädchen saugte laut mit ihrem Strohhalm die letzten Reste aus einer Limonadendose heraus. »Hm, ja! Das war echt gruselig! Ich habe geschrien und bin schnell heraus gerannt, aber Mum und Dad haben mir erklärt, dass da nur jemand eine Halloween-Maske in das Klo geworfen hat, um die Leute zu erschrecken.«

Erstaunt über die Antwort sah Villano zu den Eltern. Matthew lächelte unbeholfen und zuckte mit den Schultern.

Villano verstand. Sie wollten der Kleinen die Wahrheit nicht zumuten, obwohl er vermutete, dass sie früher oder später durch die Medien sowieso alles erfahren würde. »Du warst doch zuerst ganz allein in dem Klohaus. Ist dir da noch irgendetwas aufgefallen? Hast du irgendjemanden gesehen?«

Melody überlegte und rümpfte ihre kleine Stupsnase. »Es hat ganz doll gestunken, aber gesehen ... nee, gesehen habe ich niemanden!«

Villano nickte. Das hatte er sich schon gedacht, aber fragen musste er trotzdem. Er wandte sich an die Eltern. »Ihnen ist dann ja wahrscheinlich auch nichts aufgefallen?«

Cassandra und Matthew schüttelten den Kopf. »Nein, da war wirklich nur der ..., Sie wissen schon! Sonst ist uns nichts aufgefallen.«

Villano nickte und schnaufte einmal kurz resigniert. »Nun gut. Dann danke ich Ihnen erst einmal. Bitte hinterlassen Sie ihre Daten bei dem Officer, der gleich kommt, damit wir uns bei Bedarf noch einmal an Sie wenden können.«

Er verabschiedete sich, verließ den Van, und die unerträgliche Mittagshitze empfing ihn wieder. »Da lobe ich mir doch mein Büro«, murmelte er auf dem Weg zu Porter.

Plötzlich wurde hinter ihm die Tür des Vans aufgezogen und das kleine Mädchen stürmte hinter Villano her.

Er drehte sich um. »Hey, Melody! Was ist los? Ist dir noch etwas eingefallen?«

Das Mädchen nickte und ihre Rattenzöpfe wippten dabei hoch und runter.

Villano ging in die Hocke. »Und was?«

»Ich habe zwar niemanden gesehen, aber ich habe 'etwas' gesehen.«

Villano wurde neugierig. »Und was hast du gesehen?«

»Als ich gepinkelt habe, habe ich mich im Klohaus umgesehen ...« Melody rieb sich eine Schweißperle von der Stirn. »Puh, ist das jetzt warm hier draußen. Heute morgen beim Wandern, war es noch nicht so warm!«

»Ja? Und was hast du gesehen, Melody?«, drängte der FBI-Agent.

»Da sind doch immer diese Schmierereien an den Wänden ...«

Villano nickte. »Ja. Leider.«

»In diesem Klo hier sind auch welche, und als ich da gerade gepinkelt habe, sah ich, wie bei einem Gekritzel an der Tür langsam ein Tropfen Farbe herunter lief.«

Villanos Augen weiteten sich. »Wirklich? Das ist ja interessant!« Er klopfte Melody auf die Schulter und erhob sich. »Ich danke dir, Melody. Das hast du ganz toll gemacht!«

Die Sechsjährige strahlte über das ganze Gesicht. »Ja?«

»Ja, das hast du und nun geh' schnell wieder zu deinen Eltern!«

»Okay!«, antwortete sie und hüpfte zurück zum Van.

Mit schnellen Schritten eilte Villano zum Klohaus und riss Porter, der davor stand, im Vorbeigehen fast um.

»Hey, was soll das?«

Villano zückte sein Taschentuch. »Komm mit rein. Die Kleine hat mir was erzählt, das haben anscheinend alle bis jetzt übersehen!«

Porter war verwirrt und folgte seinem Kollegen.

Sie traten ins Gebäude. Der Gestank hatte noch stärkere Ausmaße angenommen. Porter hatte sich inzwischen von einem Mitglied des CST-Teams ein Döschen mit Pfefferminzgel geholt und schmierte sich eine ordentliche Portion unter die Nase. Danach bot er es Villano an. »Willst du auch?«

Sein Kollege sah auf die kleine Dose und nahm dankbar etwas von dem Gel auf den Zeigefinger. »Danke!« Er atmete den frischen Duft ein. »Viel besser!«

Porter nickte. »Also, was ist jetzt hier?«

Villano ging zum Klo und sah in Richtung Tür. »Nat. Schließ' doch bitte mal die Tür!«

Porter sah ihn mit großen Augen an. »Ist das dein Ernst? Bei dem Gestank?«

Villano verdrehte die Augen. »Nun mach schon!«

Porter drehte sich um die eigene Achse, schloss die Tür hinter sich und trat einen Schritt nach hinten.

In großen roten Buchstaben prangte

Das Spiel beginnt

I

an der Tür. Die beiden Ermittler sahen sich bedeutungsschwer an. Villano strich sich mit der Hand den Schweiß aus dem Nacken. »Ein makaberes Spiel, wenn du mich fragst. Das sieht nach etwas Größerem aus. Was denkst du?«

Porter seufzte. »Das sehe ich genauso! Und ich denke, wir müssen Gas geben. Die Zeit könnte uns weg rennen!«

Vier Stunden später betraten Porter und Villano den Autopsiesaal. Sie wussten schon, was sie erwartete, denn sie waren den ganzen Nachmittag bei der Fundstelle des Leichnams geblieben und hatten die Fortschritte ihres CST-Teams verfolgt. Die Sickergrube war abgepumpt worden, und alle gesicherten Spuren, die beim Opfer, im und um das Klohaus herum gefunden wurden, waren nun im Labor bei der Auswertung. Es hatten nicht viel Spuren gesichert werden können, und was davon noch verwendbar war oder Ergebnisse liefern würde, war noch offen.

Porter klopfte beim Hineingehen pro forma an die offene Tür. »Hi, Elijah! Dürfen wir hineinkommen?«

Elijah Jenkins, der als Forensiker für die Polizei und das FBI von Las Vegas arbeitete, drehte sich um und guckte die beiden über seine Brille hinweg an und tat verdutzt. »Porter und Villano! Welche Überraschung!« Der gut beleibte Mann stand von seinem Schreibtisch auf, an dem er gerade etwas über seine neueste Errungenschaft auf dem Seziertisch niedergeschrieben hatte, und wandte sich den beiden Männern zu.

Zuerst ergriff Porter die Hand des Sechzigjährigen. »Elijah! Tu mal nicht so, als ob du nicht wusstest, dass wir bald hier auftauchen! Wie geht es dir heute?«

Jenkins lächelte. »Mir geht es soweit ganz gut, Nat. Bis auf die kleinen Zipperlein, die das Alter so mitbringt.« Dann wandte er sich Villano zu und sah an ihm von oben bis unten herunter. »Joe! Du siehst wieder wie aus dem Ei gepellt aus heute!«

Villano, der, im Gegensatz zu seinem Jeans und T-Shirt tragenden Kollegen immer sehr viel Wert auf gute Kleidung und ein perfektes Äußeres legte, grinste verlegen. »Hi, Elijah.« Dabei schlug er Jenkins freundschaftlich auf die Schulter, als sie einander die Hand schüttelten. »Das ist in der Tat bei dem unappetitlichen Tatort ein Wunder. Ich werde mir auf jeden Fall heute Abend eine sehr lange Dusche gönnen.«

Elijah Jenkins zog die Stirn kraus und rückte seine Brille auf der Nase zurecht, bevor er sich abwandte und langsam zu dem Seziertisch ging. »Ja, ja«, brummelte er nachdenklich. »Das Opfer ist wirklich in einem bedauernswertem Zustand.« Er räusperte sich. »So etwas habe selbst ich schon lange nicht mehr gesehen.«

Porter und Villano folgten dem älteren Mann im grünen Kittel und blieben neben ihm stehen. Villano rümpfte die Nase und widerstand dem Drang von Porter oder Jenkins Pfefferminzgel zu fordern. Stattdessen entschied er sich für den Angriff auf das Unvermeidbare. »Dann erzähl uns mal etwas über diesen …«

»Kopf!«, vollendete Jenkins und zog das weiße Tuch, welches den besagten Körperteil bis dahin verborgen hatte, mit einer großzügigen Bewegung fort. Ein ungläubiges Ächzen ging von den beiden FBI-Agenten aus, was durch ein kurzes Wegdrehen des Körpers begleitet wurde. Schnell bekamen sie sich wieder in den Griff. Ihre Neugier siegte über den Ekel.

»Es handelt sich hierbei um den Kopf eines männlichen Weißen. Das Alter kann ich euch nicht genau sagen, aber ich denke mal so um die Dreißig.«

Villano und Porter konnten den Blick nicht von dem Gesicht des Toten wenden.

»Kannst du uns schon sagen, wie lange der Mann tot ist und über welchen Zeitraum er in der Sickergrube lag?«, fragte Porter.

Jenkins strich sich mit seiner rechten Hand über sein bärtiges Kinn. »Das kann ich bisher nur vorläufig sagen. Also nach dem Fortschreiten der Verwesung zu urteilen, ist er vielleicht so vierundzwanzig Stunden tot!« Er seufzte. »Das Abtrennen des Kopfes erfolgte meines Erachtens postmortal. So genau kann man das wegen der Umstände des Fundortes nicht mehr sagen. In der Sickergrube lag er erst seit kurzer Zeit, sonst wäre es durch die Fliegen zu einer größeren Eiablage gekommen.«

Porter nickte aufmerksam. »Du sagtest 'Abtrennen'. Was weißt du bisher über die Tatwaffe? Kannst du schon sagen, womit der Täter den Kopf abgetrennt haben könnte?«

Jenkins drehte den Schädel kurz um, sodass alle den gereinigten Nackenstumpf gut sehen konnten. »Also ich glaube, der Täter setzte zuerst einen Messerschnitt, um die Hautoberfläche zu öffnen. Dann benutzte er eine Säge und trennte den Kopf am fünften Halswirbel vom restlichen Körper.« Mit dem rechten Zeigefinger zeigte er auf eine bestimmte Stelle am halb durchgeschnittenen Wirbel. »Hier sieht man eindeutige Spuren der Säge.«

Porter beugte sich hinab und warf schnell einen Blick auf die Stelle. »Ah ja. Sehr schön zu erkennen.« Er trat wieder ein Stück zurück. »Was ich mich aber frage ist: Warum sägte der Täter einen Wirbel durch und sägte nicht zwischen den Wirbeln?«

Villano überlegte. »Hm. Da gibt es mehrere Möglichkeiten. Entweder war es ihm egal, dass es schwerer geht. Dann ist der Täter vielleicht eher kräftig, oder er will eventuell von sich ablenken, weil er es eigentlich besser kann.«

Porter nickte zustimmend. Ihn interessierte jedoch schon die ganze Zeit etwas ganz anderes, und wandte sich an Jenkins. »Kannst du den Kopf bitte noch einmal umdrehen, Elijah?«

»Natürlich, Nat.«

Nachdem der Forensiker ihn in die ursprüngliche Position gebracht hatte, zeigte Porter auf die Augen. »Was ist mit den Augen passiert?«

Jenkins räusperte sich. »Ja! Die Augen! Das ist etwas Besonderes.« Er ging um den Tisch herum, um den beiden anderen mehr Platz zu machen. »Also, wenn ihr noch einmal näher treten wollt!«

Sie traten ein Stück heran und beugten sich über den Kopf. Die Augen des Toten starrten sie groß an, sahen aber seltsam aus.

»Wie ihr seht, ist die Iris nicht mehr farbig, sondern milchig.«

»Worauf ist das deiner Meinung nach zurückzuführen?« Fragend sah Villano Jenkins an.

Dieser nickte. »Dazu möchte ich erst einmal auf ein paar Einstiche eingehen.« Er zog, das an einem Schwenkarm befestigtes Vergrößerungsglas, welches an der Decke hing, zu sich herunter. Dann positionierte er es über den Augen des Opfers. »Wie ihr sehen könnt, ist über und unter den Augenlidern jeweils ein blutiger Einstich zu erkennen.«

Die beiden Ermittler sahen interessiert durch das Glas. Inzwischen hatten sie ihren Ekel überwunden und sich an den widerlichen Anblick gewöhnt.

»Woher kommen die?«, fragte Porter.

»Ich denke, dass der Täter dem Opfer gewaltsam die Augen öffnen wollte, beziehungsweise sie eine Zeit offen halten wollte, damit er das tun konnte, was er dann tat.«

Jetzt wurde Villano kreativ. »Hat er sie mit Säure verätzt?«

Jenkins sah ihn mit einem väterlich strengen Blick an. »Eins nach dem anderen, Joe!«

Villano zog die Mundwinkel nach unten.

»Also, um auf die Einstiche zurückzukommen. Meiner Meinung nach benutzte er metallische spitze Stifte, die er jeweils durch die oberen und unteren Augenlider stach und sie dann am Margo Orbitalis, also dem knöchernen Rand der Augenhöhle, fixierte.«

Porter trat ein Stück zurück und ließ ein langgezogenes 'Okay' von sich hören.

Villano schluckte. Der Gedanke, so etwas bei lebendigem Leib erleiden zu müssen, war entsetzlich.

Jenkins fuhr mit seinen Ausführungen fort. »Dann benutzte er keine Säure, um den Mann erblinden zu lassen ...« Dabei sah er Villano über die Brille hinweg an. »... sondern ich gehe davon aus, dass der Täter ihn blendete. Früher wurden zum Beispiel Sklaven mit glühenden Eisen geblendet, was durch die starke Wärmeeinstrahlung dazu führte, dass die Netzhaut zerstört wurde und sich die Augenflüssigkeit erhitzte. Diese Leute wurden dann für mechanische Handlangerarbeiten wie Melken oder Getreide mahlen eingesetzt.«

»Er blendete ihn«, wiederholte Villano nachdenklich. »Das hatten wir auch noch nicht oft!«

Porter widerte das Ganze an. Er drehte sich weg, ging bis zu Jenkins' Schreibtisch und ließ sich dort auf den Drehstuhl plumpsen. »Auf jeden Fall ist der Täter ein Sadist!«

Villano nickte. »Das stimmt.« Dann wandte er sich an Jenkins. »Hast du schon ein schönes Bild von dem Opfer auf Keyomis Computer geschickt, Elijah?«

Jenkins kratzte sich am Kopf und sah Villano gedankenversunken an. »Was? – Was hast du gefragt?«

Villano musste unwillkürlich lächeln. Der gute alte Elijah wurde langsam etwas zerstreut. »Ich fragte, ob du Keyomi schon die Fotos für die Gesichtserkennung auf die Rechner geschickt hast?«

Jenkins drehte sich zum metallenen Autopsietisch und brummelte vor sich hin. »Die Fotos ... Ja, die sind schon bei ihr! Ich sollte vielleicht auch jetzt weitermachen. Als ihr kamt, war ich ja noch nicht fertig.«

Die FBI-Agents sahen sich erstaunt an. »Du warst noch gar nicht durch mit ihm?«, fragte Porter.

Jenkins schüttelte den Kopf. »Ohren, Mund und Rachen habe ich noch nicht untersucht. Ihr seid zu früh hier aufgetaucht.«

Porter stand vom Stuhl auf. »Okay, Elijah, dann lassen wir dich mal weiter deine Arbeit machen.«

Er sah kurz auf seine Uhr und wandte sich an Villano. »Es ist jetzt acht. Was hältst du davon, wenn wir die geplante Bestellung beim Chinesen verschieben, und wir noch für eine Stunde an unsere Schreibtische gehen und alle Daten zusammen tragen? Mir ist der Appetit momentan vergangen.«

Villano, der auch keinen Drang mehr nach seinem geliebten Entengericht verspürte nickte und ging in Richtung Ausgang. »Guter Plan, Nat. Gehen wir!« In der Tür blieb er noch einmal stehen. »Und du meldest dich gleich, wenn du etwas Neues für uns hast?«

Der erfahrene Forensiker beugte sich bereits wieder über den Kopf und hatte einen Spreizer in der Hand, mit dem er den Mund öffnen wollte. Er war bereits gedanklich in die Arbeit versunken. »Ja, ja geht ihr nur. Ich gebe euch dann Bescheid.«

2

1990

Er versuchte bei seiner Arbeit flach zu atmen, denn in der Luft hing ein penetranter Geruch. Es war der Geruch von Blut. Es war der Geruch des Todes.

Das Geräusch des in sich zusammenfallenden geschlitzten Plastikvorhangs ließ ihn aufhorchen. Schwere Schritte. Der Zwölfjährige schloss für einen Moment seine Augen. Es ist wieder soweit, dachte er. Die Laute der Schritte kamen über den weißen, kalten Fliesenboden von hinten auf ihn zu. Er versuchte konzentriert weiter zu arbeiten, doch sein Puls stieg an, als er die Säge aus der Hand legte und nach dem scharfen Messer griff, um den nächsten Schnitt anzusetzen.

Das Geräusch der Schritte verstummte. Er versteifte sich. Ein verhaltenes Schnaufen drang an sein Ohr. Sein 'Vater', wie er sich selbst nannte, stand nun direkt hinter ihm. So nah, dass der massige Körper ihn am Rücken der Länge nach berührte. Er sah ihm über die Schulter. Gleich würde er wahrscheinlich los schreien und ihm eine runter hauen. Der Junge straffte den schmalen Körper und strengte sich an, schneller zu arbeiten.

Nichts geschah. Kein Brüllen war zu hören, und ein Schlag an den Kopf erfolgte auch nicht. Eine Träne schlich sich in seine Augenwinkel. Auch das Ausbleiben so eines Gewaltausbruchs hatte nichts Gutes zu bedeuten.

Das Messer in seiner Hand fuhr präzise am Rückgrat entlang. Dann löste er mit schnellen Schnitten das Filetstück aus und warf es auf den Metalltisch.

Sein 'Vater' strich ihm über das strubbelige braune Haar. »Gut! Das reicht! Komm mit mir! Ramirez wird daran weiterarbeiten!«

Der Junge seufzte fast unhörbar leise, legte das

scharfe Messer zur Seite und ging mit gebeugtem Kopf und hängenden Schultern in Richtung Tür. Seine Schritte führten direkt durch eine Blutlache, die langsam, immer schmaler werdend, in Richtung Abfluss lief, um dort zu versickern.

3

Freitag, 7.08.2015

Bevor die Anschnallzeichen der Boing 757 erloschen waren, standen schon Dreiviertel der Passagiere auf den Gängen und kramten ungeduldig und ohne Rücksicht auf die Mitreisenden ihre Taschen aus den Gepäckfächern. Lisa und Nick sahen sich an und grinsten. Sie saßen wie immer auf ihren Lieblingsplätzen ganz hinten in der Maschine.

»Man könnte ja der Letzte sein, der aus dem Flugzeug steigt«, raunte Nick seiner siebenundzwanzigjährigen Frau nicht gerade leise zu.

»Ja, oh Gott, wie schlimm. Das wäre ja der totale Horror«, erwiderte sie mit gespieltem Entsetzen.

Ein untersetzter Deutscher mit Glatze, der eine Reihe vor ihnen gesessen hatte und ebenfalls schon stand, hörte sie offensichtlich, denn er warf ihnen einen missbilligenden Blick zu und drehte sich demonstrativ weg.

Lisa nahm ihr Haargummi vom Handgelenk und bändigte damit ihre langen braunen Haare, indem sie sie hinten erst zu einem Pferdeschwanz und dann zu einem undefinierbaren Haarknäuel zusammen band. »Meinst du, die Amis lassen mich so durch die Kontrolle?«

Nick sah sie mit prüfendem Blick an und fuhr über seinen Drei-Tage-Bart am Kinn. »Ich weiß nicht. Es könnte schwierig werden, bei deinen Augenringen, der verlaufenen Schminke und der seltsamen, unordentlichen Frisur.«

»Was?« Lisa war augenblicklich verunsichert und guckte Nick entsetzt an. »Seh' ich wirklich so schlimm aus? Vielleicht gehe ich nochmal schnell auf die Bordtoilette.«

Nick nahm das Kinn seiner Frau in die Hand und zog sie sanft zu sich herüber. »Schatz. Du bist die schönste Frau der Welt. Dich kann so leicht nichts entstellen!« Dann küsste er sie sanft auf den Mund.

Lisa schloss für eine Sekunde die Augen, genoss seine Nähe. Dann öffnete sie sie sofort wieder und strahlte ihn an. »Also, sehe ich okay aus?«

»Na klar. Du siehst für einen 20-Stunden Trip ganz in Ordnung aus.«

Ihre Reise begann, seinem Gefühl nach, vor ewigen Zeiten auf dem Stuttgarter Flughafen, mit einem Zwischenstopp in Amsterdam und einem in Atlanta.

Nun nahm Nick die kleine rote Wolldecke und das Kissen vom Schoß und stopfte es in die Ecke zwischen Fenster und Sitz. »So, lass' mich mal hier heraus, dann hebe ich die schweren Rucksäcke herunter.«

Die Reihen des großen Flugzeuges hatten sich mittlerweile ein wenig gelichtet, sodass Lisa ohne Weiteres auf den Gang hinaustreten konnte, um ihren Mann aus der Enge der Sitze zu entlassen. Sie streckte und dehnte sich kurz. »Oh, ja. Das tut gut.«

Nachdem sie ihre Gepäckstücke in den Händen hielten, gingen sie den schmalen Gang des Flugzeugs entlang. Nick konnte seinen Blick nicht von dem knackigen Po seiner Frau wenden, die vor ihm herlief. Die enge Designer-Jeans brachte ihre perfekte Figur verdammt gut zur Geltung. Seine Fantasie wurde angeregt, und im Geiste stellte er sich schon die schönen Stunden vor, die er mit ihr während des Urlaubs verbringen würde. Am Ausgang verabschiedeten sie sich von den netten amerikanischen Flugbegleitern und liefen die Gangway herunter, danach durch die Kontrollen. Nach einer Viertelstunde kamen sie bei den Gepäckbändern im Ankunftsbereich an.

Lisa konnte noch nie verstehen, warum viele Leute sich so abstressten, zum Baggage-Claim zu kommen, wenn man meistens doch nur warten musste, bis sich das Band in Bewegung setzte. »Nick, ich gehe da hinüber und schaue mal, ob ich noch eine Lücke finde.«

»Ja, in Ordnung. Ich bleibe hier.«

Drei Minuten später begann das Band zu laufen und fing im Zentrum an, langsam Hunderte von Koffern und Taschen auszuspucken. Kurz darauf trafen sich Nick und Lisa wieder. Jeder hatte seinen Koffer im Schlepptau, und sie gingen gemeinsam durch den Zoll, der sie ohne Interesse passieren ließ.

In der Ankunftshalle blieben sie stehen. »So, das hätten wir geschafft!«, sagte Lisa müde, nahm ihre Wasserflasche aus dem Seitenfach ihres Rucksacks und trank einen Schluck. »Jetzt hoffe ich inständig, dass bei der Autovermietung nicht soviel los ist.« Sie guckte sich um und zeigte nach links. »Da müssen wir lang.«

Nick fuhr sich durch seine blonden mittellangen Haare, die er mit Gel immer in einen coolen Surferlook verwandelte. »Gut, gehen wir.« Er sah auf seine Uhr am Handgelenk. »Es ist jetzt zehn. Bis wir das Auto haben und im Hotel sind, ist es sicher elf, halb zwölf.«

Nach einer kurzen Fahrt mit dem Shuttle-Bus kamen sie bei der Mietwagenstation an. Die Prozedur bei der Autovermietung dauerte länger als vermutet, da erstens die Schlange am Schalter unheimlich lang war und sie unbedingt auf ihren Lieblingswagen warten wollten. Ein rotes Mustang-Cabriolet.

Schließlich standen die beiden in der riesigen Garage des Autovermieters vor dem frisch gewaschenem Wagen mit dem geöffneten Dach. Lisa strahlte. Sie freute sich schon darauf, mit dem schnittigen Gefährt dreieinhalb Wochen lang über die Straßen von Nevada, Utah, Arizona und Kalifornien zu düsen, wohin sie ihre weitere Reiseroute führen sollte. »Yes! Das wird spitzenmäßig, Schatz!«, juchzte sie.

Nick konnte ihre Freude nachvollziehen. Zuhause fuhren sie einen stinknormalen Kleinwagen, und nur im Urlaub leisteten sie sich diese Extravaganz. Er lächelte sie an. »Sicher, das wird cool!« Er nahm Lisas Koffer hoch. »Komm wir legen die Koffer einfach hochkant auf den Rücksitz. Ich will nur noch ins Hotel, auf das Zimmer, das Gepäck loswerden, mich kurz ausruhen und später die Stadt erkunden.«

Lisa sah Nick an. »Gegen Ausruhen habe ich nichts einzuwenden. Ich bin total erledigt!« Sie öffnete die Beifahrertür und legte ihren Rucksack hinein. »Wir dürfen aber nicht komplett im Bett versacken! Wir müssen nachher unbedingt noch nach den Tickets für die Show gucken!«

Als sie aus der kühlen Garage der Autovermietung fuhren schwappte ihnen prompt eine massive Hitze entgegen. Das Thermometer zeigte 106 Grad Fahrenheit, was 41 Grad Celsius entsprach. Kein Wunder, es war kurz vor zwölf und somit der höchste Sonnenstand fast erreicht. Es traf die beiden mit voller Wucht. »Wow. Schön heiß, was?«, rief Lisa Nick zu.

»Kann man wohl sagen!« Er liebte dieses Wüstenklima über alles.

Sie mussten noch einmal den Flughafen umrunden, um zu dem eine Meile entfernten Las Vegas Boulevard zu gelangen. Mit wehenden Haaren und verspiegelter Sonnenbrille auf der Nase kam nun endlich „das Vegas-Feeling“ bei Lisa und Nick auf. Die Stadt lag groß und breit vor ihnen, und beide waren bereit, sie zu erobern. »Ein wenig schade ist es schon, dass wir gerade zur Mittagszeit mit dem Flieger angekommen sind. Die Atmosphäre der Stadt bei Nacht, mit der Leuchtreklame und den vielen Lichtern, ist einfach nicht zu toppen!« Lisa zeigte nach links, denn sie kamen gerade am berühmten „Welcome to Fabulous Las Vegas“- Zeichen vorbei. »Sieh mal dort!« Auf dem Parkplatz neben der Attraktion stauten sich die Autos und die Touristen bildeten eine vorbildliche Warteschlange, um ein Beweisfoto für ihren Besuch in „Sin City“, der Stadt der Sünde, machen zu können.

Kurz danach erreichten Lisa und Nick die ersten großen Hotels des südlichen Strips. Angefangen bei dem goldverspiegelten „Mandalay Bay“, weiter zur majestätischen Pyramide des „Luxor“, zum „Excalibur“-Märchenschloss, zum „Tropicana“, zum farbenprächtigen „New York, New York“ und dem „MGM Grand“ auf der anderen Seite.

Die Gehwege des Strips waren noch leer. Die Massen hielten sich bei der Hitze überwiegend in den klimatisierten Themenhotels auf und genossen höchstwahrscheinlich eines der hervorragenden Mittagsbuffets. Erst am Abend, wenn es sich langsam abkühlte, zog es die meisten Leute nach draußen.

Ein Entertainment-Tempel löste den anderen ab, unterbrochen von einigen Bars und Souvenirshops. Und das war erst der Anfang. Lisa und Nick waren zwar im Jahr zuvor schon einmal hier gewesen, doch es verschlug ihnen erneut die Sprache. Die Betreiber der Casinos und die Architekten hatten keine Kosten und Mühen gescheut, halb Europa in Las Vegas auferstehen zu lassen. So kamen sie am „Pariser“ Eiffelturm, dem legendären Springbrunnen des „Bellagio“ und am „Ceasars Palace“ vorbei, bevor sie zu ihrem Hotel, dem „Jaipur“ abbogen.

Sie fuhren am 'Valet-Parking'-Schild vorbei, direkt in das Parkhaus, welches für alle Besucher des Casino-Hotels umsonst zur Verfügung stand.

Es war Zwanzig nach zwölf, als sie mit dem verspiegeltem Fahrstuhl aus dem Parkhausdeck in Richtung Lobby fuhren. Aus den unsichtbaren Lautsprechern erklang Easy-Listening Musik, und in der Luft lag ein Duft von Vanille. Die Tür öffnete sich fast geräuschlos zu beiden Seiten, und sie gingen aus dem nüchternen Liftbereich hinaus. Augenblicklich empfing sie eine edle Atmosphäre, die ihresgleichen suchte. Lisa sah sich in der Lobby um und staunte. »Wahnsinn! Sieh dir das mal an! Ist das nicht irre? Wir sind in Indien! Ich glaube, da haben wir die richtige Wahl getroffen! Findest du nicht auch?«

Nick drehte sich beeindruckt im Kreis. Über ihm schwebte ein riesiger Kronleuchter an der Decke, dessen diamantartigen Steine in allen Facetten funkelten. In verschiedenen Teilen der Lobby gab es teuer eingerichtete Sitzecken im indischen Stil, und auf dem dicken Teppich lief es sich wie auf Wolken. »Wow! Nicht schlecht! Man fühlt sich wirklich wie in 1001 Nacht!« Nick blieb stehen und horchte.

»Sieh, da müssen wir hin!«, sagte Lisa, nachdem sie die Schilder in Richtung Empfang entdeckt hatte.

»Sei mal bitte still!«

Lisa sah ihn erstaunt an und zog fragend die Schultern nach oben.

»Hörst du das?«, fragte Nick.

Lisa horchte und fing an zu lachen. »Ach, du meinst das 'Ding, Ding, Ding, Ding, Ding' der Automaten? Das Geräusch habe ich ja so vermisst!« Diesen Laut hörte man permanent und in jedem Casino, das man besuchte, wenn jemand an Automaten gespielt und gewonnen hatte. Doch das Spielen war für sie persönlich nichts. Sie wollten nur ein paar Tage die Glitzer- und Glamour-Welt genießen. Das hieß für sie: Tanzen, Essen gehen, Ausstellungen besuchen, in Shopping-Malls Schnäppchen machen und es sich nach dem ganzen Schulstress gut gehen lassen. Von einem Vorhaben wusste Lisa jedoch nichts, denn das hatte Nick schon vor einiger Zeit von zu Hause aus geplant und in Gang gebracht. In vier Tagen würde er sie zu einer Chapel entführen und sie da noch einmal heiraten! Mit Elvis und allem drum und dran!

Die Schlange der neu ankommenden Gäste am Empfang war lang, aber nachdem noch zusätzliche

Mitarbeiter eingesetzt wurden, hielten Lisa und Nick bald ihre Schlüsselkarten in den Händen. Nun würden sie sich endlich auf den Weg zum Zimmer machen können. Sie gingen ein paar Meter, dann blieb Nick stehen. »Wartest du mal kurz?! Ich muss unsere Pässe und das Portemonnaie in meinen Rucksack tun. Ich habe keine Lust, die Sachen unterwegs zu verlieren.«

Lisa stoppte. »Klar, mach nur. Darauf kommt es jetzt auch nicht mehr an.« Sie hatte sich in den vier Jahren ihres Zusammenseins schon an seinen Sicherheitstick gewöhnt und würde damit leben müssen.

In dem Moment kam ein Herr im schwarzen Anzug auf sie zu. »Entschuldigen Sie, dass ich Sie anspreche.«

Das junge Paar sah ihn überrascht an.

Er streckte Nick die Hand entgegen, der sie verdutzt nahm und sich die seine schütteln ließ. »Hallo. Guten Tag. Ich heiße Robert. Ich möchte Sie recht herzlich hier bei uns im „Jaipur" begrüßen!«

Etwas verdutzt antwortete Nick: »Vielen Dank!«

Danach ergriff Robert auch Lisas Hand und begrüßte sie.

»Wie geht es Ihnen? Darf ich fragen, woher Sie kommen und wie Sie heißen?«

Diesmal war es Lisa, die in sicherem Englisch antwortete. »Unser Name lautet Sommer und wir kommen aus Deutschland.«

»Aus Deutschland. Wirklich? Da haben Sie eine weite Reise hinter sich. Und sind Sie das erste Mal in den Vereinigten Staaten und in Las Vegas?«

»Nein, wir waren im letzten Jahr schon in Las Vegas, aber nicht in diesem Hotel«, antwortete Nick.

Der Herr im schwarzen Anzug nickte. »Dann mögen Sie die Stadt, nehme ich an?«

Lisa konnte sich auf die ganze Fragerei gar keinen Reim machen, wollte aber höflich bleiben und antwortete. »Ja, wir lieben sie.«

»Sehr schön, das freut mich sehr! Darf ich fragen, ob Sie verheiratet sind?«

Lisa runzelte die Stirn. Die Fragen wurden ja immer seltsamer. Sie sah zu Nick. Er hob verwundert die Brauen, aber antwortete trotzdem. Es konnte ja nicht schaden, wenn er die Verhältnisse klar stellte. »Ja, das sind wir, seit zwei Jahren.«

Robert strahlte. »Eine weitere Frage hätte ich noch. Interessieren Sie sich für die außergewöhnlichen Shows hier in der Stadt?«

Lisa nickte und lächelte. »Ja. Sicher.« Sie freute sich schon unbändig auf die neue Show von 'Cirque du Soleil'.

»Dann darf ich Ihnen sicher ein außergewöhnlich attraktives Angebot unterbreiten, das wir nur heute und nur an Ehepaare vergeben.«

Nick sah den Herrn im Anzug fragend an und Robert sprach weiter. »Wir schenken Ihnen zwei Tickets für eine Show Ihrer Wahl, hier auf dem Las Vegas Strip.«

Nicks Blick fokussierte sich. »Aha, okay.« *Da kommt doch sicher noch etwas hinterher,* dachte er.

»Wir würden Ihnen diese Tickets im Wert von jeweils 50$ schenken, wenn Sie uns die Freude bereiten und ein neu eröffnetes Ressort unserer Kette beurteilen. Sie bekommen in der Location gratis Getränke und einen hervorragenden kleinen Snack gereicht.«

Nick wandte sich an Lisa und fragte sie auf deutsch: »Und? Hast du Lust, dir ein neues Casino-Hotel anzugucken und dafür 'Tickets for free' zu bekommen?«

Lisa legte den Kopf ein wenig schief und überlegte laut. »Schlecht ist das nicht. Dadurch schonen wir entweder unsere Urlaubskasse, oder wir haben Tickets für eine zusätzliche Show.«

Robert wartete geduldig und sah sie fragend an.

Seine Gesichtsmuskeln waren auf Dauerlächeln eingestellt. So kam es jedenfalls Lisa vor, als sie kurz zu ihm blickte.

Nick überlegte. Im Prinzip hatte Lisa recht. Sie könnten zwei Fliegen mit einer Klappe schlagen. Eine Show wollten sie sich sowieso ansehen und ein ganz neues Ressort zu begutachten, hörte sich ebenfalls spannend an. »Also gut Robert, wir sind dabei!«

Robert klatschte kurz siegreich mit den Händen und lachte breit. »Sehr schön. Sie werden es sicher nicht bereuen!« Er setzte sich in Bewegung. »Dann darf ich Sie bitten mit mir zu kommen! Ich bringe Sie zu meiner Kollegin Shirley, die Ihnen alles Weitere erklären wird.«

Lisa und Nick gingen mit ihren Rucksäcken auf dem Rücken und die Koffer ziehend, hinter Robert her. Lisa stöhnte. »Hoffentlich geht das jetzt schnell. Ich will nur noch die Sachen los werden.«

Nachdem sie durch das halbe Hotel in Richtung Hintereingang gelaufen waren, hielt Robert an einem kleinen Empfangstresen an, auf dem ein Flachbildschirm stand. »So, da wären wir. Bevor ich Sie aber an Shirley übergebe, habe ich noch eine kleine Aufmerksamkeit für Sie. Als kleines zusätzliches Dankeschön, dass Sie sich die Zeit nehmen.« Er zog einen aufwändig gestalteten Flyer aus seiner Jackentasche und reichte ihn Lisa.

Sie nahm ihn entgegen und sah ihn sich interessiert an.

»Das ist ein Gutschein. Damit haben Sie morgen noch die Möglichkeit zwei Touristenattraktionen hier in Las Vegas oder der näheren Umgebung gratis oder zumindest ermäßigt zu besuchen!« Robert sah Nick an. »Wie lange sind Sie denn noch in der Stadt?«

»Wir sind noch fünf, sechs Tage hier.«

»Das ist ja großartig für Sie! Dann nutzen Sie doch diese Angebote! Die sind wirklich toll!« Er drehte sich um und zeigte auf eine aufgetakelte junge Dame, die enthusiastisch von ihrem Stuhl aufsprang. »Das ist Shirley, und sie wird Sie über die weiteren Schritte informieren.« Dann schüttelte er Lisa und Nick kräftig die Hand. »Ich wünsche Ihnen noch einen wunderbaren Aufenthalt hier im „Jaipur". Auf Wiedersehen.«

Lisa sah Robert hinterher. Er nahm während des Gehens ein Handy aus der Hosentasche und suchte eine Nummer. Dabei sah er sich, die Hand mit dem Telefon schon am Ohr, noch einmal um und winkte ihnen zu. Lisa winkte zurück.

»Er wird sich wahrscheinlich gleich die nächsten Leute zum Beschenken suchen.«

Lisa nickte. »Was für ein Job!«

Hinter ihnen räusperte sich die junge Frau. »Hallo, mein Name ist Shirley«, sagte sie geschäftsmäßig und ließ dabei ihre gebleachten Zähne aufblitzen.

»Hallo Shirley«, sagte Nick.

Shirley wies ohne Umschweife auf den Bildschirm. »Hier sehen Sie eine Auswahl der Shows, für die Sie ein Ticket bei uns bekommen können. Gucken Sie bitte in Ruhe und teilen Sie mir dann Ihre Wahl mit.« Sie rückte den Bildschirm weiter in ihre Richtung, damit das Pärchen gut sehen konnte.

»Okay, Lisa, dann lass uns mal sehen, ob es auch etwas von 'Cirque Du Soleil' im Angebot gibt.« Sie sahen schnell die bunten Showfotos und Beschreibungen durch.

Lisa seufzte enttäuscht. »Also ich kann von der Gruppe nichts entdecken. Du?«

»Nein, leider nicht. Wir können ja etwas anderes aussuchen und kaufen uns die 'Cirque Du Soleil'-Karten selber.«

Lisas Gesicht hellte sich wieder auf.

Im Hintergrund machte sich Shirley bemerkbar. Sie wollte das Geschäft unter Dach und Fach bringen. Auf keinen Fall sollte das Pärchen wieder abspringen.

»Haben Sie sich entschieden? Kann ich Ihnen irgendwie helfen? Haben Sie vielleicht Fragen?«

Nick sah die Frau hinter dem Tresen an. Shirley war ihm total unsympathisch. Wie sich Frauen ihr Äußeres durch aufgespritzte Lippen und künstlich angemalte Augenbrauen dermaßen versauen konnten, war ihm ein Rätsel. Sie wirkte dadurch sehr arrogant. Da war ihm die Natürlichkeit seiner Frau doch zehnmal lieber. »Einen Moment noch bitte, wir müssen noch einmal gucken.«

Shirley nickte angesäuert.

Sie sahen auf den Monitor. Lisa grinste. »Mensch, ist das eine Zicke.«

Die bunten Bilder der Showangebote spiegelten sich in Nicks Augen. »Das kannst du laut sagen.« Dann zeigte er auf das Bild eines angesagten Magiers. »Sieh mal hier! Das wäre doch vielleicht etwas, oder?«

Lisa sah sich die Fotos an. Die Zaubershows sollten in Vegas alle ziemlich genial sein. Es war sicherlich besser, in so eine Show zu gehen als in eine Comedy-Vorstellung, in der man unter Umständen die Gags nicht verstand, da sie zu speziell auf Amerikaner zugeschnitten waren.

»Gut, dann nehmen wir die. Ich denke, da machen wir nichts falsch. Dann haben wir einmal Akrobatik und einmal Zauberei der Meisterklasse.«

»Alles klar!« Nick lachte Lisa an. »Wir sind mal wieder einer Meinung!«

»Und? Haben Sie sich entschieden?«, fragte Shirley ein wenig genervt.

Nick drehte sich zu ihr um. »Ja, in der Tat. Wir hätten gerne Karten für die Show von 'Criss Angel'.« Zur Sicherheit zeigte er noch einmal auf das Angebot auf dem Bildschirm.

Shirley entspannte sich und setzte wieder ihr künstliches Lächeln auf. Das Geschäft war sicher. Sie zog den Monitor zu sich und machte über ein paar Mausklicks eine Maske auf dem Bildschirm auf. »Ich brauche nun ein paar Angaben von Ihnen.«

Nick wollte die Geschichte nur noch schnell hinter sich bringen und auch Lisas Interesse begann zu schwinden. Sie guckte sich bereits wieder in der Lobby um. »Ja, gerne, was wollen Sie wissen?«

»Ihren Nachnamen, bitte!«

»Sommer. S-O-M-M-E-R.«

»Und Ihr Vorname?«

»Nick.«

»Okay, Nick. Dann benötige ich noch Ihre Zimmernummer und die Dauer Ihres Aufenthaltes hier im Hotel.«

Lisa hatte sich in der Zwischenzeit auch wieder dem Tresen zugewendet. »Was die immer von einem wissen wollen. Das ist echt nicht normal.«

Nick sah sie an und grinste. »Wir haben es ja gleich geschafft, Schatz.«

Lisa war genervt. »Hoffentlich!«

»Ihre Zimmernummer?« Shirley tippte nervös mit ihren gestylten, künstlichen Fingernägeln auf der Tastatur herum und wartete.

Nick guckte auf den Umschlag seiner Keycard. »16453.«

Shirley tippte. »Und wie lange ist Ihr Aufenthalt hier im Hotel?«

»Wir haben sechs Nächte gebucht – also bis zum 13.08.«

Shirley gab auch diese Information in ihre Maske ein und zog dann einen gelben Notizzettel hervor. »Kommen Sie bitte zu dieser Uhrzeit ...«, sie krickelte mit der linken Hand 3.15 pm auf das Papier und schob es zu ihnen herüber, »... zum Treffpunkt für die Ressortbesichtigungen.« Sie drehte sich auf ihrem Stuhl und zeigte in die Richtung hinter sich. »Er befindet sich hier gleich hinter uns. Um 3.30 ist die Abfahrt, und Sie werden zu dem Ressort gebracht. Die Vouchers für die Tickets bekommen Sie nach der Besichtigung vor Ort. Haben Sie noch Fragen?«

Nick hatte den Eindruck Shirley wollte die Angelegenheit schnell abschließen. »Nein, soweit ist alles klar.«

Shirleys künstliches Lachen erschien wieder auf ihrem Gesicht. »Wunderbar, dann wünsche ich Ihnen noch einen schönen Aufenthalt in Las Vegas!«

»Danke sehr«, sagten Lisa und Nick, wie aus einem Mund und griffen sofort zu ihren Koffern, um so schnell wie möglich aus der Reichweite dieser Frau zu kommen. Als sie ein paar Meter weg waren, lachte Lisa los. »Die war ja echt so etwas von affektiert. Ich könnte mich nur totlachen. Hast du diese Schlauchbootlippen gesehen? Einfach göttlich!«

Nick war zu erledigt, um sich noch großartig lustig zu machen. »Ja, die Frau war auch nicht so mein Fall. Lisa, du weißt doch sicher schon, wo unser Aufzug ist, oder?«

Lisa zeigte nach rechts. »Wir müssen hier entlang.«

Sie liefen über die dicken bunten Teppiche zum Lift und fuhren mit ihm in den 16. Stock. Nach kurzer Orientierung fanden die beiden den richtigen Gang des mehrflügeligen Flurs und gingen bis zu ihrer Zimmertür.

»Dann öffne mal unser indisches Märchenzimmer!«, sagte Lisa gespannt.

Nick zog die Schlüsselkarte aus der Jackentasche und zog sie durch den Schlitz. »Sesam öffne dich!« Mit einem Klickgeräusch entriegelte sich die Tür. Nicht ahnend, dass der Aufenthalt in diesem Zimmer und auch in Las Vegas sehr viel kürzer ausfallen würde, als sie dachten, traten sie ein.

Das Zimmer war riesengroß. Und wunderschön. An exponierten Stellen hingen Darstellungen indischer Gottheiten oder Landschaften. Ganz exklusiv und nicht zu übertrieben oder gar kitschig. Lisa klatschte vor Begeisterung in die Hände und juchzte. »Oh! Ist das schön hier!« Langsam ging sie zu dem dunklem Holzbett. An jeder Seite des Kopfendes thronte ein beeindruckender Elefant, und auch die Nachttischlampen waren im selben Stil gearbeitet. Lisa strich über den Bettüberzug, der über und über mit glitzernden Pailletten übersät war, und nahm eines der vielen farbigen Kissen in die Hand.

Nick ging derweil zu dem großen Panoramafenster und genoss die Aussicht über Las Vegas und den Strip. In der Nacht würden sie einen sensationellen Ausblick genießen können. Er sah zu Lisa. »Hier kann man es doch aushalten, oder?«

Lisa stand auf, trat zu ihrem Mann an das Fenster und umfasste seine Taille. »Das Zimmer ist der Hammer, und der Urlaub wird bestimmt unvergesslich!«

Nick drehte sich zu Lisa um und setzte sein charmantestes Lächeln auf. »Du möchtest also, dass der Urlaub unvergesslich bleibt?«

Lisa grinste und wusste schon was jetzt kam. »Ja, das will ich.«

Nick legte seine Hände seitlich auf Lisas Becken und schob sie langsam rückwärts in Richtung Bett. »Gut, denn da fällt mir zufällig etwas ein ...«

4

Der Wecker klingelte und zeigte in roter Leuchtschrift 2:45 pm. Lisa räkelte sich in den weißen Laken, und auch Nick erwachte langsam aus dem kurzen Nickerchen. »Wollen wir da wirklich hin, Lisa? Wir könnten es doch auch sausen lassen und noch ein wenig liegen bleiben!« Nick knautschte das Kissen unter seinem Kopf zusammen.

Lisa erhob sich, stieg nackt aus dem Bett und sammelte ihre auf dem Boden verteilte Wäsche auf. Dann hielt sie inne, sah zu ihrem attraktiven Mann hinüber und seufzte. Sie musste vernünftig sein, auch wenn es verführerisch gewesen wäre, wieder ins Bett zu schlüpfen. »Das wäre schön, aber auch nicht gerade förderlich.« Sie schmiss ihre Klamotten über einen der aufwändig geschnitzten Stühle. »Erstens dürfen wir nicht weiterschlafen, sonst kommen wir nie in den richtigen Rhythmus, und zweitens bekommen wir, wenn wir das jetzt durchziehen, die 'Criss Angel'-Karten umsonst.«

Nick stöhnte laut und kniff die Augen zu. *Ich will nicht aufstehen!*

Lisa lachte, ging zum Bett und zog Nick kurzerhand das Laken weg. »Hoch mit dir, du Schlafmütze, sonst kommen wir noch zu spät.«

»Hey!«

»Na los, komm!« Lisa ließ das Laken los, ging zum Koffer, öffnete ihn und holte sich ihre Wasch- und Schminkutensilien heraus. »Ich gehe nochmal schnell ins Bad!«

Nick quälte sich aus dem indischen Bett und griff sich seine Jeans. Dann zog er sich langsam an. *Hoffentlich lohnt sich der Aufwand wirklich,* dachte er.

Eine halbe Stunde später standen sie am Abfahrtstreffpunkt für die Ressortbesichtigung. Lisa hatte sich ein farbiges Sommerkleid übergezogen und trug ihre Haare offen. Nick hingegen hatte sich nur ein frisches T-Shirt geleistet und sich die Haare mit Gel neu gestylt. Die Sonnenbrille saß auf seinem Kopf.

Einige andere Pärchen standen auch im hinteren Foyer und warteten. Insgesamt waren sie zwanzig Personen, schätzte Nick.

Ein kleiner Bus, dessen Scheiben komplett schwarz getönt waren, fuhr vor, und der Fahrer öffnete bei laufendem Motor die Tür. Eine Frau, gekleidet mit einem schwarzen Kostüm und High Heels, stieg aus und kam auf die Wartenden zu. »Meine Herrschaften, Sie können jetzt einsteigen!«

Lisa sah Nick an. »Dann lassen wir uns mal überraschen.«

Nick nickte, immer noch ein wenig müde. Sie gingen hinter den anderen Pärchen her, stiegen ein und suchten sich weiter hinten eine Sitzbank. Nachdem auch die letzten angemeldeten Paare eingetroffen waren, fuhr der Bus los. Es war ziemlich ruhig, und diejenigen, die sich unterhielten, flüsterten nur. Der Bus fuhr den Las Vegas Boulevard in Richtung Flughafen und ließ das letzte große Hotel, das Mandalay Bay, hinter sich. Nick und Lisa sahen während der ganzen Fahrt aus dem Fenster. Langsam fingen sie sich jedoch an zu wundern.

»Kommt dir das nicht auch komisch vor? Wo will der Fahrer mit uns hin? Hier draußen ist doch gar kein Casino mehr! Was soll man sich hier angucken?«, sagte Lisa in einem misstrauischem Ton.

»Ich wundere mich auch. Wir fahren und fahren! Hier ist doch echt nichts mehr!« Er drehte sich um und sah aus dem Fenster nach hinten. Selbst die großen Hotels waren schon fast nicht mehr auszumachen.

»Vielleicht werden wir ja entführt? Ich finde das alles echt langsam seltsam.« Unruhe stieg in ihr auf. Irgendetwas stimmte hier nicht!

Nick sah sie an und schüttelte zweifelnd den Kopf. »Quatsch, die entführen doch nicht zwanzig Leute auf einmal und schon gar nicht aus einem renommierten Hotel heraus.«

Lisa nickte. »Stimmt, du hast recht. Das kann nicht sein.« Sie sah wieder aus dem Fenster. »Trotzdem ist es unheimlich, finde ich«, murmelte sie.

Dann setzte der Fahrer nach einer gefühlten Ewigkeit den Blinker und lenkte den Bus auf den Vorplatz eines riesigen Gebäudekomplexes. Lisa stieß vor lauter Erleichterung einen Schnaufer aus.

»Siehst du? Alles ist gut!«, beruhigte Nick seine Frau und nahm sie in den Arm.

Vor dem großzügigen Eingang blieb der Bus stehen, und der Fahrer stoppte den Motor. Dann öffnete er die Türen, die Leute stiegen nach und nach aus dem Bus und sammelten sich in einer Traube vor dem Foyer.

Zur Begrüßung stand wieder dieselbe Dame vor der Tür, die sie auch schon in ihrem Hotel begrüßt hatte. Sie musste vorne mitgefahren sein. »Herzlich willkommen! Bitte begeben Sie sich hinein und suchen sich einen Platz. Es wird gleich jemand kommen, der sich um sie kümmert!«

Nick sah sich um. *Das Gebäude wirkt wie ein großer Wohnkomplex und gar nicht wie ein Casino,* dachte er. *Wo verdammt noch mal sind wir hier?*

Auch Lisa runzelte die Stirn, nachdem ihre Blicke umhergewandert waren. *Haben wir da etwas komplett missverstanden?*

Beide behielten ihre Gedanken für sich und schlossen sich den anderen an. Sie gingen in das Gebäude. Innen war es angenehm klimatisiert. Doch die Einrichtung war etwas gewöhnungsbedürftig, wenn man die Casino-Hotels am Strip gewohnt war. Als Sitzmöglichkeiten standen Sitze zur Verfügung, die Lisa und Nick aus dem Abflugbereich eines Gates am Flughafen kannten. Sehr spartanisch. Sie nahmen

Platz und warteten. Erst einmal geschah nichts. Nick und Lisa nahmen an, dass gleich jemand kommen würde, um die gesamte Gruppe durch das Gebäude zu führen. Doch es kam anders.

Ein Herr im Anzug betrat den Raum und rief: »Mrs. und Mr. Baker?«

Ein Pärchen meldete sich und stand auf. »Hier!«

Der Herr im Anzug winkte sie zu sich her. »Sehr schön, bitte kommen Sie zu mir!« Das Ehepaar ging zu ihm und alle drei verschwanden in einem Gang.

Lisa japste nach Luft. »Die führen uns doch jetzt nicht alle einzeln durch das Gebäude, oder? Was soll denn das?!«

Ihre Annahme sollte sich jedoch bestätigen.

Ein Pärchen nach dem anderen wurde von einem Herrn oder einer Dame, in Anzug oder Kostüm gekleidet, aufgerufen und abgeholt. Bis sie selbst aufgerufen wurden.

Ein Herr in einem dunkelblauen Jackett und gepflegter Jeans rief: »Mrs. und Mr. Sommer?«

Nick und Lisa standen auf. Mit einem mulmigen Gefühl im Bauch gingen sie zu ihm hin und der Herr schüttelte ihnen freundlich die Hand.

»Mein Name ist Randy Coleman. Bitte folgen Sie mir.«

Während Randy ein wenig Smalltalk mit Nick betrieb und sie durch den Gang führte, musterte Lisa den Mann genau. Er sah verdammt gut aus, war zwar nicht besonders groß, sie schätzte vielleicht 1,82 m, aber die moderne Kurzhaarfrisur und sein Gesicht verliehen ihm eine angenehmes Äußeres. Auf seinem glatt rasierten Gesicht verteilten sich Hunderte von Sommersprossen, die gut zu seinen grünen Augen und den braunen Haaren passten. Ein smarter amerikanischer Typ um die Mitte Dreißig.

Der Gang, den sie entlangliefen, und auch die Säulen und die Treppe, die sie hochgingen, waren aus weißem Marmor. Zumindest sah es so aus. Sie kamen in eine Art Lobby. Lisa wunderte sich über die Art von Führung. Je weiter sie liefen, desto lauter wurde es und langsam entpuppte es sich als Stimmengewirr. Sie kamen um eine Ecke und sahen plötzlich einen Saal, in dem sicherlich hundert kleine Sitzgruppen standen, die aus einfachen Tischen und Stühlen bestanden. Überall saßen Dreiergruppen und redeten.

»Was ist denn das? Wo sind wir?«, brach es aus Lisa hinaus. »Nick?«

Ihr Mann war selber baff und wusste mit der Situation rein gar nichts anzufangen. »Jetzt verstehe ich auch nichts mehr!«, sagte er zu Lisa. »Ich meine, wir sind doch Lehrer, wir beide können das doch nicht so missverstanden haben!«

Lisa kratzte sich am Kopf. »Ich weiß auch nicht! Ein Casino-Hotel ist das hier jedenfalls nicht!«

Randy spürte die Unsicherheit der beiden und intervenierte. »Ich denke, wir holen uns erst einmal etwas vom Büfett und ein kaltes Getränk, und dann setzen wir uns.«

Leicht zweifelnd nickte Lisa und auch Nick folgte Randy zu dem Tisch auf denen Platten mit Sandwiches lagen. Danach holten sie sich einen Kaffee aus einem Automaten.

Nick raunte Lisa zu, als sie sich zu einem freien Tisch begaben: »Sagte Robert heute Mittag nicht etwas von einem 'exquisiten Snack'?«

Lisa sah auf ihren Teller mit den unappetitlich aussehenden Weißbrotscheiben und musste sich zusammenreißen, um nicht laut zu prusten. »Der Hunger treibt es hinein«, antwortete sie, und tatsächlich verspürte sich plötzlich ein unangenehmes Gefühl in der Magengegend. *Kein Wunder. Die letzte Mahlzeit haben wir an Bord als Frühstück zu uns genommen.*

Das Paar setzte sich, und auch Randy nahm neben dem Pärchen Platz. Er musterte sie neugierig. Es war immer wieder spannend für ihn, wenn er ein neues Ehepaar zugewiesen bekam. Er würde in der nächsten Stunde ihre derzeitige Lebensphase beleuchten, sich ihr Vertrauen verdienen und ihre Herzen öffnen! Randy setzte sein charmantestes Lächeln auf. Showtime!

5

Nachdem Randy vorschlug, sich beim Vornamen anzusprechen, begann er auf sehr charmante Art mit scheinbar harmlosen Fragen sein Programm abzuarbeiten. Die Antworten notierte er nebenher auf einem Bogen auf dem Klemmbrett. Es begann mit: 'Wie findet ihr Las Vegas? Denkt ihr, ihr kommt eventuell öfter her, nachdem ihr ja nun schon das zweite Jahr hintereinander hergekommen seid? Was sind eure Lieblings-Urlaubsländer? Wo würdet ihr gerne Urlaub machen, wo seid ihr noch nicht gewesen? Welcher Arbeit geht ihr nach? Habt ihr Kinder?' und endete damit noch lange nicht. Er wollte alles wissen. Welche Hobbys sie ausüben, wie der Familienzusammenhalt war, und so weiter. Randy fragte immer so charmant und geschickt, dass sie ihn nicht enttäuschen und vor den Kopf stoßen wollten. Zwischendurch zeigte er ihnen ein Foto von seinem eigenen Sohn, auf dem er im Kindergarten zu sehen war und erzählte einige lustige Anekdoten über ihn. Worauf das Ganze abzielte, blieb ihnen immer noch verborgen. Lisa und Nick wunderten sich und warteten insgeheim darauf, endlich durch das Ressort geführt zu werden.

Kurze Zeit später erörterte Randy ihnen eine tolle Möglichkeit, die sich bei einer Entscheidung am heutigen Tage sehr positiv auf den Preis auswirken würde. Er würde ihnen dieses Angebot nur unterbreiten, weil er sie so nett finden würde! Und zwar könnten sie sich für Jahre, wenn nicht gar für Jahrzehnte das Nutzungsrecht erkaufen, ein Luxus-Apartment in diesem Ressort in Las Vegas über Silvester zu bewohnen. Das wäre sozusagen ein Schnäppchen, denn Hotelzimmer in „The Entertainment Capital of the World“ an Silvester zu bekommen, wäre ja schier unmöglich. Und falls man eines ergattern würde, unbezahlbar!

Preis? Angebot? Nutzungsrecht? Langsam fing Nick an zu begreifen, worum es in diesem überaus anstrengenden Gespräch eigentlich ging. Ganz leise wurden die Alarmglocken in seinem Kopf immer lauter. Es ging um Time-Sharing!

Er selbst hatte sich nie mit dem Thema auseinandergesetzt, doch Nick erinnerte sich nun daran, dass seine Eltern ihm irgendwann in den 80er Jahren einmal davon erzählt hatten. Während eines Spanien-Urlaubs wurden sie auf einem Promenaden-Spaziergang von solch einer Organisation angesprochen. Sie hatten jedoch die Finger davon gelassen, denn sie mieteten sich lieber private Ferienhäuser oder fuhren mit dem Wohnmobil umher. Sich für Jahre für irgendetwas zu verpflichten und dafür eine Menge Geld zu bezahlen, war nicht ihr Ding. Und seines auch nicht! Bei der nächsten Gelegenheit würde er Lisa von seinem Wissen in Kenntnis setzen, und sie würden sich hier empfehlen. Und zwar auf nimmer Wiedersehen!

Nachdem Randy bei seinem Versuch, das teuerste Angebot seiner Organisation an den Mann zu bringen, nicht wirklich weiterkam, zog er das nächste Register. Eine Führung durch ein Luxus-Apartment!

Auf dem Weg zu der Wohnung nutzte Nick die Zeit, seine Frau ins Bild zu setzen. Sie hatte sich jedoch schon über die Ausführungen Randys Gedanken gemacht und solch eine Möglichkeit des Wohnens auf Reisen für sich ausgeschlossen. Sie fand das zu unflexibel und zu teuer. Auch die luxuriöse Einrichtung der Wohnung mit dem extravagantem Schlafzimmer, einer perfekt eingerichteten Küche und den vorhandenen Freizeitmöglichkeiten im Objekt konnte beide nicht überzeugen.

Randy hatte jedoch nicht vor aufzugeben. Als sie wieder in dem großen Saal ankamen, hatte sich die Gruppenanzahl verringert, und es war ruhiger geworden. Diese Ruhe wollte Randy nutzen. Er holte seinen großen Objektkatalog hervor und zeigte ihnen die schönsten Spots der Welt in verschiedenen Kategorien – Gold, Silber oder Bronze. Er redete auf das Paar ein und zeichnete immer wieder andere Time-Sharing-Modelle auf ein Blatt Papier. Danach eröffnete er ihnen die Möglichkeit, ihre Zeit einzutauschen, um andere Spots auf der Welt zu besuchen, zum Beispiel in Australien, Europa und Asien. Wieder zog er zu diesem Zweck seinen Katalog mit Objekten hervor. Später versuchte er ihnen aus lauter Verzweiflung günstigere Varianten mit weniger Wochen im Jahr schmackhaft zu machen. Alles vergebens.

Nach zweieinhalb anstrengenden Stunden machte Nick Randy unmissverständlich klar, dass sie sich für keines der Angebote entscheiden würden.

Randy war über diese Aussage mehr als enttäuscht. Er hatte jetzt schon soviel Zeit in diese Leute investiert! Sollten ihm diese beiden Deutschen wirklich seine Monats-Bilanz versauen? Sollte es keinen Abschluss geben, obwohl er es zeitweise geschafft hatte, dass sie über das Thema diskutierten und das Ganze eventuell in Betracht zogen? Randy fuhr sich verzweifelt mit der Hand über den Kopf. Er brauchte diesen Job! Er lag ihm, und er hatte ihn noch nicht so lange.

Er stand abrupt auf. »Dann kann ich euch also wirklich nicht überzeugen?«

Nick lächelte freundlich und stand ebenfalls auf. »Nein, danke. Doch es war nett von dir, dass du uns einen Einblick gewährt hast.«

Lisa, die sich ebenfalls erhoben hatte bestätigte die Aussage, um den Schein zu wahren.

Randy setzte sein nettestes Lächeln auf. »Keine Ursache! Das habe ich doch gerne gemacht, und falls ihr es euch noch anders überlegt …«

Nick reichte es jetzt und sah demonstrativ auf seine Armbanduhr. »Ähm, ja. Wir müssen jetzt auch los. Wir haben noch etwas vor.«

Randy reagierte sofort. »Oh natürlich! Ich bringe euch noch nach unten zu Jacky! Sie wird euch eure Vouchers für die Showtickets ausdrucken! Dann bringt euch ein Bus zurück.«

Lisa war erleichtert. *Endlich hört er auf zu reden!*

Randy brachte das Paar nach unten zu einem improvisierten, mit Stellwänden abgetrennten Bürobereich, und sie verabschiedeten sich. Randy reichte Lisa die Hand und schüttelte sie zum Abschied. »Also vielen Dank für euren Besuch!«

Lisa lächelte den gut aussehenden Mann an. Er hatte ihnen zwar ein paar Stunden ihres Lebens genommen, aber überaus charmant fand sie ihn trotzdem. »Wir danken dir!«

Randy gab auch Nick die Hand und drückte sie sehr fest. »Auf Wiedersehen, Nick!«

Nick wollte sich keine Blöße geben und verabschiedete sich ganz locker, obwohl ihm seine Hand vom harten Händedruck schmerzte. Als Randy gegangen war, schüttelte er sie aus. »Spinnt der? Er hat mir fast die Hand zerquetscht!«

»Jetzt tu mal nicht so! So schlimm kann es ja wohl nicht gewesen sein! Bei mir war er ganz sanft!«

Nick sah sie ein wenig verärgert an. »Kein Wunder, du bist ja auch eine gutaussehende Frau und kein Kerl!«

Lisa grinste. »Ist da etwa jemand eifersüchtig?«

»Quatsch. Los, lass' uns lieber die Voucher abholen.«

Nachdem Jacky ihnen die Voucher ohne Probleme ausgehändigt hatte, durften sie in den klimatisierten Bus steigen, der vor dem Ressort wartete. Beide waren völlig erledigt. Lisa fror und fühlte sich unwohl. Nick schüttelte seinen Kopf und sah nachdenklich aus dem Fenster. So viel vergeudete Zeit! Wäre er mal lieber Skydiven gegangen.

6

Nachdem sich Lisa und Nick nach der Tortur in dem Ressort frisch gemacht hatten, hielt sie nichts mehr im Hotelzimmer. Sie wollten endlich ein weiteres Mal Las Vegas erkunden.

Sie verließen das Jaipur, gingen ein paar Schritte vom Hotel weg auf den Strip. Inzwischen war es draußen dunkel, und die Beleuchtung der Hotels ließ Vegas zur Glitzerstadt in der Wüste werden. Die Atmosphäre auf der Straße war mitreißend und berauschend. Die Leute, die an ihnen vorübergingen, manchmal zu zweit, manchmal in Gruppen, hatten gute Laune und genossen ihre freie Zeit in vollen Zügen. Aus den Bars, Clubs und Lounges, an denen sie vorüber kamen, dröhnte Musik. Manchmal angesagter Pop, oft auch Heavy Metal, aber auch live gespielter Jazz. Jeder Musikgeschmack wurde befriedigt.

Sie saugten das flippige Nachtleben kurz in sich auf und steuerten danach direkt das 'Mirage' an. Das Hungergefühl ließ sich bei den beiden nicht mehr unterdrücken. Ohne sich großartig in der Lobby des Casino umzusehen, gingen sie schnurstracks zu ihrem Lieblings-Burger-Restaurant in Vegas. Am Empfangstresen wurden sie abgeholt und an einen Tisch begleitet. Die Bedienung reichte Nick und Lisa die Speisekarten und ließ ihnen Zeit, sich etwas auszusuchen.

»Endlich! Ich habe so einen Hunger, ich könnte einen ganzen Elefanten verspeisen«, sagte Lisa mit einem Lachen.

Nick sah sich das große Angebot auf der Karte an, obwohl er eigentlich schon wusste, was er wählen würde. »Da wären wir wohl lieber im 'Jaipur' geblieben. Hier bekommst du nur einen Burger oder ein saftiges Steak vom amerikanischen Rind!«, neckte er Lisa.

»Ha. Ha. Ich weiß!«

»Nach diesem scheußlichen Sandwich heute mittag werde ich jetzt den Angus-Burger mit extra Bacon nehmen.«

»Oh, nein. Bitte! Erinnere mich nicht an das Mittagessen! Das war echt so mies!«

Nick sah sie an. »Und dieser Typ! So unheimlich freundlich und bemüht. Bis zum Schluss. Obwohl er eine Abfuhr von uns bekommen hat.« Er schüttelte den Kopf. »Ich weiß auch nicht. Das ist wohl typisch amerikanisch. Ist auch egal. Von dem verkorksten Nachmittag lass ich mir jetzt nicht den Urlaub vermiesen.«

Lisa pflichtete ihm bei. »Genau. Vergessen wir das Ganze!« Sie reckte den Kopf. »Wo bleibt überhaupt die Bedienung?«

Nachdem beide einen riesigen Angus-Burger mit Salat und den weltbesten French Fries gegessen hatten, bestellten sie sich zusammen noch einen sahnigen Schokoladen-Milchshake. Der rundete das Mahl würdig ab. Lisa lehnt sich zurück und stöhnte laut. »Das war so lecker, aber jetzt kannst du mich raus rollen!«

Nick streichelte genießerisch über seinen Bauch. »Du sagst es! Das Essen war wirklich fantastisch! So gut – das würde ich mir sogar als Henkersmahlzeit bestellen!«

»Und was machen wir jetzt?«

»Wir könnten zu Fuß in Richtung Bellagio gehen, die Fontänen-Show ansehen.«

Lisa war begeistert. »Genau. Und auf dem Weg besorgen wir uns gleich die Show-Tickets. Dann haben wir das schon mal erledigt. Morgen möchte ich nämlich tagsüber gerne zu dieser Geisterstadt, die auf dem Flyer empfohlen wurde. Das andere Angebot ist etwas, wo man Machine Guns ausprobieren kann.

Also nichts für uns. Hättest du auch Lust auf die Geisterstadt? Das ist nicht soweit weg, und eine Ermäßigung bekommen wir auch noch.«

Nick schwankte. Als Action-Junkie hatte er in Deutschland im Internet schon nach Indoor-Skydiving-Spots in Las Vegas gesucht und auch ausfindig gemacht. Das zu machen war ein langgehegter Traum von ihm. Andererseits, warum sollten sie nicht direkt einen Ausflug machen? Fliegen konnten sie ja auch noch übermorgen.

Die Kellnerin kam in der Zwischenzeit an den Tisch und brachte die Rechnung. Nick prüfte sie, holte seine Kreditkarte heraus und legte sie in das Lederetui. Dann wandte er sich Lisa zu. »Eine gute Idee! Das schöne Wetter sollten wir nutzen! Aber erst schlafen wir gemütlich aus!«

»In Ordnung! Da bin ich dabei!«

7

1990

Sein 'Vater' stieß ihn auf dem Weg vom Arbeitsgebäude zum Wohnhaus vor sich her. »Los, geh schon!« Er lachte kalt. »Dann hast du es schneller hinter dir.« Der Junge gehorchte. Er hatte im Laufe der Jahre gelernt, dass es keinen Zweck hatte, sich zu wehren. Nicht jetzt.

Er lief vor dem wuchtigen Mann her und sah sich verstohlen um. War denn wieder niemand da, der ihm helfen konnte? Einer von den Angestellten vielleicht? Er war sich sicher, dass sie wussten, sein 'Vater' Hank machte irgendetwas mit ihm, was nicht in Ordnung war. Aber alle hatten Angst! Angst davor, ihren Job zu verlieren. Angst davor, ihren Familien in Mexiko kein Geld mehr schicken zu können. Angst davor, abgeschoben zu werden. Deshalb schwiegen sie. Und deshalb musste er leiden!

Sie betraten das Wohnhaus, und Hank stieß ihn grob immer weiter in Richtung Kellertreppe. Der Zwölfjährige ging langsam hinunter. Hier im Dunklen lag das Zimmer von ihm und seinem jüngeren Bruder.

»Beeil' dich schon!«, keuchte Hank, der die Zimmertür des Jungen hinter den beiden mit einem Schlüssel abschloss. Der braunhaarige Junge ging zu seinem Bett und setzte sich. Er wusste nicht, was sein 'Vater' heute von ihm wollte. Es konnte mehr oder weniger schlimm werden, aber eins war sicher: Es war etwas Widerwärtiges – etwas, das kein Kind je erleben sollte! Mit geneigtem Haupt wartete er. Er hörte erst ein klackendes, metallisches Geräusch, dann ein schleifendes. Der Junge wusste was das war. Hank zog den Gürtel aus den Laschen seiner Hose!

»Los! Ausziehen! Du Kröte!«

Der Junge tat wie ihm geheißen, doch das ging Hank nicht fix genug, und er schlug ihn mit voller Kraft mit dem Gürtel auf den Rücken. Der Junge wimmerte vor Schmerz.

»Jetzt nimm die Bibel, geh auf die Knie und beuge dich runter!«

Der Zwölfjährige sah ihn an. »Bitte nicht!«

Hank streifte die Sachen von seinem massigen Körper. »Stell dich nicht so an! Du weißt doch, was ich will! Und fang endlich an zu lesen!« Dann kniete er sich hinter den Jungen.

8

Samstag, 8.08.2015

Am nächsten Morgen wachten sie früher auf als gedacht. Um 8.00 Uhr. Der Jet-Lag machte ihnen gehörig einen Strich durch die Rechnung. Der erste Abend auf dem Las Vegas Strip war kürzer ausgefallen als sie vorher angenommen hatten. Gegen 22.00 Uhr war ihnen die Puste ausgegangen, und sie konnten sich vor Müdigkeit nicht mehr auf den Beinen halten.

Lisa kuschelte sich ins Laken und streckte ihre Hand aus, um ihrem Mann über das Haar zu streicheln. »Guten Morgen, Schatz! Na? Ausgeschlafen?«

Nick brummte. Er war sauer. »Ich weiß nicht. Ich hätte gerne noch länger geschlafen!«

»Ja, klar«, antwortete Lisa. Sie lag mit dem Kopf auf den vielen dicken Kissen und sah zur gegenüberliegenden Wand auf ein Bild, das einen indischen Palast zeigte. Im Vordergrund stand ein Mann mit einem reich verzierten Elefanten. In Gedanken versunken zog sie eine braune Haarsträhne über ihren Zeigefinger zu einer Locke. Dieser Mann erinnerte sie an etwas. »Sag mal, was mir gerade einfällt. Hast du eigentlich die Adresse von Clark dabei? Ich habe sie zu Hause vergessen, wir wollten ihn doch besuchen.«

Nick gähnte. »Echt? Das hatte ich gar nicht auf dem Schirm. Von dem haben wir doch seit zwei Monaten kein Lebenszeichen mehr gehört.« Er fuhr sich mit der Hand über die Augen, wischte den Schlaf weg und überlegte. »Ich glaube, ich habe die Telefonnummer im Handy und die Adresse vom letzten Jahr noch im Navi gespeichert.«

Clark Brewster, einen deutschstämmiger Amerikaner, hatten sie im letzten Jahr im Hofbräuhaus in Las

Vegas kennen gelernt. Er hatte sie zu sich nach Hause eingeladen, und sie hatten sich auf Anhieb mit der ganzen Familie gut verstanden. Nach dem Urlaub hielten sie die Bekanntschaft und den Kontakt von Deutschland aus über Email oder Skype aufrecht. Inzwischen lebte er jedoch von seiner Frau Eileen getrennt. Ihre Ehe wirkte damals schon nicht sehr glücklich auf Lisa und Nick, und sie war im Laufe des Jahres zerbrochen. Die Gründe kannten sie nicht. Lisa hatte sich jedoch fest vorgenommen, Clark ins Gewissen zu reden. Vielleicht war die Ehe ja noch zu retten. Schon der beiden Kinder wegen, die mit Eileen ausgezogen waren.

»Gib mir mal dein Handy rüber, dann guck ich gleich mal nach, ob du die Nummer hast.«

Brummend nahm Nick sein Smartphone vom Nachttisch und schmiss es Lisa achtlos auf ihre Bettdecke. Sie nahm es und scrollte im Telefonverzeichnis herunter. »Ja, hier ist er ja! Weißt du was? Ich schreib ihm noch schnell eine SMS, was wir so vorhaben, und frage gleich, wann er Zeit hat.«

»Mach das«, murmelte Nick müde.

Nachdem Lisa fertig war, schwang sie ihre Beine aus dem Bett, trat an das Panoramafenster und schob die Vorhänge beiseite. Sofort blendete sie das grelle Licht, sodass sie ihre Augen zusammenkneifen musste. Vom Bett her hörte sie ein lautes Stöhnen. Sie grinste. Nick war anscheinend über so viel Helligkeit auch nicht erfreut. Langsam gewöhnten sich ihre Augen an das Licht. Sie sah hinunter auf den Strip. Am frühen Morgen war dort noch nichts los. Ein paar übereifrige Jogger, wenige Autos. Mehr nicht. Die nächtlichen Besucher lagen alle noch in ihren Betten.

Lisa drehte sich um, trat zu Nick an das Bett und zog ihm die Decke weg. »Raus aus den Federn. Ein weiterer wundervoller Tag in Amerika wartet auf uns!«

Nick protestierte und holte sich die Decke wieder. »Wieso musst du immer morgens so fit sein? Das ist ja schrecklich! Komm lieber wieder ins Bett. Es ist noch viel zu früh!«

Lisa lachte und zog ihm abermals die Decke fort. »Los hoch mit dir. Komm duschen! Das macht dich wach.«

Nick kniff die Augen zusammen, fixierte Lisa und lächelte. Das würde er sich nicht zweimal sagen lassen.

Zwei Stunden später zog Nick die Tür des Subway-Restaurants auf und ließ Lisa beim Hinausgehen charmant den Vortritt. »Bitte sehr, die Dame!«

Lisa lächelte und machte einen angedeuteten Knicks. »Vielen Dank, der Herr!«

In dem Laden der beliebten Fast-Food-Kette hatten sie in aller Ruhe ein Frühstück mit Bacon, Egg and Cheese und einen leckeren Kaffee genossen. Sie gingen zum Mustang. »Ich hätte nicht gedacht, dass ich so schnell schon wieder etwas essen kann, nach dem reichlichen Mahl von gestern Abend.«

Nick entriegelte per Funk die Türen des Wagens, öffnete seine Seite und schmiss die gekauften Sandwiches für den Mittagssnack und drei Wasserflaschen auf den Rücksitz. Lisa stieg ebenfalls ein und warf noch zwei weitere Flaschen dazu. Dann nahm sie das aus Deutschland mitgebrachte Navigationsgerät in die Hand und gab die Adresse von Greatstone ein. Anschließend befestigte sie es auf der Vorrichtung an der Frontscheibe. Das Gerät berechnete die Fahrtroute.

»Die Fahrt dauert zirka 30 Minuten«, stellte Lisa nach einer Minute Wartezeit fest.

»Das geht ja. Dann schnall dich mal an.«

Die Fahrt im offenen Wagen war angenehm. Lisa suchte im digitalen Satellitenradio nach modernen

Countrysongs, die ihnen dieses amerikanische Freiheitsgefühl vermittelten, das sie bei der Fahrt durch das Land verspürten. Beide hatten ihre Sonnenbrillen auf der Nase, ließen den Blick über die Berge schweifen, summten zur Musik mit und genossen ihren ersten richtigen Urlaubstag.

Nach einer halben Stunde mussten sie von der Hauptstraße abbiegen und kamen auf einen buckligen, unbefestigten Weg. Grober Schotter und tiefe Löcher machte Nick die Fahrt schwer, und dieser zwei Kilometer lange Teilabschnitt dauerte fast genauso lange wie die Fahrt vorher. Er lenkte den Wagen sehr vorsichtig, denn solche unbefestigten Wege durfte er laut Automietvertrag eigentlich gar nicht befahren.

Endlich erreichten sie durchgeschüttelt und mit einem ziemlich verstaubtem Auto die Schranke am Eingang des Parks, und eine Frau mit Rangerhut und khakifarbenen Anzug kam aus dem kleinen Kassenhäuschen auf sie zu.

»Herzlich willkommen im Historic State Park Greatstone! Ich heiße Sarah. Wie geht es Ihnen?«

Nick, dem das Geplänkel schon geläufig war, antwortete. »Danke gut, Sarah!«

Die Frau nickte. »Sie sind zu zweit?«

»Ja.«

»Das macht dann 34$. Zahlen Sie ...«

Nick unterbrach sie. »Einen Moment bitte, wir haben noch einen Ermäßigungsgutschein.«

»Okay, gerne.«

»Lisa? Gibst du ihn mir?«, wandte sich Nick an seine Frau.

Lisa kramte in ihrem Rucksack, fand den Flyer und riss den unteren Teil ab. »Hier bitte.«

Nick nahm ihn und übergab an Sarah.

Sie sah ihn sich an und lächelte. »Gut. Dann bekomme ich jetzt 15$ von Ihnen. Zahlen Sie bar?«

Nick sah Lisa an. »Also ich habe kein Bargeld mehr. Du?« Lisa sah kurz nach, schüttelte den Kopf und zog dann ihre Kreditkarte heraus. »Nein. Gib ihr diese.«

Nick übergab Sarah die Karte. Sie ging kurz zurück in das Häuschen, zog die Karte durch ein Gerät und holte ihnen einen Prospekt und einen mehrseitigen Informationszettel über die Geisterstadt.

Als sie wieder da war, übergab sie alles an Nick. »Sie können sich in dem Park frei bewegen. Der Park ist bis um 6 Uhr abends geöffnet, und das Museum macht zwischen 1 und 3.30 mittags eine Pause. Ich wünsche einen schönen Aufenthalt!«

Nick lachte sie strahlend an. »Danke. Den werden wir sicher haben! Auf Wiedersehen!«

Nick fuhr 50m weiter bis zum Parkplatz. Dort stellte er den Wagen neben vielen anderen ab und machte das Verdeck des Cabrios zu.

»Endlich da! Auf der Schotterpiste dachte ich schon, wir kommen gar nicht mehr an!«

»Ich auch! Aber jetzt kann es ja losgehen. Packst du das Essen und die Getränke in den Rucksack, Lisa? Ich wollte noch einmal um das Auto gehen, um nach Lackschäden zu gucken.«

»Ja klar.« Lisa griff nach hinten und zog den Rucksack, die Subway-Tüte und zwei der Getränkeflaschen nach vorn auf ihren Schoß. Dabei fiel ihr Geldbeutel in die Ritze vorn neben den Sitz. Sie packte den Rucksack, stieg aus und band sich ihre leichte Shirtjacke um den Bauch. »Und? Irgendwelche Schäden zu vermelden?«

»Ja.« Nick kratzte sich im Nacken. »Ein paar kleine Kratzer im Lack sind schon da, doch das wird schon nicht so schlimm sein!« Er schloss per Funk den Wagen, der daraufhin zweimal einen lauten Piepton abgab und nahm Lisa den Rucksack ab. »Lass uns gehen!«

Hand in Hand schlenderten sie über einen staubigen Trampelpfad in Richtung Geisterstadt. Schon bald sahen sie auf dem Weg die ersten verrosteten Überbleibsel von Förderanlagen. Lisa nahm den gelben Zettel in die Hand und las sich grob die ersten Informationen durch. »Also, die Stadt entstand in der Mitte des 19. Jahrhunderts, nachdem man hier die ersten Goldfunde gemacht hatte. Nach und nach siedelten sich immer mehr Leute hier an. Nach 20 Jahren lebten hier über 10.000 Menschen!«

Sie waren nun auf einer kleinen Anhöhe angekommen, von der sie einen guten Überblick über die Stadt hatten. Sie sahen auf eine übersichtliche Zahl von alten, teilweise gut erhaltenen Holzhäusern verschiedener Größe und Bauart, verteilt über ein großes Areal. Dazwischen lagen trockene Grasflächen, auf denen sie alte Loren und verrostete alte Lieferwagen stehen sahen. Lisa sah auf ihren Infozettel. »Greatstone war einmal viel größer als das, was wir hier noch sehen. Das sind ungefähr noch 100 Gebäude, die erhalten sind. Zig andere sind bei zwei großen Bränden damals vernichtet worden.«

Nick war beeindruckt und pfiff durch die Zähne. »Das wird ein interessanter Tag werden!«

Sie gingen weiter und kamen nach einer Weile zum ersten Wohnhaus. Es war aus Holz gebaut und hatte eine nette Veranda unter dem Vorbau. Lisa stieg die Stufen hoch und drehte sich. »Gar nicht so schlecht, so ein Häuschen! Ich stelle mir gerade vor, wie ich ich hier mit meinem langen puffärmeligen Kleid gestanden hätte, eine Schürze vorgebunden und eines der sechs kleinen Gören beruhigt hätte, weil sie auf ihren goldschürfenden Daddy warten!«

»Der aber leider den Verdienst gerade in der Kneipe und danach zwischen den Schenkeln einer ebenfalls besoffenen Hure auf den Kopf gehauen hätte!«, konterte Nick.

Lisa schürzte die Lippen. »Das war ja klar, dass dir das als erstes in den Sinn kommt!«

Nick tat empört. »Hey, was denkst du von mir? Das steht hier auf dem Zettel!« Er hielt ihn demonstrativ in die Höhe. »Diese Stadt zog das Böse nur so an! Sie war ein Moloch! Räuber, Prostituierte, Spielhallen, Opiumhöhlen, Saloons, Revolverhelden ...«

Lisa riss ihm den Zettel aus den Händen, suchte die Stelle und las vor. »... , aber auch Familien, Arbeiter, Geschäftstreibende und Leute aus der ganzen Welt, die ihr Glück suchten!«

»Hört sich alles ein wenig nach Las Vegas an!« Nick guckte durch eines der offenen Fenster ins Innere des Hauses. Dort herrschte ein wildes Durcheinander. Als ob die Familie, die dort damals wohnte, schnell aufgebrochen wäre und danach die Vandalen Einzug gehalten hätten, gepaart mit einhundert Jahre altem Staub und Dreck. Mitten im Raum stand ein altes Eisenbettgestell, an der Wand hing ein kaputtes Holzregal. An manchen Stellen lagen Holzbretter, Steine und Flaschen herum. »Sieht alles sehr authentisch aus!«

Lisa nickte. »Ja. Die Häuser und Anlagen werden wohl nur erhalten, aber nicht restauriert. In ein paar Wohnhäuser kann man auch hineingehen. Die sind dann so eingerichtet, wie es früher üblich war.«

»Na gut, dann lass uns mal weitergehen.«

Sie liefen die damalige Hauptstraße herunter und sahen sich nach und nach die verschiedenen Häuser an, die auf dem Informationszettel mit Nummern gelistet waren. Zu fast jedem Haus gab es Informationen über Besitzer und Nutzung in der damaligen Zeit. Nick machte viele Fotos. Er hatte die Idee, das Thema „Geisterstadt“ eventuell mal in einer seiner Geschichtsstunden in der Schule aufzugreifen.

Um 12.45 Uhr kamen sie schließlich zu dem alten Bürgersaal, in dem nun das Museum samt Souvenirshop seinen Platz gefunden hatte. Sie traten in das hohe Gebäude, während andere Besucher das Haus verließen. Sie waren nun die einzigen Touristen und gingen den rechten Gang entlang, vorbei an Tischen und Glasvitrinen. In ihnen waren die wertvollsten und am besten erhaltenen Originalstücke untergebracht. Nick und Lisa sahen dort feine Netzhandschuhe, Parfümfläschchen aus Kristall, edle Puder- und Tabakdosen aus ziseliertem Silber und Kinderpuppen. Im rückwärtigen Teil des Hauses waren größere Haushaltsgegenstände wie Herde oder Truhen und Teile von Fuhrwerken und Handwerksgegenstände ausgestellt. Dann schlossen sich nochmals Glasvitrinen mit wertvolleren Überbleibseln der alten Zeit an. Langsam schlenderten Nick und Lisa, die Ausstellungsstücke betrachtend, in Richtung Ausgang.

»Wir schließen in fünf Minuten!«, erklang es vom Tresen.

Lisa sah kurz zu dem Museumsangestellten, stutzte und erschrak. Dann schüttelte sie Nick am Arm und raunte: »Guck dir den Verkäufer mal an!«

Nick betrachtete gerade interessiert ein paar gut erhaltene Vorratsdosen aus Metall. »Was ist?«, fragte er in zu lautem Ton.

»Schsch! Nicht so laut!« Lisa sah noch einmal zu dem Mann herüber. Er sortierte an einem Ständer, der auf dem Kassentisch stand, Postkarten ein, drehte plötzlich den Kopf in ihre Richtung und sah ihr direkt in die Augen. Lisa fühlte sich ertappt.

»Was ist denn, Lisa?«, fragte Nick nach.

Lisa wandte dem Mann den Rücken zu. »Du solltest dir den Typen an der Kasse angucken!«

Nick drehte sich und wollte ihn sich ansehen.

»Nein! Jetzt nicht! Das fällt zu stark auf.«

Nick sah Lisa an. »Was hast du denn? Was ist mit dem Typen?«

»Leise! Ist jetzt egal! Guck ihn dir einfach an, wenn wir gleich hinausgehen!«

Nick zuckte mit den Schultern. »Ich wollte sowieso noch ein paar Postkarten für den Unterricht mitnehmen. Wer weiß, wie gut meine Fotos werden.«

Lisa schluckte. Sie konnte den Blick nicht vergessen, den ihr der Mann gerade zugeworfen hatte. »Wenn du meinst. Ich gehe aber schon mal raus und warte dort!« Mit schnellen Schritten ging sie zur Tür.

Nick folgte ihr langsam. »Okay, bis gleich.« Er sah, wie der Mann sich drehte und Lisa hinterher guckte. Dann wendete er den Kopf ganz langsam zu Nick zurück und sah ihm direkt ins Gesicht. »Kann ich Ihnen helfen?«

Nick sah den Mann an und wollte antworten, aber ihm blieben die Worte im Hals stecken.

»Sir?«

Nick war fassungslos. Noch nie in seinem ganzen Leben hatte er aus der Nähe so etwas gesehen. Quer über das ganze Gesicht seines Gegenübers, oben links neben dem Auge angefangen, bis zum Kinn auf der rechten Seite, verlief eine wulstige, weiße Narbe. Sie teilte das Gesicht in zwei Hälften, entstellte diesen Mann und ließ ihn wie ein Monster erscheinen.

Nick war immer noch sprachlos. *Oh mein Gott! Der arme Mann!*

»Sir? Kann ich Ihnen helfen?«

Nick starrte ihn immer noch an. »Äh, äh. Nein danke.« Er fand die ganze Situation plötzlich sehr unangenehm, da er den Museumsangestellten so angestarrt hatte. Er senkte den Blick. »Ich wollte nur fragen, ob Sie jetzt schließen?«

Der Mann blickte auf die große Uhr über der Eingangstür und sah zurück zu Nick. »Ja, Sir! Wir schließen genau jetzt!«

Nick schluckte und dachte: *Vielleicht will der Typ gar nicht so finster gucken, wie er es gerade macht. Es wirkt vielleicht nur wegen der Entstellung so.* Der junge Lehrer bewegte sich langsam zum Ausgang. »Ah.

Okay. Danke und Auf Wiedersehen.« Dann ging er hinaus, wo Lisa schon auf ihn wartete.

Der Mann in Rangerkleidung ging um den Holztresen herum und holte den Mülleimer, der vor dem Eingang stand, hinein. Dann trat er hinaus, zog die große, schwere Holztür zu, nahm seinen großen Schlüsselbund und schloss ab. Dabei drehte er den Kopf und beobachtete nebenbei das Pärchen, wie sie sich laut miteinander lachend und turtelnd vom Museum entfernten. Er konnte nicht verstehen, was sie auf deutsch sagten, aber er dachte sich seinen Teil. Mit nachdenklichem Gesicht und zu Schlitzen verengten Augen sah er ihnen nach. Dann ging er los. Er hatte noch etwas zu erledigen!

9

Diese verdammten Überstunden geben meiner Ehe bestimmt den Rest, dachte Villano, als er gegen 11 Uhr morgens das Büro betrat. Gestern Abend, als er gegen 1.30 Uhr nach Hause gekommen war, hatte seine Frau schon im Bett gelegen. Ob sie wirklich schon schlief, konnte er nicht mit Sicherheit sagen, als er nach einer sehr langen Dusche zu ihr in das Bett stieg. Sein Gefühl sagte ihm, dass sie noch wach war, sie rührte sich aber nicht. Wahrscheinlich wollte sie einfach nicht mehr mit ihm reden. Das gemeinsame Frühstück am heutigen Morgen war auch sehr wortkarg ausgefallen. Er hatte ihr von dem neuen Fall erzählt, aber gleich zu Anfang gemerkt, dass sie das nicht wirklich interessierte. Sie guckte immer nur kurz von ihrer Zeitung auf und sagte: »Aha« oder »Okay.« Früher war sie immer Feuer und Flamme für seine neuen Fälle gewesen. Als Sachbearbeiterin bei einer Bank war sein aufregendes Leben für sie eine Bereicherung gewesen, und er genoss mit ihr die Ruhe und Normalität, wenn er zu Hause war. Doch irgendetwas hatte sich verändert. Er warf sein Jackett über den Stuhl vor seinem Schreibtisch. *Ich muss aufpassen, dass ich ihre Geduld nicht überstrapaziere,* dachte er. Das konnte jedoch bei diesem Fall schwierig werden.

Keyomi Grant, die gerade den Raum betrat, lenkte ihn ab. Sie war die Systemanalystin mit Harvardabschluss und ein Ass darin, alles und jeden per Computer zu durchleuchten. »Hi Joe«, grüßte ihn die hübsche Halbasiatin, deren Vater Amerikaner und die Mutter Chinesin war.

»Hey Keyomi«, lächelte Villano sie an, stand auf und gesellte sich zu seiner Kollegin, die sich gerade auf ihren Stuhl setzte. »Tut mir leid, dass wir deinen freien Samstag zerstören, aber wie ich am Telefon schon sagte, haben wir es höchstwahrscheinlich mit einem Serientäter zu tun. Und das hier in Las Vegas! Wenn sich das herumsprechen sollte ...«

Sie sah ihn mit ihren mandelförmigen braunen Augen seltsam traurig an. »Kein Problem, Joe. Ich hatte sowieso nichts Besseres zu tun.«

Villano fiel auf, dass seine zierliche, kleine Kollegin gar nicht so fröhlich und aufgekratzt wie sonst wirkte.

Grant nahm einen Schluck Kaffee und wollte den Becher danach wieder auf ihren Schreibtisch schieben. Sie stellte sich jedoch so ungeschickt an, dass der Inhalt des Bechers über ihre Tastatur kippte. Die junge Frau sprang erschrocken auf, stolperte einen Schritt zurück und fluchte. »Oh, so eine Scheiße! Mist, Mist, Mist!«

Villano riss erschrocken die Augen auf. Als er die Situation erfasst hatte, führte er Grant an den Schultern zart zur Seite. »Beruhige dich, Key! Ich regele das!« Zuerst schob er ihren Stuhl beiseite und ging dann mit schnellen Schritten zum Waschbecken, welches ein paar Meter entfernt war, zog sich einen Haufen Papierhandtücher heraus und eilte damit zum Schreibtisch zurück. Einen Teil der Handtücher schmiss er auf die große Kaffeepfütze auf dem Tisch, mit den anderen Tüchern wickelte er die Funktastatur ein. »Alles nicht so schlimm, siehst du? Wir rufen einfach Fernando an, und er bringt dir in Windeseile eine trockene Tastatur. Davon sollte er noch einige im Lager haben.«

Die Halbasiatin sah Villano dankbar an. Kurz darauf füllten sich jedoch ihre Augen mit Tränen, und sie fiel ihm spontan mit den Armen um den Hals. »Danke Joe!«

Villano war ziemlich verdattert und sah sich schnell im Raum um, ob jemand seiner Kollegen den

Gefühlsausbruch mitbekommen hatte. Doch das Großraumbüro war am Samstag nur sparsam besetzt. Sanft schob er seine Kollegin von sich weg und versuchte ihr in die Augen zu gucken. »Hey Key, was hast du denn?«

Grant blinzelte ihn mit nassen Wimpern und zerlaufener Mascara an.

»Der Gefühlsausbruch hier hat doch ganz andere Gründe, oder?«

Seine Kollegin ließ sich in ihren Drehstuhl plumpsen und fing lustlos an, den Rest der Kaffeepfütze mit den Handtüchern aufzuwischen. Sie ignorierte Villanos Frage erst einmal. Sie musste wohl kurz nachdenken, ob sie sich ihm anvertrauen sollte. Als sie fertig war, schmiss sie den großen nassen Klumpen in ihren Mülleimer.

»Keyomi?«

Mit gebeugten Schultern und einem lauten Seufzen drehte sich Grant schließlich zu ihrem Lieblingskollegen. »Du kennst mich einfach zu gut, Joe. Natürlich hat es nichts mit dem verschütteten Kaffee zu tun. Daniel hat gestern mit mir Schluss gemacht! Einfach so! Am Telefon!«

Villano schluckte, steckte er doch selber in einer Beziehungskrise. Er musste sich erst einmal setzen. Dann rutschte er mit seinem Stuhl in Grants Nähe und nahm ihre kleinen zierlichen Hände. »Das tut mir leid, Key! Kein Wunder, dass du so durch den Wind bist.«

Grant schniefte und zog die Nase hoch.

Villano, zog sein Stofftaschentuch hervor und gab es seiner Kollegin. »Hier, nimm!«

»Wirklich?«

»Ja, mach schon. Du kannst es behalten. Ich habe hunderte davon zu Hause!«

Die Fünfundzwanzigjährige schnäuzte sich und wischte danach mit einem sauberen Zipfel die verlaufene Schminke unter den Augen fort. »Wirklich hunderte?«, lachte sie zaghaft.

Villano blinzelte sie verschmitzt an. »Klar!« Dann klappste er ihr leicht auf den schmalen Oberschenkel. »Weißt du was? Ich fand Daniel sowieso recht langweilig. Der hat gar nicht zu dir gepasst!«

Grant, die aufgrund ihrer vielfältigen Hobbys noch nicht viele Beziehungen geführt hatte, sah ihn mit großen Augen an. »Meinst du wirklich?«

Villano nickte und fing an Dinge aufzuzählen, bei denen Daniel sich sofort geweigert hatte, sie mitzumachen. »Denk ans Fallschirmspringen, an den Helicopterflug oder die durchsichtige Plattform am Grand Canyon!« Villano grinste. »Er ist ja noch nicht mal in die Achterbahn vom „New York - New York" gestiegen!«

Grant, die nicht nur ein Ass am Computer war, sondern sich auch im richtigen Leben allen Abenteuern stellte, fing laut an zu lachen. »Stimmt eigentlich! Er war wirklich ein blöder Waschlappen!« Nun liefen ihr schon wieder Tränen über die Wangen. »Das Beste ist ...« Sie bekam sich gar nicht wieder ein. »... das Beste ist, er sagte zu mir am Telefon, unsere Beziehung wäre ihm zu langweilig!«

Nun konnte sich auch Villano nicht mehr halten und prustete laut los. »So ein Penner!«

»Ja, hier herrscht ja schon trotz der frühen Stunde eine super Stimmung!« Porter, dessen schwarze Wuschelmähne heute besonders charmant aussah, schmiss seine Arbeitstasche auf den Schreibtisch und sah die beiden Kollegen mit seinen ungewöhnlichen blaugrünen Augen grinsend an. »Darf man mitlachen?«

Villano und Grant wechselten einen schnellen Blick, und die junge Asiatin antwortete: »Joe, hat nur einen schlechten Witz gerissen.«

Porter sah seinen Kollegen an und grinste. »Echt? Von dir hört man doch sonst nur Kracher.«

Villano verzog den Mund, er wusste, seine Witze waren meist nicht so der Bringer. »Haha.« Dann rollte er mit seinem Stuhl zurück zu seinem Schreibtisch. »Lass uns lieber mal anfangen!«

Grant stand auf und griff sich ihre nasse Tastatur. »Ich besorge mir mal eben eine neue. Bin gleich wieder da!«

Porter sah ihr hinterher. »Okay, aber beeil' dich. Wir wollen den Fall besprechen.« Dann wandte er sich an Villano. »Sonst alles klar bei dir?«

Villano fing an, seinen Schreibtisch aufzuräumen. Er konnte bei so einem Chaos nicht arbeiten. Angewidert ließ er die gebrauchten Holzstäbchen vom chinesischen Essen gestern Abend und die leere Pappschachtel in den Papierkorb fallen. »Es geht schon. War halt eine kurze Nacht!«

»Da hast du recht. Nach dem, was uns Elijah noch mitgeteilt hat ...« Porter ging zu der durchsichtigen Stellwand und zog sie weiter zu ihren Schreibtischen herüber.

»So, da bin ich wieder! Mit einer trockenen Tastatur.« Grant hielt sie strahlend in die Luft, und Villano bemerkte, dass es ihr schon viel besser ging. Die Arbeit würde sie super ablenken.

»Das ist gut«, sagte Porter, auch wenn er sich wunderte, dass sie überhaupt eine neue brauchte. Irgendwas ging hier vor, was er nicht mitbekam. Da war er sich sicher. »Dann setzen wir dich mal über den neuen Fall ins Bild, Key.«

Die Halbasiatin setzte sich auf eine Ecke von Porters Schreibtisch. »Bin ganz Ohr!«

Villano stand auf und ging zur Stellwand. »Gestern morgen wurde auf dem stillen Örtchen des Valley of Fire State Parks der Kopf eines bis jetzt unbekannten weißen Mannes gefunden. Elijah geht davon aus, dass er zirka dreißig Jahre alt war.« Er zeigte auf ein Foto des Kopfes. »Das hier ist er.«

Grant rümpfte die Nase. »Kein schöner Anblick!«

Villano nickte. »Das ist ja gar nichts. Du hättest das alles mal riechen müssen. Die Fäkalien, der mit Fliegen übersäte ...«

»Joe! Das reicht. Mach weiter ... oder soll ich ...«

Villano blickte Porter missmutig an. »Der Kopf wurde mit einer Säge vom Körper getrennt, und die Augen ...«

»Die Augen«, unterbrach ihn Porter nun doch, »wurden vor seinem Tod künstlich mit Metallstiften offen gehalten, um dann geblendet zu werden.«

Grant verzog angewidert das Gesicht. »Das wird ja immer schlimmer!« Sie schluckte. »Und wo ist der Rest des Körpers? Habt ihr den auch noch irgendwo gefunden?«

Villano schüttelte den Kopf. »Nein, der ist bis jetzt noch nicht aufgetaucht.«

Porter begab sich nun auch wieder zur Stellwand. »Aber«, sagte er bedeutungsschwer, »wir haben noch zwei Botschaften vom Killer erhalten.« Er zeigte auf das eine Foto, welches sie einfach gestern Abend noch über den Fotokopierer vergrößert hatten.

Grant sah genau hin und las leise vor. »Das Spiel beginnt I«

»Yep! Das stand innen an der Tür des Klohäuschens. Das kleine Mädchen, die den Kopf gefunden hat, berichtete mir, dass bei der „I" die Farbe noch frisch herunterlief, als sie auf dem Klo saß. Also muss der Täter noch kurz zuvor da gewesen sein!«

»Okay. Das heißt, er will noch weiter machen. Aber womit?«, fragte Grant.

Porter unterbrach ihre Überlegungen. »Jetzt warte mal. Es gibt noch eine zweite Nachricht.«

»Und zwar hat uns Elijah gestern Abend – und blöderweise hatten wir da immer noch nicht gegessen ...«

»Joe!«

Villano winkte ab. »Also Elijah hat uns noch einmal hinunter in den Autopsiesaal gerufen ...« Ihm wurde schlecht und er musste heftig schlucken, als er daran dachte, wie Elijah mit einer spitzen Pinzette in den Schlund des grausigen Kopfes eindrang. »... und er zog eine Kapsel aus dem Rachen des Opfers.«

»Eine Kapsel! Was für eine Kapsel?«, fragte Grant. »Eine Tablette?«

Porter schüttelte den Kopf und zeigte auf einen Beutel, der auch an der Stellwand klebte. »Nein, sieh her! Das ist ein richtig großes Teil aus Metall.«

Grant stand auf und ging zur Wand. In dem Beutel lag eine etwa 6 cm lange zylinderförmige Aluminiumkapsel mit einem Durchmesser von 1,5 cm. »Aha! Und sind zufällig die Fingerabdrücke des Mörders drauf? Das würde einiges vereinfachen.«

Porter lachte trocken. »Leider nicht. Der hat Handschuhe getragen, bei allem, was er tat. Die Spurensicherung hat keinerlei Fingerabdrücke, Haare oder Speichel gefunden. Übrigens auch kein Sperma.«

Villano mischte sich ein. »Aber ... Elijah hat im Mundabstrich des Opfers chemische Rückstände eines Kondoms gefunden!«

Grant schluckte hart. »Also ein Sexualsadist, der auf Nummer sicher geht!«

Villano nickte. »Um mal auf die Kapsel zurückzukommen ...«

»Ja, genau. Erzähl! Was hat es damit auf sich?«

»Wie schon erwähnt, befand sich darin die zweite Nachricht des Täters. Er will mit uns spielen, denn er hat die Nachricht chiffriert, wie so manch anderer Serientäter vor ihm.«

Porter schmiss sich auf seinen Drehstuhl, lehnte sich zurück und verkreuzte seine Hände hinter dem Kopf. »Und jetzt kommst du ins Spiel!«

Grant klatschte kindlich in die Hände und grinste. »Okay! Her damit. Wo ist sie?«

Villano deutete auf die Wand. »Da ganz rechts an der Wand!«

Mit ein paar Schritten war die Kollegin bei dem langen Zettel angelangt und sah ihn an. »Ist der schon erkennungstechnisch untersucht worden?«

»Klar! Den kannst du ruhig abnehmen«, gestattete ihr Porter.

Grant zupfte ihn von der Stellwand und ließ den etwa einen Meter langen schmalen Papierstreifen durch die Finger gleiten. Auf ihm war eine Reihe von aneinandergehängten Buchstaben geschrieben worden, die keinerlei Sinn ergaben.

ZU CY CE DT DS KZ ML OX QT MD TU
TL OC NK FO PL ZQ TC LM KE QD SE MF
MP ER MS IA NP GO LM DP EC IM SL LK
ZU AM TQ IV PA EP VI EL NT DM PY OT
MD UZ MF YC EL UO IT KL BK UD LK MD
GM UG ZK YD GF

Grant runzelte die Stirn.

»Und? Schon irgendwelche Ideen zu dem Kauderwelsch, Key?«

In Gedanken versunken ging Grant mit dem Zettel zu ihrem Schreibtisch. Man merkte ihr förmlich an, wie es in ihrem Hochleistungsgehirn ratterte.

»Keyomi?«

»Ja?« Sie wirkte wie ertappt.

Porter grinste. Irgendwie erinnerte Grant sie an Jenkins, der auch gleich immer total geistesabwesend wurde, wenn er eine Aufgabe zu bewältigen hatte. »Hast du schon eine Idee dazu?«

Grant fuhr ihren Computer hoch. »Naja, also ein paar Chiffren kann ich natürlich schon mal von vorn herein ausschließen, da diese Nachricht auf Buchstaben und nicht auf Zahlen beruht. Aber es bleiben trotzdem noch eine Menge übrig.«

Porter nahm sich einen kleinen Kaugummi aus der Plastikdose auf seinem Schreibtisch und warf ihn hoch in die Luft, um ihn sicher mit dem Mund aufzufangen. »Okay, dass hört sich nach viel Arbeit an.« Er stand auf, ging zur durchsichtigen Stellwand und zeigte auf das Bild mit dem Kopf. »Elijah hat dir dieses Bild gestern Abend auf deinen Rechner geschickt. Ich möchte, dass du es zuerst durch die Gesichtserkennung jagst, bevor du mit der Nachricht anfängst.«

Grant stöhnte, da sie sich zu gerne direkt mit dem zu enträtselnden Text befasst hätte. »Alles klar, Chef«, sagte sie frotzelnd. »Wird gemacht!«

Villano saß auch schon wieder auf seinem Stuhl und wandte sich seinem Bildschirm zu. »Ich werde derweil mal nach vermissten männlichen Personen Ausschau halten. Vielleicht bringt das ja was.«

»Sehr gut! Alles klar.« Porter überlegte. »Dann werde ich mal den Computer nach Fällen durchforsten, bei denen abgesägte Köpfe eine Rolle gespielen haben.«

»Mal sehen, wer von uns zuerst einen Treffer landet«, sagte Grant und grinste beide enthusiastisch an.

10

Nick schloss zu Lisa auf, die sich schon ein paar Meter vom Museum entfernt hatte. »Da hast du mich ja schön auflaufen lassen, Lisa!«, sagte er, als er bei ihr ankam. Er stupste sie laut lachend an.

»Hey«, beschwerte sie sich grinsend, schubste ihn leicht, sprang leichtfüßig um ihn herum und nahm seine Hand. Schlendernd gingen sie weiter.

»Aber mal im Ernst. Der arme Mann! Was ihm wohl widerfahren ist? Der hat es sicher nicht leicht im Leben.«

Lisa seufzte. »Das denke ich auch. Besonders mit solchen Idioten wie mir, die ihn so anstarren. Echt blöd! Aber ich habe mich echt total erschreckt.«

»Ja, so ein entstelltes Gesicht habe ich auch noch nicht von nahem gesehen. Ich weiß nicht, ob wir uns da Vorwürfe machen müssen. Ich denke, es ist immer wichtig, wie man sich langfristig zu den Menschen verhält, und dass man sie so akzeptiert, wie sie sind.« Nick blickte nachdenklich in die Landschaft. »Das eben war ja nur eine dumme Kurzschlussreaktion!« Er drehte sich zum Museum um. Vielleicht konnten sie sich ja noch bei dem Mann für ihre dummen Blicke entschuldigen! Die Tür war jedoch geschlossen, und davor hing ein Schild mit dem Wort 'Closed'. Der Museumsangestellte war nicht mehr zu sehen. Nick zuckte mit den Schultern. Da konnte man wohl nichts mehr machen. Sie würden sicher nicht mehr zwei Stunden lang auf dem Gelände sein, bis das Museum wieder öffnete.

Er wandte sich zu Lisa. »Hast du das Infoblatt, damit wir den Rundgang fortsetzen können?«

Lisa zog es aus der hinteren Hosentasche ihrer Jeans und guckte darauf. Sie orientierte sich kurz und zeigte dann auf ein weiter entferntes Gebäude.

»Da hinten müssen wir hin. Da sind noch zwei, drei Wohnhäuser, eine gut erhaltene Kirche und das Gelände mit den Stollen und Förderanlagen.«

Er sah das Pärchen durch das Fernglas über das offene Gelände näher kommen. *Wow! Meine Eltern! Sie kommen!*, dachte er. Er konnte nicht wirklich fest damit rechnen. Schnell schlitterte er den Hügel, der aus festem roten Sand bestand, herunter.

»So, meine Dame!«, Nick streckte den Arm aus und zeigte in Richtung eines Stolleneingangs. »Hier sehen Sie die weltberühmten Goldförderanlagen von Greatstone!«

Lisa buffte ihn lachend in die Seite. »Spinner!«

Nick tat entsetzt. »Was denn?«

Lisa zeigte zu den Absperrungen. »Aber sehen Sie doch, Herr Fremdenführer! Man kann sie ja gar nicht besichtigen!«

Nick kratzte sich am Kopf und las das Schild vor ihm. »Stimmt leider! Betreten verboten!« Er drehte sich zu Lisa um. »Da kann man wohl nichts machen. Aber ...«, Nick zog den Hochglanzprospekt, den sie am Eingang bekommen hatten hervor, »... hier drinnen sind exzellente Bilder vom Stolleninneren!«

Lisa zog ihren Mann samt Heft zu sich. Sie sahen sich die Fotos an, die jedoch nur nüchterne, steinige Gänge und unterirdische höhlenartige Räume zeigten. Lisa war enttäuscht und ließ das Heft, das sie gemeinsam festhielten, los. »Das sieht ja eher unspektakulär aus.«

Nick guckte weiter. »Warte! Hier ist noch eine ...«

Lisa unterbrach ihn und zupfte ihm am Ärmel. »Hast du das auch gehört?«

Nick sah seine Frau an und hob eine Augenbraue. »Was soll ich gehört haben?«

Lisa drehte sich ein wenig und suchte mit den Augen die Gegend ab. »Da hat eben jemand gerufen.«

Nick zuckte mit den Schultern und sah wieder in den Prospekt. »Ich habe nichts gehört.«

Lisa sah sich noch einmal kurz um und wendete sich dann wieder Nick zu. »Also, was meintest du eben?«

»Hilfe!«

Lisa fasste Nick erschrocken an den Oberarm. »Da! Hast du es jetzt gehört? Es war lauter!« Lisa sah sich erneut um und drehte sich dabei um die eigene Achse.

Auch Nicks Aufmerksamkeit war geweckt. »Ja. Da hat jemand 'Hilfe' gerufen!« Er sah sich um. »Aber wo?«

Lisas Beschützerinstinkt regte sich und sie rief laut: »Hallo!?«

Auch Nick legte seine Hände trichterförmig an seinen Mund und rief laut: »Hey! Ist da irgendwer?«

»Hilfe!«

»Da! – Da ist es wieder! Ich glaube, es kommt dort aus dem Stollen!«, rief Lisa aufgeregt. Sie schnappte nach Luft, und ihr Gesicht bekam hektische Flecken.

Nick drehte sich in Richtung Stollen und legte eine Hand auf Lisas Schulter. »Jetzt bleib mal ganz ruhig, Schatz!« Er selbst ließ sich seine Unruhe nicht anmerken. Bis jetzt jedenfalls nicht.

»Hilfe!«

»Du hast recht. Und weißt du was? Das hört sich nach einem Kind an!« Nick raufte sich seine blonden Haare und zerstörte dabei seinen gestylten Surferlook.

»Kannst du mir mal sagen, wie da ein Kind reinkommt? Allein?«, fragte Lisa. »Ohne Eltern?«

Nick spielte nervös mit seinem türkisen indianischem Anhänger, der an einem Lederband um seinen Hals hing. »Ist egal! Ich gehe da jetzt rein und suche das Kind!« Er nahm den Rucksack ab und gab ihn Lisa. »Hier. Den nimmst du!«

Lisa hielt Nick am Arm fest, als er sich anschickte, über die Absperrung zu klettern. »Warte! Wollen wir nicht lieber den Parkrangern Bescheid sagen?«

»Hilfe!«

Nick sah panisch in Richtung Stolleneingang. Sein Gesicht verhärtete sich. »Hörst du? Es ruft! Es hat Angst und braucht Hilfe. Jetzt! Wir haben keine Zeit, die Ranger zu rufen! Der Parkeingang ist zu weit weg.« Sportlich leicht kletterte er über die hüfthohe Brüstung aus Holz.

»In Ordnung«, sagte Lisa unglücklich. »Sei bitte vorsichtig!«

Nick beugte sich über den Zaun zu ihr hinüber und küsste sie. »Bleib hier und warte auf mich! Es wird schon nichts Schlimmes passiert sein.« Er entfernte sich. »Das Kind hat sich sicher nur verlaufen. Vielleicht gibt es noch mehr Stolleneingänge, und die Eltern suchen an anderer Stelle nach ihm!« Nick näherte sich mittlerweile dem Eingang. Kurz bevor er hineinging drehte er sich noch einmal zu Lisa um und warf ihr eine Kusshand zu. »Denk dran – ich liebe dich! Bis gleich!«

Lisa lächelte ihn an. »Ich liebe dich auch! Pass auf dich auf und komm gleich wieder, wenn du das Kind gefunden hast!«

»Okay.« Nick winkte und verschwand im Inneren des Stollens.

Endlich hörte er die ersehnten Geräusche von Schritten, die über den mit Schotter bedeckten Boden in seine Richtung kamen. Endlich hörte er die besorgten Rufe des Mannes, der das Kind suchte. Und er war allein! Das war gut. Sehr gut sogar! Er lachte in sich hinein und machte sich bereit. Noch einmal ließ er das Kind rufen. Etwas lauter diesmal. Dann schaltete er den alten Kassettenrecorder ab.

Nick ging immer weiter hinein in das Stollensystem. Ein paar Mal hatte das Kind noch nach Hilfe gerufen. Sicher saß es hier irgendwo im Dunklen, steif vor Angst und nicht fähig sich zu bewegen. »Hallo? Wo bist du? Ich komme, um dir zu helfen!«, rief Nick laut. Je tiefer er in den Stollen vordrang, desto weniger sah er. Am Anfang war noch etwas Tageslicht in den vorderen Teil eingefallen. Nun jedoch war er auf die alle zwanzig Meter an den Seiten angebrachten schwachen Lampen angewiesen. Die brachten von der Helligkeit her fast gar nichts. Im Boden waren alte Schienenstränge eingelassen. Über die sollte er nicht stolpern. Nick fluchte innerlich und kniff die Augen zusammen, um besser sehen zu können. *Verdammt! Wo bist du bloß?*

Von vorne hörte er plötzlich ein Geräusch. Es hörte sich an, als ob Kieselsteine bewegt wurden. »Hallo? Bist du da? Keine Angst! Ich bin gleich bei dir!« Nick ging vorsichtig weiter. Dann sah er einen gerundeten Abzweig. »Ich bin gleich bei dir! Ich muss nur noch um die ...«

Nick kam nicht mehr dazu, den Satz zu vollenden, denn etwas Hartes traf seinen Schädel, und er sackte auf der Stelle bewusstlos zusammen.

Er sah ihn gut durch sein neues Nachtsichtgerät, als der Deutsche um die Ecke kam, und schlug kräftig zu. *Hallo! Da haben wir dich ja!* Er beugte sich über Nick und überzeugte sich, dass er auch wirklich bewusstlos war. *So sieht man sich wieder!* Er sah auf Nick herab und lächelte. *Naja. Ich muss wohl eher sagen: Ich sehe dich wieder.*

Er ließ den Mann liegen und spulte den Kassettenrekorder zurück. Nun hieß es wieder warten. Diese Prozedur hatte schon einmal geklappt. Erst kam der Mann, um den Retter in der Not zu spielen, und wenn er nicht zurückkam, kam die Frau hinterher. Ein wenig spannend blieb es trotzdem. Falls die Frau nämlich nicht kam und stattdessen die Ranger rief, müsste er diesmal eine Planänderung vornehmen, und dann wäre das Paar für ihn 'verloren'. Er würde den Mann dort liegen lassen, genauso wie den Stein, den er zum Zuschlagen verwendet hatte. Es würde so aussehen, als ob er sich von der Decke gelöst und auf ihn gefallen wäre. Er selbst würde alles einpacken und so schnell wie möglich verschwinden. In diesem Fall war er sich ziemlich sicher, dass die Frau auftauchen würde. Er setzte sich an die Stollenwand und drückte die Taste mit der Aufschrift 'Play'.

Er selbst würde auch spielen – früher oder später. Soviel war sicher! Ein eisiges Lächeln umspielte seine Lippen.

Lisa lehnte von außen an der Absperrung und ließ den Stolleneingang nicht aus den Augen. Nervös kaute sie auf ihrer Unterlippe herum. *Wo bleibt Nick nur?* Zehn Minuten waren vergangen, seit er in dem Stollen verschwunden war.

Die Stelle, an der sie stand, war nun der direkten unbarmherzigen Wüstensonne ausgesetzt. Lisa schwitzte so stark, dass ihr die Schweißtropfen unter dem rosa T-Shirt den Rücken herunterliefen. Ihre braunen Haare hatte sie zu einem Zopf gebunden, und das Nackenhaar kräuselte sich von der Nässe zu feinen, kleinen Locken. Sie versuchte, sich mit der Hand Luft zuzufächeln. *Wo bleibst du nur Nick?*, dachte sie. Aufgeregt fing sie an, auf und ab zu laufen, nicht ohne den Eingang aus dem Auge zu lassen.

Plötzlich meinte sie wieder das Rufen des Kindes zu vernehmen, obwohl sie es schon seit einer Weile nicht mehr gehört hatte. Sie runzelte die Stirn. Sie hatte sich eigentlich vorgestellt, dass Nick mit dem

Kind schon auf dem Weg zu ihr war und es deshalb nicht mehr rief. Doch nun hörte sie es wieder? Seltsam! Sie starrte auf den Eingang.

»Hilfe!«

Das konnte doch nicht sein! Sie hielt es nicht mehr aus, nahm den Rucksack, kletterte über die Absperrung und lief in Richtung Stolleneingang. »Nick? Bist du da?« Sie horchte. Nichts!

»Hilfe!«

Doch! Da! Da war es wieder! Aber nur der Kinderruf! In Lisa stieg Panik auf. Warum antwortete Nick nicht? Erneut setzte sie ihre Hände an den Mund und rief dieses Mal noch lauter: »Nick! Melde dich! Bitte!« Sie konzentrierte sich nun, denn sie wollte nicht das kleinste Geräusch verpassen.

»Hilfe!«

»So ein Dreck!«, stieß Lisa aus. Sie sah sich verzweifelt nach anderen Touristen um, sah aber niemanden. »Was mache ich jetzt bloß?«, sagte sie zu sich selbst. Ihr standen zwei Möglichkeiten offen. Entweder sie lief den langen Weg zum Parkeingang und holte Hilfe, oder sie ging Nick nach. Sie überlegte fieberhaft. Zum Eingang war sie, selbst wenn sie rannte, mindestens eine Viertelstunde unterwegs. Also kam das nicht infrage. Ein letztes Mal rief sie laut: »Nick? Hörst du mich?«

Dann schulterte sie den Rucksack und ging in den Stollen hinein.

11

Er saß entspannt im Schaukelstuhl auf seiner Veranda und trank ein kaltes Bier. Er war zufrieden. Es hatte alles so geklappt, wie er es sich vorgestellt hatte. 'Mutter' hatte nach 'Vater' gesucht. Ließ sich locken vom Ruf des Kindes. Er grinste kalt.

Sie war, wie er vorher, um die Ecke gekommen und hatte ihn am Boden liegen sehen. Sie kreischte angsterfüllt, und als sie sich besorgt über ihn beugte, war es kein Problem gewesen, sie von hinten mit dem chloroformgetränkten Lappen zu betäuben. Danach hatte er beide nacheinander in die alte Lore aus Metall gehoben und sie über die Schienen in den hinteren Teil des Nebenstollens geschoben. Dort existierte eine alte Tür, die er vor Jahren bei seinen Exkursionen durch das Stollensystem gefunden hatte. Die Tür war wegen seines vorherigen Durchgehens noch geöffnet, und er konnte deshalb direkt durchfahren. Er ließ sie offen, denn nachdem er die beiden 'untergebracht' hatte, musste er nochmal hier entlang, um das Auto der beiden vom Parkplatz zu fahren und es zu sich auf die andere Seite des Hügels zu bringen. Das geparkte Auto ließ sich anhand des funkbetriebenen Schlüssels einfach ausfindig machen. Das war in heutigen Zeiten kein Problem, und beim Hinausfahren achtete auch niemand mehr darauf, wer den Wagen lenkte, oder wie viele Personen im Auto saßen. Er hatte den Mustang zu Hause in die Scheune gestellt und ihn mit einer Plane abgedeckt.

Jetzt konnte er sich überlegen, was er mit den beiden Feines anstellen würde. Erst mal würde er sie beobachten. Er wippte im Stuhl hin und her. Die Vorfreude machte ihn so kribbelig, dass er es nicht mehr aushielt. Hastig nahm er den letzten Schluck aus der Dose, zerdrückte sie mit einer Hand und warf sie in den Mülleimer in der Ecke. Dann stand er auf und machte sich auf den Weg zu seinem Kontrollraum.

In der Zwischenzeit erwachte Lisa. Sie fühlte sich benommen. Ihr Kopf fühlte sich irgendwie dumpf an, und sie verspürte eine leichte Übelkeit. Langsam schlug sie die Augen auf. Es war stockdunkel um sie herum. Sie rümpfte die Nase. Ein abgestandener, modriger Geruch lag in der Luft. Und was war das? Sie versuchte die Lippen zu öffnen, doch irgendetwas hielt ihren Mund zu! *Was soll das? Wo bin ich hier?* Vorsichtig versuchte sie sich zu bewegen, doch schnell merkte sie, dass das nicht ging. Ihre Hände und ihre Beine waren zusammengebunden, sodass sie sich nicht rühren konnte. Außerdem spürte sie irgendetwas auf ihrem Kopf. Es fühlte sich an wie eine Perücke. Panik erfasste sie. *Oh, mein Gott! Was soll das?*, dachte sie. *Wo bin ich? Wo ist Nick? Hilfe!!* Sie ruckelte mit ihrem Körper hin und her und versuchte die Fesseln loszuwerden. Minutenlang wand sie sich, doch das Klebeband, oder was immer das auch war, saß einfach zu fest. Völlig erschöpft blieb sie liegen. Die Dunkelheit machte sie rasend! Sie riss soweit wie möglich ihre Augen auf und schaute um sich, aber es war wirklich nichts zu erkennen. Nichts! Sie musste sich unbedingt beruhigen. *Atme ruhig, Lisa! Ganz ruhig!* Die heftig schnelle Atmung wurde allmählich langsamer. *Konzentriere dich!*, dachte sie. *Was ist passiert?* Ihr Kopf war nun nicht mehr so benommen, dazu floss zu viel Adrenalin durch ihren Körper. Ihr war heiß. Schweißtröpfchen bedeckten ihre Stirn. Sie versuchte sich zu erinnern. *Da waren diese Rufe aus dem Stollen gekommen. Nick war hineingegangen, um nachzusehen und, aber nicht wieder herausgekommen. Als ich ihn dann suchen ging ...* Lisa schluckte. *Nick lag im Stollen auf dem Boden. Und er war allein. Von einem Kind war nichts zu sehen. Ich beugte mich her-*

unter, und dann hat mich etwas von hinten angegriffen … Danach konnte sie sich an nichts mehr erinnern. Wieder ergriff sie Unruhe. Sie musste unbedingt wissen, wo sie sich befand. Sie nahm ihre zusammengebundenen Beine hoch, was ihr dank des Sportunterrichts in der Schule und der daraus resultierenden starken Bauchmuskeln nicht schwer fiel. Sie stemmte die Beine zur linken Seite und traf nach relativ kurzer Zeit auf eine Wand. Das Gleiche praktizierte sie zur rechten Seite und nach oben. Das Ergebnis war dasselbe. Sie befand sich anscheinend in einem sehr engen Raum. Womöglich in einer Kiste. Resigniert ließ sie die Beine wieder sinken. *Wenn ich in so einem kleinen Raum eingesperrt bin und ich nichts sehe, dann kommt auch kein Sauerstoff hier herein. Ich werde in relativ kurzer Zeit jämmerlich ersticken.* Mit dieser Erkenntnis fingen Tränen an, auf ihrem Gesicht herunter zu laufen, und ein dicker Kloß bildete sich in ihrem Hals. *Ist das alles wirklich wahr, oder träume ich vielleicht?*, dachte sie verzweifelt. Von solchen Geschichten las man in der Zeitung, aber es traf grundsätzlich immer andere. Doch nicht einen selbst! Sie schluckte. *Und wo zum Teufel ist Nick?*

Er öffnete die Fliegengittertür der Veranda und schritt ins Innere des rustikalen Holzhauses. Immer wenn er hier war, fühlte er sich frei. Dieses Haus weitab von der Gesellschaft gefunden zu haben, war ein Geschenk. Etwas Besseres hätte ihm nicht passieren können, und er musste aufpassen, dass er es nicht durch einen dummen Fehler wieder verlor. Er ging quer durch das Wohnzimmer in Richtung Küche. Dadurch, dass fast alle Fensterläden geschlossen waren, gelangte nur wenig Helligkeit in den Raum. In den wenigen Lichtstreifen tanzten die Staubkörnchen, die er bei jedem Schritt aufwirbelte, in der Luft einen Reigen.

Von den Wänden starrten ihm zig Augenpaare mit ausdruckslosem Blick hinterher. Es waren die Augen unzähliger toter Tiere, die er in frühen Jugendjahren gejagt und danach für die Ewigkeit als Andenken präpariert hatte. An jedes einzelne erinnerte er sich genau. Der Blick des Tieres im Moment des Todes hatte ihn damals am meisten gefesselt, wurde aber mit den Jahren von anderen Faszinationen abgelöst. Die Zeiten, da er sich mit Tieren zufrieden gab, waren für immer vorbei. Das wusste er. Es gab keinen Weg zurück.

Er verließ den mit staubigen Läufern ausgelegten Raum, in dem ansonsten nur noch ein altes Buffet und ein durchgesessenes rotes Sofa stand, und betrat die kleine, vielleicht 12 qm große Küche. Sie war provisorisch eingerichtet, bot einen kleinen Tisch zum Essen und einen alten Küchenschrank, in dem er die Essensvorräte lagerte. Da er jedoch kulinarisch nicht sehr anspruchsvoll war, handelte es sich dabei fast nur um Dosen, dessen Inhalt er auf einen Teller goss und dann in die Mikrowelle schob. Sollte ihm dann doch einmal ein leckeres, saftiges Stück Fleisch einer bestimmten Spezies in die Hände fallen, konnte er es entweder in einer Pfanne auf seinem Gasherd zubereiten oder, und diese Möglichkeit sagte ihm mehr zu, auf dem Smoker, den er auf der Terrasse stehen hatte.

Er ging zum Kühlschrank, nahm sich ein weiteres Bier heraus, öffnete es und ließ den ersten Schluck des eiskalten Getränks durch seine Kehle laufen. Dann wendete er sich um und ging in Richtung einer Tür, hinter der die Kellertreppe lag. Leichtfüßig ließ er die vierzig Stufen hinter sich und betrat eine andere Welt. Er schritt durch den mit LED-Lichtern durchfluteten Flur, an dessen Wänden übergroße auf Leinwand aufgezogene Fotografien hingen. Irgendwann war er vom Präparieren zum Fotografieren übergegangen und hatte sich in einem der sechs Kellerräume eine eigene, gut ausgestattete Dunkelkammer eingerichtet. Er konnte seine Fotografien ja schlecht in einem Discounter belichten lassen, schon gar nicht in der Größe.

Einen Schluck aus seiner Bierdose nehmend sah er auf seine Armbanduhr. *Mist.* So spät war es schon? Ihm blieb kaum noch Zeit. Das Herbringen und die Unterbringung „seiner Eltern“ und das Umparken des Mustangs hatte doch ziemlich viel Zeit in Anspruch genommen. *Einen Blick muss ich aber noch riskieren,* dachte er. Inzwischen ist Mutter sicherlich schon zu sich gekommen. Er ging nun einen Schritt schneller, fast bis zum Ende des Ganges, öffnete hastig die Tür mit seinem Schlüssel und schmiss sich, nachdem er den Raum durchschritten hatte, auf seinen modernen Drehstuhl, der vor einem Computertisch mit mehreren Flachbildmonitoren stand. Er hätte zwar auch nur mit einem auskommen können, jedoch bevorzugte er es, die Opfer gleichzeitig in Großaufnahme sehen zu können.

Mit ein paar Mausklicks aktivierte er die Kamera in der Box in Raum 4. Dort war „sie“ untergebracht. Er lehnte sich zurück und starrte auf den Monitor vor sich. *Da ist sie! Sie ist wach!* Das Kribbeln in der Bauchgegend verstärkte sich, als er mit dem Joystick näher an sie heranzoomte. Nun konnte er direkt in ihre Augen sehen. Und er sah, was er sich erhofft hatte. Angst und Verzweiflung. Ein hämisches Grinsen huschte über sein Gesicht.

Ein Blick auf die Wanduhr ließ ihn aufseufzen. *Shit, ich muss zurück!* Er weidete sich ein letztes Mal an dem Anblick seiner Mutter, drückte danach den Aus-Knopf des Monitors und grinste. *Wenn sie wüsste, was auf sie zu kommt.*

12

1990

Die Tür seines Zimmers wurde mit einem lauten Knall von außen zugeschlagen. Er blieb noch minutenlang wie erstarrt liegen. Der Zwölfjährige konnte sich einfach nicht bewegen. Die Schmerzen hinderten ihn daran. Schmerzen, die er nicht mehr haben wollte. Schmerzen, die – davon war er überzeugt – erst mit seinem Tod aufhören würden! Tränen liefen langsam über sein Gesicht und durchnässten nach und nach das dreckige Kopfkissen.

Langsam wich die Starre. Er drehte er sich vom Bauch auf die Seite und zog die Beine bis an seine Brust. Ihm war kalt.

Minuten später erhob er sich und setzte sich vorsichtig auf die Bettkante. Das Sitzen fiel ihm schwer. Er bückte sich zum Boden und hob nacheinander die vor dem Bett verstreuten Kleidungsstücke auf, um sie über seinen schmalen Körper zu streifen.

Als er fertig war, stand er auf und schlüpfte in seine Schuhe. Er musste hier raus! Raus aus diesem Zimmer mit diesem entsetzlichen Geruch seines 'Vaters'. Raus an die frische Luft. Er ging zur Tür, öffnete sie und stieg den schmalen dunklen Gang nach oben, weiter durch den Flur. Er hörte laute, überlaute Musik.

Dann sah er seine 'Mutter' durch die offene Tür in der Küche stehen. Sie war dabei, die Schnitzel für das Abendessen mit dem Fleischklopfer zu bearbeiten und summte leise zur Musik. Er blieb im Flur stehen und beobachtete sie. Fragen spukten dabei zu wiederholtem Male durch seinen Kopf. Was würde sie tun, wenn sie „es“ wüsste? Würde sie ihm helfen?

Plötzlich hielt seine 'Mutter' inne und wendete den Kopf in seine Richtung. Sie sah ihn ruhig an, sprach aber nicht zu ihm. Sekunden verstrichen. Dann zuckte mit einer minimalen Bewegung, kaum wahrnehmbar, ihr Mundwinkel. Sie drehte den Kopf, nahm den Klopfer, um weiter auf das Fleisch einzuschlagen.

13

Grant machte sich enthusiastisch an die Arbeit. Alles was sie von ihrem bescheuerten Liebeskummer ablenken konnte, war gut. Sie rief das Gesichtserkennungs-Programm auf und definierte ihren Suchrahmen, den sie erst einmal auf den Bereich Las Vegas beschränkte. Vielleicht war es ja doch irgendein Dealer oder Junkie hier aus der Gegend. Die Bilder rauschten auf ihrem Bildschirm vorbei. Nach drei Minuten blinkte „No match found" auf. *Na super. Das war ja wohl nichts. Wäre ja auch zu einfach gewesen.* Sie seufzte und weitete das Suchprofil auf Nevada aus. Auch hier kam nach einer nun längeren Wartezeit kein positives Ergebnis. Grant runzelte die Stirn. Okay! Natürlich hätte sie nun erst einmal noch die umliegenden Bundesstaaten abfragen können, aber sie hatte da wie so oft ein Bauchgefühl, dass ihr etwas anderes sagte. Las Vegas war schließlich eine Touristenhochburg! Ihr Herz begann heftiger zu schlagen. Sie wechselte die Maske und gab in die dafür vorgesehene Zeile ihr Passwort ein. Das Logo der Homeland Security erschien. Dann lud sie ihre Bilddatei hoch, gab einen Zeitrahmen ein und drückte „Enter". Wieder hieß es warten. Vielleicht hatte sie Glück und es war ein Tourist.

Im Jahr 2002, in der Folge von 9/11, war das Heimatschutzministerium gegründet worden, um die USA besser vor terroristischen Anschlägen schützen zu können. Dazu gehörte, von allen Einreisenden Fingerabdrücke zu nehmen und ein Foto vom Gesicht zu machen.

Die Minuten verrannen. Nervös saß sie da und wartete. Ein Bild nach dem anderen flog in Sekundenschnelle über den Bildschirm. *Zeit für einen neuen Kaffee*, dachte sie. *Das kann ja hier noch dauern.* Sie stand auf und ging auf dem Weg zum Kaffeeautomaten bei Villano vorbei. Unbewusst legte sie eine Hand auf seine rechte Schulter. »Und? Wie sieht es bei dir aus? War er in der Vermisstenliste?«

Villano schüttelte den Kopf. »Nein. Bin gerade damit durch. Leider passt nichts!«

»Hm.«

»Wahrscheinlich hast du mehr Glück. Ich hatte gerade die Idee, dass du es mal bei der Homeland Security probieren solltest.«

Grant grinste. »Suche läuft schon! Willst du auch einen Kaffee?«

Villano warf einen kurzen Blick in seinen Becher. »Gerne.« Dann blickte er Grant bittend an. »Aber ganz vorsichtig sein, ja?«

Grant giggerte und ging weiter.

Villano überlegte und starrte auf die Stellwand. Er fuhr sich mit der Zunge über die Lippen. *Okay! Diese Kapsel. Die musste ja irgendwo herkommen. Wo würde ich so eine Kapsel besorgen?* »Ebay«, sagte er laut zu sich selbst.

»Ebay?« Grant stand bereits hinter ihm und stellte den dampfenden Kaffee auf den Tisch. »Schwarz mit einem Päckchen Zucker.«

»Danke dir.« Er rührte kurz um, nahm einen Schluck, verzog das Gesicht und stellte den Becher gleich wieder ab. Immer wieder vergaß er, wie heiß der frische Kaffee aus dem Automaten war. »Ja, ich werde dort mal nach solchen Metallkapseln gucken. Das liegt doch nahe, oder?«

Grant kam nicht mehr dazu zu antworten, denn in dem Moment piepste es bei ihr auf dem Bildschirm laut. Aufgeregt stürmten beide sowie Porter dorthin und starrten auf ein grünes „Match found“.

Grant machte eine Siegerfaust und juchzte laut. »Yes!« Dann warf sie sich auf ihren Stuhl, um die genauen Daten aufzurufen. »Vittorio Mascellani.« Sie wendete sich zu Villano um. »Ein Italiener?«

Porter zeigte auf den Bildschirm. »Sieht ganz so aus! Eingereist am 1.8.2015 in Atlanta. Als erste Adresse bei der Ankunft hat er das „Venetian“ eingetragen!«

Grant grinste. »War ja klar, oder?«

»Könnte man denken, aber das ist nicht ohne«, meinte Villano und machte eine eindeutige Geste mit den Fingern, die für viel Geld stand.

»Gut, nun haben wir den Typen identifiziert«, sagte Porter. »Key, machst du mir bitte schnell von den ganzen Daten einen Ausdruck? Ich möchte da gleich mal hinfahren.«

Grant nickte und drückte zwei Tasten auf der Tastatur. »Schon in Arbeit!« 30 Sekunden später hielt sie ihm die Ausdrucke unter die Nase. »So, hier, bitte! Dann kann ich mich ja wohl nun an den verschlüsselten Text machen, oder?«

Porter nickte. »Ja, klar. Mach das!« Er wedelte mit den Blättern. »Gute Arbeit, Keyomi.«

Dann wendete er sich zu Villano um. »Willst du mit ins Venetian kommen? Vielleicht sind dort deine italienischen Sprachfähigkeiten zu gebrauchen.«

»Das glaube ich zwar eher nicht, aber ich komme gern mit. Die Metallkapsel läuft mir nicht weg.«

»Okay, dann lass uns fahren. Wollen wir mal sehen, was wir rausfinden!«

Eine viertel Stunde später erreichten sie den Valet-Parking Bereich des Venetian, parkten ein wenig abseits an der Seite und stiegen aus. Einen Concierge, der sofort im Laufschritt auf sie zu kam, um sie zurechtzuweisen, brachten sie mit dem Zeigen ihrer FBI-Ausweise zum Schweigen und gingen durch den Eingang mit den Glastüren in die Lobby. Eine riesige runde Empfangshalle mit hohen bemalten Decken, Marmorböden und ein vergoldeter Springbrunnen empfingen sie im Inneren. Villano blieb stehen, drehte sich einmal um die eigene Achse und pfiff durch die Zähne. »Immer wieder beeindruckend hier!«

Porter ging einfach weiter.

Villano bemerkte es und hastete hinterher. »Hey, findest du das nicht imposant?«

Porter zuckte mit den Schultern. »Ach weißt du, ich war schon so oft hier, da sieht man das mit anderen Augen.«

Villano sah ihn von der Seite an. »Aha, wenn du meinst.«

Mittlerweile waren sie im Check-in-Bereich der Rezeption angekommen. Mit wenigen Schritten gingen sie um die Touristen, die in einer langen Schlange warteten, herum und gingen direkt auf eine Mitarbeiterin zu. »FBI! Wir müssen dringend mit dem Hotelmanager sprechen!«

Ein Pärchen, welches gerade dabei war einzuchecken, und auch die Empfangsdame guckten sie pikiert an. Sie reagierte nicht, wie die beiden Beamten das sonst gewohnt waren. »Meine Herren! Wenn Sie sich bitte noch einen Moment gedulden würden. Ich bin gerade dabei, die Herrschaften zu informieren!«

Porter sah sie an und wollte gerade die Wichtigkeit seiner Person zum Ausdruck bringen, als die junge Dame ihn, trotz der dreisten Störung, mit einem unwiderstehlichen Blick anguckte. Er machte den Mund wieder zu und lächelte sie an. Er sah auf das Schild, dass gleich neben dem nicht eben kleinen Busen der Dame angeheftet war. »Cindy. Sie haben natürlich recht! Wir warten, bis Sie fertig sind.«

Cindy lächelte ihn mit ihren braunen Augen an und wandte sich wieder den Hotelgästen zu.

Villano wunderte sich und kratzte sich am Hinterkopf. Das Porter auf die Frauen unwiderstehlich wirkte, hatte er schon oft mitbekommen. Doch nun war er sich nicht sicher, wer hier wen um den Finger gewickelt hatte.

Während sich Porter auf den Tresen stützte und dabei Cindy weiter anflirtete, sah sich Villano in der Lobby um. *Vielleicht sollte ich mit meiner Frau mal für ein, zwei Nächte hier einchecken …*

»So, meine Herren vom FBI, jetzt habe ich Zeit für Sie!« Sie sprach zu beiden, sah aber nur Porter an.

Porter räusperte sich, bevor er sprach. »Ja, Cindy, wie ich schon sagte, würden wir gerne mit dem Hotelmanager sprechen.«

»Okay. Und in welcher Angelegenheit?«

Porter lächelte verlegen. »Das kann ich Ihnen leider nicht sagen. Es ist sehr dringlich und duldet keinen Aufschub!«

Cindy verzog enttäuscht den Mund, nahm den Hörer in die Hand und tippte eine Kurzwahltaste. Dann drehte sie sich weg und führte ein kurzes Gespräch. Als sie fertig war, wendete sie sich den beiden Beamten wieder zu. »Der Chef wird in Kürze kommen, um mit Ihnen zu reden.« Ihr Blick war besorgt. »Es ist hoffentlich nicht Schlimmes passiert?«

Diesmal antwortete Villano. »Wie gesagt, das möchten wir gern mit Ihrem Vorgesetzten besprechen!«

»Hm. Okay. Dann warten wir. Er müsste gleich kommen.« Da sie nicht einfach so herumstehen wollte, fing sie an, hinter ihrem Tresenbereich ein paar Dinge zu ordnen, gab Daten in den Computer ein und sah dabei zwischendurch immer wieder zu dem gutaussehenden dunkelhäutigen FBI-Beamten mit den unwiderstehlichen grünen Augen und der Wuschelmähne hinüber.

Fünf Minuten später kam ein Mann eilig hinter dem Empfangstresen auf Cindy zu. »So, da wäre ich Cindy. Wo sind denn die beiden Herren vom FBI?«

»Mr. Riley. Schön Sie zu sehen!« Sie zeigte auf Porter und Villano. »Dort drüben.«

Riley beugte sich zu ihr herunter. »Wissen Sie, was die von mir wollen?«, fragte er nervös.

Cindy zuckte mit den Schultern. »Keine Ahnung, Sir.«

Ihr Chef nickte und richtete seine Krawatte, bevor er auf die beiden Beamten zuging. Er blieb vor Ihnen stehen. »Sie wollten mich sprechen? Ich bin Mark Riley, der Hotelmanager.«

Porter gab ihm die Hand und zeigte mit der anderen gleichzeitig seinen Ausweis. »Mr. Riley! Porter vom Büro des FBI Las Vegas.«

Auch Villano gab ihm die Hand und stellte sich vor. »Joe Villano.«

Riley räusperte sich. »Sehr angenehm. Was kann ich für Sie tun?«

»Es ist etwas delikat. Wir haben, wie Sie vielleicht schon wissen, auf der Parkplatztoilette des Valley of Fire State Park den Kopf einer männlichen Leiche gefunden.«

Riley nickte heftig mit dem Kopf. »Ja, das habe ich in den Nachrichten gesehen. Ein schrecklicher Fund! Der arme Mann!« Er strich sich die Krawatte glatt. »Aber wie kann ich Ihnen da weiterhelfen?«

»Der Mann ist Gast in Ihrem Hotel gewesen«, sagte Villano.

Erschrocken riss Riley die Augen auf. »Wirklich?«

»Ja, so ist es wohl. Wir möchten Sie bitten, uns die Zimmernummer des Mannes zu geben. Wir müssen uns den Raum dringend angucken, und es darf auch bis auf weiteres niemand mehr das Zimmer betreten, bis die Kollegen von der Spurensicherung da waren.«

»Ja, ja, natürlich!«, antwortete Riley nervös. »Haben Sie seinen Namen? Cindy wird Ihnen die Zimmernummer heraussuchen.« Er wandte sich um und ging ein paar Meter weiter um den langen Tresen herum.

Porter und Villano begaben sich wieder zu Cindy an den Schalter.

Sie sah ihnen lächelnd entgegen. »Hi!«

Porter grinste zurück. *Irgendwie hat die Kleine was.*

Riley trat hinter sie. »Cindy, bitte suchen Sie doch die Zimmernummer von Herrn ...«, fragend sah er die FBI-Agenten an.

»Vittorio Mascellani.«

»Von Vittorio Mascellani heraus!«, wiederholte Riley.

Eilig tippte Cindy die Daten in ihren Computer. »Er hat das Zimmer 12208. Zusammen mit einer Frau. Ihr Name ist Angelina Pica.«

Villano und Porter sahen sich alarmiert an.

»Wie lange haben Mr. Mascellani und Mrs. Pica das Zimmer gebucht, Cindy?«, fragte Porter.

Cindy starrte wieder auf den Bildschirm und suchte die entsprechende Zeile. »Vom 1.8. bis zum 14.8.« Sie strich sich eine blonde Haarsträhne aus dem Gesicht. »Darf ich vielleicht fragen, was mit den beiden ist?«

Villano schüttelte den Kopf. »Cindy, schauen Sie doch bitte mal nach, ob da noch irgendetwas Besonderes vermerkt ist. Etwas, wie Bestellungen auf das Zimmer, irgendwelche Vorkommnisse, Störungen, die gemeldet worden sind ...«

Die junge Angestellte sah erneut auf die Maske ihres Bildschirms und scrollte mit der Maus ein wenig herunter. »Störungen oder ähnliches sind hier nicht notiert, aber ...«

Riley beugte sich herunter, um ebenso auf den Bildschirm zu sehen. »Aber?«

»Hier ist eine Notiz der Managerin für die Raumpflege im 12. Stock.«

»Die besagt?«, fragte Villano ungeduldig.

Die Rezeptionistin sah ihn mit zusammengekniffenen Augen an. »Die besagt, dass das Zimmer anscheinend schon seit dem 3.8. nicht mehr in Benutzung war.«

Erneut sahen sich Porter und Villano ernst an. Das bedeutete, dass sie ein potentielles zweites Opfer hatten.

Villano visierte den Hotelmanager an. »Und das ist hier normal?«

Riley schluckte. »Was denn?«

»Dass die Leute so lange ihr Zimmer nicht benutzen?«

Riley kratzte sich am Hinterkopf. »Ähm. Ja, ich weiß nicht ...«

»Ich meine, die Zimmer hier kosten ein Vermögen. Da bleibt doch niemand ohne einen ersichtlichen Grund tagelang weg! Warum wird das nicht gemeldet?

Cindy sprang für ihren Chef in die Bresche, da er unglücklich aussah und keine Worte fand. »Es gibt schon ab und an den Fall, dass Gäste ihre Zimmer mehrere Tage nicht nutzen. Viele haben genug Geld, chartern sich ein Flugzeug oder mieten sich ein Auto, um vielleicht ein paar Tage nach L.A. oder San Francisco zu düsen.« Sie zuckte mit den Schultern. »So welche melden sich dann auch nicht hier ab.«

Villano verzog das Gesicht. »Hm. Ich weiß nicht ...«

Riley bestätigte Cindy. »Doch, bei den gutbetuchten Gästen unseres Hauses kann das immer mal vorkommen.«

Porter mischte sich ein. »Cindy, würden Sie uns die Daten bitte alle mal ausdrucken?«

Cindy nickte. »Sicher.«

Dann wandte sich Porter an Riley. »Und Sie könnten uns bitte zu dem Zimmer bringen und uns aufschließen!«

Geschäftig ging Riley hinter dem Tresen lang. »Kein Problem! Wir können gleich hinauffahren!«

Villano folgte dem Hotelmanager, während sich Porter noch einmal an Cindy wandte. Er beugte sich tief über den Tresen zu ihr herunter. »Ich komme dann nachher vorbei und hole mir die Unterlagen persönlich ab.«

Cindy wurde rot. »Alles klar.«

Da der Hotelkomplex ziemlich groß war, dauerte es geschlagene 10 Minuten, bis die drei vor dem Zimmer des Ermordeten standen.

»Mr. Riley, in welcher Preiskategorie liegt denn dieser Raum?«, fragte Villano.

Riley räusperte sich. »Naja. Ich denke, ich würde ihn eher als mittel- bis unterpreisig einstufen. Nach oben ist bei uns vieles möglich.«

Porter wurde ungeduldig. »Dann öffnen Sie mal bitte!«

»Ja, ja natürlich.« Er zog einen Generalschlüssel aus seiner Jackentasche und schob ihn in den dafür vorgesehenen Schlitz. Es machte ein klickendes Geräusch, und Porter, der gegen die Tür drückte, öffnete sie und ging als erster hinein. Villano folgte ihm.

Riley machte Anstalten ihnen zu folgen.

Villano hob die Hand, um ihn zu stoppen. »Warten Sie bitte hier!«

Riley nickte und trat wieder ein Stück zurück.

Das Zimmer sah aufgeräumt aus. Villano zog sich Gummihandschuhe über und ging hinüber zu einem Sideboard, auf dem einige Zettel lagen, nahm sie hoch und studierte sie. Porter zog indessen sein Handy und rief den Chief des CST an, um ihn zu bitten, den Raum nach Spuren zu untersuchen. Danach zog auch er sich Handschuhe über. »Und? Etwas Interessantes entdeckt?«

Villano zeigte auf einen der Zettel. »Das hier sind anscheinend Tabellen, die sie aus dem Internet ausgedruckt haben. Darauf sind Orte und Zeiten für Pokerturniere mit hohen Buy-Ins mit Marker gekennzeichnet.«

Porter nahm das Blatt und guckte darauf. »Aha. Interessant. Vielleicht hat er an illegalen Pokerspielen teilgenommen, und das ist ihm zum Verhängnis geworden. Wäre nicht das erste Mal.«

Villano runzelte die Stirn. »Vielleicht, aber passt zu dieser These die Nachricht unseres Mörders an der Klotür?« Er stellte sich an das Fenster und genoss die Aussicht auf den Strip. »Auf jeden Fall haben wir eine Anwärterin auf die Nummer 2!«, sagte er nachdenklich.

Porter raufte sich die Haare. »Ja! So eine Scheiße! Uns sitzt echt die Zeit im Nacken! Los lass' uns weitermachen!« Er ging durch den Raum, zu den geöffneten, aber nur halb ausgepackten Koffern der Italiener und durchsuchte nacheinander mit spitzen Fingern die Klamotten. »Hier scheint nichts zu sein«, murmelte er vor sich hin. Auch im Kleiderschrank, in dem nur gebügelte Hemden und ein paar schicke Kleider hingen, fand er nichts.

»Hast du noch was, Joe?« Porter sah, dass sein Kollege etwas in der Hand hielt.

Villano drehte sich um. »Hier ist nur so ein Gutschein-Flyer, wo etwas abgerissen wurde. Man kann aber nicht sehen, was es war.«

»Ach so.« Porter ging schon wieder in Richtung Ausgang. »Ich denke, hier finden wir nichts. Soll die CST nochmal nach Spuren suchen!« Er drehte sich kurz um. »Joe, würdest du bitte noch einmal die Details und das ganze Zimmer fotografieren? Ich fahr schon runter und hol mir die Ausdrucke von Cindy.«

Joe seufzte. *Es läuft wie immer. Porter macht ein Date klar und ich die Arbeit!* Er machte das erste Bild. »Alles klar, mach ich. Wir treffen uns dann gleich am Wagen!«

Eine halbe Stunde später stiegen sie aus dem Lift zu ihrem Großraumbüro und gingen über den blauen Teppich zu ihren Schreibtischen.

»Hey Key! Kannst du fangen? Wir haben dir einen Burrito mitgebracht!«

Grant fing die in Papier eingewickelte gefüllte mexikanische Teigrolle geschickt auf und bedankte sich.

Ihr lief das Wasser im Munde zusammen. Ein Blick auf die Uhr zeigte schon 2.45 Uhr am Nachmittag. Erst jetzt merkte sie, was für einen Hunger sie hatte.

»Und wie läuft es? Hast du schon etwas über unser geheimnisvolles Schriftstück herausgefunden?«, fragte Porter, während er nebenbei seine Unterlagen auf seinen Schreibtisch warf und zu ihr ging.

Grant schüttelte verneinend den Kopf. »Noch nichts! Ich habe schon einige Chiffren durch, aber die waren es nicht!«

Porter verzog leicht das Gesicht. »Das ist nicht gut, Key. Mach während des Essens weiter, okay? Wir wissen nicht, ob er nicht schon das nächste Opfer in der Gewalt hat!«

Grant fing gerade an den lecker riechenden Burrito auszupacken. Porters letzte Worte ließen sie schlucken. »Klar, wird gemacht, Chef!«

Porter setzte sich an seinen Schreibtisch, nahm den Telefonhörer in die Hand und wandte sich dann an Villano. »Ich werde jetzt erst einmal eine Suchmeldung nach Angelina Pica in Auftrag geben, und du kannst dich ja weiter um die Kapsel kümmern!«

Villano nickte, sagte aber nichts. Er würde einen Teufel tun und Porter womöglich auch noch „Chef" nennen, so wie Keyomi es eben getan hatte. Ihm war es ein Rätsel, warum O'Brian gerade ihn als Stellverteter gewählt hatte. Seiner Meinung nach gehörte hundertprozentige Hingabe für den FBI-Beruf nämlich nicht gerade zu Nats Prinzipien. Hier eine Frau, dort ein Party, ein versoffener Abend ... Das ging mit der Zeit an die Substanz, führte auf Dauer nicht zu klaren Gedanken und wäre für ihn selber keine geeignete Ablenkung vom Stress. Er brauchte Stabilität. Villano starrte auf seinen goldenen Ehering. Er brauchte seine Frau, sein Heim ... Verbittert knüllte der 40jährige eine alte Notiz zusammen und schmiss sie mit Schwung in den Papierkorb. Im Prinzip war es ihm auch egal. Sollte Nat doch machen! Hauptsache sie fanden das Schwein, der das Leben des Italieners auf diese miese Weise beendet hatte.

Bei dem Gedanken drehte sich Villano abrupt zu seinem Bildschirm, gab sein Passwort in die Maske ein und suchte bei Ebay nach Metallkapseln.

Ein paar Minuten später war ihm klar, dass es keinen großen Sinn machte, hier weiter nach einer Spur zu suchen. Es gab zig verschiedene Anbieter solcher modernen Kapseln, die hauptsächlich als wasserdichte Pillendose oder als Aufbewahrungsmöglichkeit für Geld verkauft wurde, und das anscheinend tausendfach! Wäre es ein antikes Stück gewesen, z. B. so ein Nähzeugkit aus den Jahren nach dem 2. Weltkrieg ... Die Chancen wären eindeutig besser gewesen.

Er teilte seine Erkenntnisse Porter mit. Dieser stöhnte. »Okay. Du hast recht. Das raubt uns im Moment zu viel Zeit. Über die verkaufte Kapsel an den Täter zu kommen ist aussichtslos. Lassen wir das am besten!« Er überlegte. »Ich muss jetzt nochmal ins Venetian! Da hat der Officer, der die Überwachungskameras für uns checken sollte, etwas gefunden. Könntest du nochmal nach den Fällen mit abgesägten Köpfen gucken? Ich hatte vorhin angefangen, das Ganze ist aber durch den Casinobesuch vorhin auf der Strecke geblieben!«

Der FBI-Agent nickte. »Klar. Sag mir nur bis zu welchem Jahr du gekommen bist.«

Porter überlegte und tippte dann etwas auf seiner Tastatur. »Joe, komm einfach hier herum und setz' dich an meinen Rechner! Das ist einfacher.«

Joe stand auf und ließ sich von Porter die Maske zeigen. »Okay, alles klar. Zisch ab, Mann!«

»In Ordnung. Ich beeile mich! Key? Denk dran, die Botschaft ist echt wichtig!«

Geschäftig und auf ihre Tastatur einhackend murmelte Grant nur: »Ich weiß, ich weiß!«

Dreißig Minuten später kam Porter im Raum der Sicherheitsabteilung des Venetian an und schüttelte die Hand des Officers, der in der letzten Stunde zusammen mit einem Mitarbeiter des Casinos sämtliche Videobänder des 3. August durchgesehen hatte.

»Was haben Sie gefunden?«, fragte Porter ohne Zeit zu verlieren. Irgendwie hatte er das Gefühl nicht wirklich voran zu kommen. Und das war schlecht, sehr schlecht sogar.

Oliver Martin, ein sehr junger Ermittler mit roten hektischen Flecken im Gesicht, antwortete ihm. »Wir hatten Glück, die Bänder vom Hotel werden nur zehn Tage aufbewahrt und dann gelöscht. Wir kamen gerade noch rechtzeitig.«

»Aha.«

»Wir haben mit dem Band angefangen, das den Flur am 3.08. zeigte. Dort entdeckten wir das gesuchte Pärchen gegen 10.30 Uhr, wie es Händchen haltend aus dem Zimmer kam.«

»Okay, Martin. Weiter!«

»Dann fuhren sie mit dem Fahrstuhl runter in die Lobby und verließen, nach einem Besuch im Café, das Casino um 10.55 Uhr.« Er suchte auf seiner Computermaske das entsprechende Videofile und ließ es laufen.

Porter sah es sich interessiert an. Das Paar sah glücklich aus. Sie hatten jeder einen Motorradhelm in der Hand und schäkerten herum, als sie durch die Drehtür gingen. *Und jetzt sind sie vielleicht beide tot*, dachte er. »Martin? Ich muss jetzt wieder zurück, aber tun Sie mir einen Gefallen?«

»Natürlich!«, erwiderte Martin engagiert.

»Machen Sie Kopien von den Bändern und schicken Sie sie mir ins Büro. Meine E-Mail-Adresse haben Sie ja.«

»Wird umgehend erledigt, Sir!«

Auf dem Rückweg machte Porter noch eine kurze Stippvisite bei der Rezeption, konnte Cindy aber nicht entdecken. Er seufzte und machte sich enttäuscht auf den Weg zu seinem Auto. Erreicht hatte er nicht wirklich etwas. Man hatte nur gesehen, dass das Paar glücklich war. Bei der Betrachtung war ihm jedoch auch noch etwas anderes aufgefallen. Und zwar die Motorradhelme. Wo Helme waren, gab es auch ein Motorrad. Das Kennzeichen würde er in den Unterlagen finden, die Cindy ihm mitgegeben hatte! Das hatte er vorhin verschludert! Er griff spontan zum Handy und wählte Villanos Nummer.

»Joe? Pass auf. Ich hatte da gerade eine Eingebung. Nimm doch mal die Dokumente zur Hand, die Cindy, unsere nette Rezeptionistin, ausgedruckt hatte.«

Villano grinste über die Erklärung Porters, wer Cindy war, und sah auf dem Schreibtisch nach den Unterlagen. »Hab sie! Was suchst du?«

»Ich habe mir gedacht, da ich schon mal hier bin, versuche ich gleich mal, das Motorrad der beiden hier auf dem Parkplatz zu finden. Gibst du mir die Zulassungsnummer?«

Villano ging mit dem Zeigefinger durch die Zeilen. »Ah, hier, ich habs. Sie lautet: NV 2Good4U.«

Porter, der selbst auch Motorrad fuhr, lachte wegen der Zulassungsnummer. »Nicht schlecht! Alles klar. Und habt ihr schon was herausgefunden?«

»Noch nichts Nennenswertes.«

»Okay, dann bis gleich.«

»Bye, Nat!«

Porter ging hinaus zum Valet-Parking Bereich und sprach den erstbesten Mitarbeiter an. Dabei zog er seinen FBI-Ausweis aus der Tasche und hielt ihn hoch. »Haben Sie kurz Zeit für mich?«

»Wie kann ich Ihnen helfen?«, fragte der Einparker.

»Ich muss alle Motorräder überprüfen, die bei Ihnen auf dem Hotelgelände abgestellt wurden. Gibt es dafür besondere Stellplätze?«

Der junge schwarze Angestellte musste nicht lange überlegen. »Die Motorräder parken wir in der Regel nicht ein, aber ich kann Sie zum Parkdeck 1 führen. Dort sind Flächen für Motorräder vorgesehen.«

»Das wäre sehr freundlich! Lassen Sie uns gleich gehen!«

Der Mann, der mit Weste und weißem Hemd gekleidet war, nickte. »Folgen Sie mir, bitte.«

Nach fünf Minuten kamen Sie auf dem Parkdeck an. Nachdem sich Porter vergewissert hat, dass dort wirklich alle Motorräder der Gäste standen, schickte er den Angestellten weg. »Danke nochmal!«

»Gerne.«

Der FBI-Mitarbeiter sah sich um. Viele Zweiräder standen hier nicht. Vielleicht zwölf Stück, schätzte er. Den meisten Leuten war es zu heiß, um Motorrad zu fahren, und sie bevorzugten klimatisierte Wagen. Porter stand vor zwei ziemlich teuren Maschinen. *Mann, so was könnte ich mir nie leisten.* Er prüfte nacheinander die Schilder. »NV 2Good4U. Hm, anscheinend nicht dabei!« *Die Maschine müssen wir dann wohl polizeilich suchen lassen*, dachte er. *Vielleicht gibt ihr Fund Aufschluss über den Verbleib des Pärchens.*

14

Porter kam gegen 5 Uhr nachmittags zurück. Er ging direkt zum Getränke-Automaten und holte sich einen doppelten Espresso. Den hatte er jetzt bitter nötig. Die letzte Nacht hing ihm, nach einem erneuten Barbesuch genauso in den Knochen, wie diese ständige Umherfahrerei.

Dann ging er weiter zu Grant und stellte sich hinter ihren Stuhl. »Na, Hübsche? Hast wenigstens du Erfolg gehabt?«

Grant drehte sich zu ihm um, sah ihn an und grinste diebisch. »Najaaaa,« antwortete sie lang gezogen.

Villano, der in seine Arbeit vertieft gewesen war und Porter und Grant erst jetzt wahrnahm, war erstaunt. Seine Kollegin hatte ihm gegenüber bisher gar nichts erwähnt. »Spann uns nicht auf die Folter, Key! Sag schon! Was hast du heraus bekommen?«

Grant rückte ihre Brille zurecht und grinste weiter über das ganze Gesicht. »Also«, holte sie aus, »wie ich ja schon vorhin erwähnte, konnte ich aufgrund dessen, dass keine Zahlen in dem Code vorkommen schon einige Chiffren ausschließen. Trotzdem war es eine harte Nuss, und ich gebe zu Bedenken, dass ich nur wenig ...«

Porter stöhnte. »Die Kurzfassung, bitte!«

Grant sah ihn beleidigt an, um dann enthusiastisch fortzufahren. »Also – ich weiß, was der Text bedeutet!«

Nun dauerte es auch Villano zu lange, so gerne er Grant auch hatte. »Und?«, fragte er ungeduldig.

»Es ist ein Teil aus der Bibel!«

»Aus der Bibel?«, brach es aus den beiden Ermittlern gleichzeitig heraus.

Grant nickte und ihr schwarzer Pferdeschwanz wippte dabei rauf und runter. »Und zwar aus dem 1. Buch Mose.«

»Gut, klär uns auf, Key!«, forderte Porter.

Grant atmete tief aus. »Ich weiß nicht, wie gut ihr euch in der Bibel auskennt, aber im Großen und Ganzen geht es in der Textstelle um Sodom und Gomorrha.«

Porter und Villano sahen sich unwissend an.

»Und zwar nimmt Lot zwei Engel über Nacht bei sich auf, doch die ...«, Grant stockte und suchte nach den richtigen Worten, »... sexuell anders orientierten Nachbarn, forderten die Herausgabe der beiden, die Lot ihnen aber verweigerte.«

»Wie ging das aus, und was bedeutet der Text?«, fragte Villano.

»Nun, sie wollten Lot an den Kragen, doch die beiden Engel zogen ihn ins Haus und retteten ihn!« Nun sah sie ihre beiden Kollegen an und drückte feierlich eine Taste, um ein Blatt auszudrucken. »Und dies ...«, dabei zog sie das Papier aus dem Drucker, »... dies ist der dechiffrierte Text!«

Porter nahm ihn entgegen.

»Übrigens heißt der Chiffre-Typ Playfair! Irgendwie seltsam für so' nen Typen, oder?«

Porter starrte auf den Text. »Hm.«

Villano stellte sich seitlich hinter ihn. »Und was steht da? Lies mal vor, Nat!«

»Und die Männer vor der Tür am Hause wurden mit Blindheit geschlagen, beide klein und groß, bis sie müde wurden und die Tür nicht finden konnten.«

»... mit Blindheit geschlagen! Ich würde mal sagen, das hat einen direkten Zusammenhang zu unserer Leiche«, ließ Grant verlauten.

Porter sah sie an. »Richtig. Und wie war das mit den, wie du es nanntest, sexuell anders orientierten Nachbarn? Da hatten also Männer ein Interesse daran, sich an Männern zu vergehen. Mit Gewalt, Key?«

Grant nickte. »Eindeutig.«

Villano setzte sich auf seinen Stuhl. »Okay, aber

trotzdem erschließt sich mir der Zusammenhang mit unserem Toten noch nicht!«

Porter lehnte sich mit seinem Hintern an Grants Schreibtisch und nahm einen Schluck von seinem Kaffee. Er fasste noch einmal zusammen. »Also. Wir haben einen geköpften, geblendeten Toten und eine Nachricht aus einer Bibelstelle, in der, ich sag jetzt mal – und versteht das bitte jetzt nicht falsch – perverse Männer sich an „unschuldigen Engeln" vergehen wollen.«

»Wem fällt jetzt welche Rolle zu?«, fragte Villano. »War unsere Leiche der Perverse und wurde aus Rache getötet?«

Porter kratzte sich an seiner Mähne und schüttelte langsam den Kopf. »Ich habe ja vorhin das Videoband im Venetian gesehen. Und der Typ ging glücklich und zufrieden mit seiner Angebeteten aus dem Casino. Händchen haltend und lachend. Der kann nicht so drauf sein. Da müsste ich mich schon sehr täuschen!«

»Und wer sind die geretteten Engel?«, warf Villano eine neue Frage auf.

Porter zuckte mit den Schultern. »Bis jetzt erschließt es sich mir auch noch nicht. Vor allen Dingen, frage ich mich, warum er seine Nachricht verschlüsselt hat. Hätte der Mörder nicht einfach eine normale Nachricht in die Kapsel legen können?« Er wandte sich an Grant. »Hast du über solche Vorgehensweisen nähere Erkenntnisse, Key?«

Grant schlug entspannt die Beine übereinander, denn für dieses Thema hatte sie ein Faible. Sie legte los. »Also – die Verschlüsselung an sich hat den Sinn, das man einen klar lesbaren, einfach zu erfassenden Text in eine schwer zugängliche, schlecht zu interpretierende Form bzw. Zeichenfolge bringt. So einfach wie möglich ausgedrückt.« Ohne vorher Luft zu holen redete sie weiter. »Der wohl bekannteste Serienkiller der Welt, der verschlüsselte Nachrichten verschickte, hieß Zodiac.« Sie sah ihre Kollegen fragend an. »Aber den kennt ihr ja vermutlich?«

Die beiden männlichen Kollegen nickten ein wenig genervt. *Denkt sie etwa, wir wären eine Schulgruppe, die das FBI besucht,* dachte Porter.

Grant fuhr fort. »Dann wisst ihr ja auch, dass er seine chiffrierten Briefe an die Zeitung schickte, um eine größtmögliche Aufmerksamkeit in der Gesellschaft zu erlangen. Mehrere der Nachrichten konnten übrigens bis heute noch nicht entschlüsselt werden, was, wie ihr euch vorstellen könnt, einen großen Reiz auf mich ausübt!«

Porter musste einschreiten, sonst würde Key an Luftnot sterben, vor lauter Gerede. »Okay. Stop! Du denkst also, unser Mörder chiffrierte die Nachricht nur deshalb, weil auch er hofft, dass er damit mehr Aufmerksamkeit erregt? Gibt es keinen anderen möglichen Grund?«

»Vielleicht will er dadurch auch noch Zeit gewinnen, oder er steht einfach auf Verschlüsselungen, so wie Keyomi«, warf Villano ein.

Grant grinste. »Was ihn ja fast schon wieder sympathisch macht.« Schuldbewusst blickte sie eine Sekunde später an die Decke. »Entschuldigung – ich weiß, das war nicht angebracht!«

»Gut, dass du das so schnell einsiehst, Key«, schalt Villano sie, nicht ganz ernst gemeint.

Grant streckte ihm frech die Zunge raus und Villano hob daraufhin, mit hochgezogenen Augenbrauen, drohend zum Spaß, den Zeigefinger.

Porter wunderte sich über das seltsam kindische Verhalten seiner Kollegen. »Was ist denn mit euch beiden los?«

Blitzschnell wurden beide wieder ernst.

»Hast du eigentlich das Motorrad gefunden, Nat?«, fragte Grant mit rotem Kopf, um von sich abzulenken.

Nat seufzte. »Leider nicht. Ich hab es aber telefonisch schon zur Suche ausschreiben lassen.« Dann wandte er sich an Villano. »Warst du denn erfolgreich mit den abgesägten Köpfen?«

Villano rutschte mit seinem Stuhl an den Schreibtisch und versetzte seinen schlafenden Bildschirm in den Wachzustand. »Wie man es nimmt.«

»Was heißt das genau?«

»In einigen Fällen sitzen die Täter in den Enthauptungsfällen bereits hinter Gittern. Jedoch gibt es zur Zeit noch einige offene Fälle über die Bundesstaaten verteilt. In Nevada und den umliegenden Staaten allerdings nicht! Mir stellt sich auch die Frage, ob es sich hierbei wirklich um eine Art Markenzeichen handelt.«

Porter stöhnte. Villano hatte recht. Alles schien ins Leere zu laufen. Er begab sich wieder zu seinem Schreibtisch und warf unterwegs seinen leeren Kaffeebecher in einem weiten Bogen in den Mülleimer. »Okay. Bitte druckt alle Informationen aus und hängt sie an die Wand!«

Villano und Grant nickten stumm.

Porter fiel die plötzliche Niedergeschlagenheit seiner Kollegen auf. »Hey, es wird schon werden! Ihr habt super Arbeit geleistet!«

»Und nun?«, fragte Grant immer noch enttäuscht.

»Am besten macht ihr mal eine kurze Pause an der frischen Luft, die pustet das Hirn durch und dann besprechen wir alles Weitere!«

»Okay, Chef!«, nahm Grant das Angebot sofort dankbar an, denn ihr Kopf rauchte sowieso schon. Sie wandte sich an Villano, der noch zögerte. »Kommst du?«

Der Kollege sah die hübsche Systemanalystin an. »Gut, dann gebe ich dir aber ein Eis aus dem Automaten aus. Du siehst aus, als könntest du eins gebrauchen.«

Grant riss erstaunt die Augen auf. »Oh, danke. So erledigt wirke ich auf dich?«

Villano stand auf, legte einen Arm um ihre zierlichen Schultern, und leise lachend verließen sie den Raum.

Porter sah nachdenklich hinter den beiden her. Wenn er ehrlich zu sich war, musste er jetzt erst einmal selber über die weiteren Schritte nachdenken. O'Brian, sein Chef, der überaus intelligente Mensch, fehlte hier eindeutig mit seiner Weitsicht. Er wusste immer sofort, was der nächste Schritt war. Seine Unsicherheit durfte er sich aber vor den anderen nicht anmerken lassen. Nachdenklich fuhr er mit seinem Zeigefinger über die Unterlippe.

Das Telefon auf seinem Schreibtisch klingelte und beendete seine Grübelei.

»FBI-Außenstelle Las Vegas. Sie sprechen mit Special-Agent Porter. – Cathrin, schön von dir zu hören! Was gibt es?« Porter hörte der Polizistin ruhig zu, doch langsam beschleunigte sich sein Puls. Er nahm, wie am Tag zuvor, seinen Notizblock zur Hand und schrieb.

»Alles klar, Cathrin! Wir kommen gleich! Bis dann!« Er legte auf. Dann fuhr er sich mit beiden Händen über sein Gesicht und drückte zum Schluss mit beiden Zeigefingern in die Innenwinkel seiner Augen. *So ein verdammter Shit!*

Nachdem er sich wieder gefasst hatte, rief Porter seine Kollegen über das Handy an und holte sie aus ihrer kurzen Pause zurück.

»Was gibt es?«, fragte Grant neugierig.

»Cathrin hat angerufen. Sie haben eine weitere Leiche gefunden!«

Villano war alarmiert. »Und ist es Angelina Pica?«

»Das ist noch nicht sicher. Es ist auf jeden Fall eine Frau. Wir werden jetzt zum Fundort hinausfahren und es herausfinden.« Dann wandte er sich an Grant. »Dich würde ich bitten, nochmal alle Falldaten zu prüfen und dir über die ganzen Zusammenhänge Gedanken zu machen!«

Grant nickte. »Mach ich! Und ihr wisst ja, ein Anruf genügt und meine Denkmaschine läuft auf Hochtouren!«

Porter lachte. »Alles klar, Key.«

Villano und Porter machten sich mit ihrem Dienstwagen auf den Weg. »Und, sagst du mir dieses Mal, wo wir hinfahren?«

Porter sah Villano von der Seite an und grinste. »Noch nachtragend, was?«

Villano sah weiter aus dem Seitenfenster. »Und? Wohin geht es nun?«

»Wir fahren zum Lake Mead. Da wurde eine tote Frau gefunden. Und wie die liebe Cathrin so ist, hat sie schon wieder nicht mehr verraten!«

Villano rümpfte die Nase. »Und wo genau fahren wir hin? Ich meine, der Lake Mead ist riesig!«

»Wir fahren zur Marina am Horsepower Cove. Dort ist die Leiche, und mehr weiß ich bis jetzt auch nicht.«

»Wir müssen unbedingt mit Cathrin reden! Das geht wirklich nicht, dass sie nicht mehr erzählt und uns so lange im Unklaren lässt! Das ist überaus unprofessionell!«

Porter nickte. »Ja, das machen wir, Joe.«

Sie brauchten 50 Minuten bis zu der Marina, und es dämmerte schon, als sie sich dem kleinen Hafen näherten, in dem hauptsächlich kleinere Privatboote lagen. Außerdem gab es noch einige Anbieter für Ausflüge auf den See. Und zu dem Anleger steuerte Porter nun. Wieder war der Parkplatz abgesperrt, doch dieses Mal lauerten schon einige Reporter und

TV-Teams auf die neusten Erkenntnisse.

»Woher wissen die das nur immer?«, fragte sich Villano laut.

Porter zuckte mit den Schultern. »Ich nehme an, über den Polizeifunk.«

»Ja, ich weiß, aber ich denke mittlerweile, müsste man doch in der Lage sein, das Ganze sicherer zu gestalten!«

»Hm. So, wir sind da. Da vorn winkt schon die liebe Cathrin!« Dabei konnte er sich ein Grinsen zu seinem Kollegen nicht verkneifen.

»Ja, ja, ich weiß, dass du sie attraktiv findest.« Sie stiegen aus, und Villano schmiss die Tür hinter sich zu. »Welche Frau findest du eigentlich nicht attraktiv?«, fragte er rein rhetorisch auf dem Weg zu der Polizistin. Wieder grinste Porter nur. Er konnte halt die Finger nicht von dem schönen Geschlecht lassen, und solange die ihn auch wollten …

»Cathrin! Wie geht es dir, meine Schöne?«

»Nat! Ja, gut soweit. Viel zu tun, wie du siehst!« Dabei strahlte sie Porter an.

Villano verdrehte die Augen. *Oh Mann.* »Cathrin! Hi! So schnell sieht man sich wieder.«

Die Polizistin gab Villano die Hand. »Hi, Joe! Ja, leider. Der Besitzer des Schaufelraddampfers hat die Leiche heute Abend entdeckt.«

»Warum erst so spät? Ist er heute nicht schon am Tag mit Besuchern auf den See gefahren?«, fragte Villano.

»Nein, er hat mit einem Mechaniker den halben Tag unter Deck an seinem Motor herumgebastelt, weil der kaputt war, und als sie ihn dann ausprobieren wollten, schien erst alles zu funktionieren, doch dann blockierte das Schaufelrad!« Sie zeigte in die Richtung des Schiffes. »Kommt am besten mit! Der Anblick ist aber, wie bei der Leiche gestern, nicht sehr schön!«

»Eine schöne Leiche ist sowieso eher selten! Wir sind auf alles gefasst. Schlimmer riechen als gestern wird es ja schon mal nicht!« Cathrin drehte sich zu Porter um und rümpfte die Nase.

Sie gingen über den Steg. Am Ende angekommen sahen Porter und Villano ein paar Polizeitaucher im Wasser. »Ihr seid ja schon voll dabei! Gut!«, stellte Porter fest.

»Ja, klar, aber sie werden jetzt herauskommen und morgen nach weiteren Spuren suchen. Es wird zu schnell dunkel.«

Villano sah auf das Wasser hinter dem Dampfer. »Wo ist denn nun die ...«

Porter tippte auf seine Schulter und zeigte auf das Schaufelrad. »Sieh mal hoch!«

Villano hob den Blick. Er sah einen weißen, nackten Frauenkörper, der mit Seilen an das Schaufelrad gebunden worden war. »Das sieht aus wie ...«

»... eine Galionsfigur«, vollendete Porter den Satz.

»Am falschen Ende«, warf Cathrin ein.

»Richtig.« Porter trat bis zum äußersten Rand vom Steg, doch trennte ihn immer noch drei Meter von der Leiche. »So ein Mist, man kann fast gar nichts erkennen!«

Cathrin nahm Daumen und Zeigefinger in den Mund und stieß einen lauten Pfiff aus. »Hey, Bob! Bring mal bitte einen von den Strahlern herüber. Strom haben wir hier!«

Porter und Villano staunten. Sie hatte ihre Jungs wirklich im Griff.

Kurze Zeit später kam der junge Polizist mit dem Strahler und schloss ihn an der Stromversorgung am Steg an.

»Bevor wir das Licht einschalten, möchte ich bitte, dass die ganzen Reporter verschwinden. Die würden mit ihrem Zoom jede Einzelheit aufzeichnen und der Öffentlichkeit preisgeben!«, bat Porter.

Cathrin nickte. »Du hast recht!« Sie wandte sich an Bob und gab ihm Anweisungen, sich mit ein paar anderen Kollegen, dem Thema umgehend anzunehmen.

Fünf Minuten später konnten die drei vom Steg aus beobachten, wie sich die TV-Teams und Reporter hinter eine neu errichtete Absperrung weiter weg begaben. Natürlich unter einem lauten Protest und den immer wieder zu hörenden Argumenten auf das Recht der Pressefreiheit.

»Das wäre geschafft.« Cathrin schaltete den Strahler an.

Der Anblick, der sich ihnen bot, war schrecklich. Der Kopf, der anscheinend noch einmal extra mit einem Seil fixiert worden war, wirkte total zermatscht. Die langen braunen Haare hingen fettig und blutig an den Seiten herab.

»Der Kopf ist eventuell nicht unbedingt vom Mörder so zugerichtet worden. Das ist wohl eher dem Einsatz des Schaufelrades zu verdanken«, sagte Cathrin.

»Das kann gut möglich sein. Elijah wird uns das dann genau sagen können. Und – wie ich feststelle, fehlt ihr eine Hand?«

Cathrin bestätigte das. »Ja. Die Linke. Abgehackt, vermute ich. Das Schiff wird gerade jetzt und das Wasser morgen danach abgesucht.«

»Okay.«

Villano konnte seinen Blick nicht von der Frau wenden, die, wie ein toter Fisch in den Seilen hing. »Sehe ich das richtig? Ist da etwas auf ihrem Bauch eingeritzt?«

»Du hast gute Augen, Joe! Kompliment. Erkennen kann man es aber so nicht genau, dafür muss sie erst einmal gründlich vom Blut befreit werden!«

Die FBI-Kollegen nickten.

»Und Nat? Ist das die Frau, die du auf dem Videoband vom Venetian gesehen hast?«, fragte Villano Porter.

Porter zögerte mit der Antwort. »Hm. Festlegen kann ich mich da nicht zu 100%, aber vom Körperbau und den Haaren kommt das schon hin.«

Porter trat zurück. Er konnte den Anblick nicht länger ertragen. Wer konnte einer so schönen Frau so etwas antun? Er wandte sich an Cathrin. »Wie es aussieht, können wir hier nichts mehr tun. Schickt die Leiche bitte zu Elijah, und alles andere sollen die im Labor untersuchen und uns gleich Bescheid geben!«

»Wird gemacht!«

»Mach es gut, Cathrin! Pass auf dich auf! Und melde dich, wenn es etwas Neues gibt, ja?«, verabschiedete sich Porter.

»Okay, Jungs. Bis bald. Ich melde mich!«

Villano hob die Hand zum Gruß. Dann ging er mit Porter zusammen den Steg zurück zum Auto.

»Was hältst du von dieser Idee, Joe? – Wir fahren jetzt zurück ins Büro, holen Key und begeben uns in die nächstbeste Bar. Vielleicht bekommen wir ja bei ein paar Drinks eine Eingebung.«

Villano fuhr sich mit der Hand über seine Halbglatze und stöhnte leise. *In eine Bar? Tolle Idee von Alki-Porter!* Er selbst sollte lieber nach Hause und sich mit seiner Frau aussprechen.

Porter bemerkte, wie es in dem Kopf seines Kollegen ratterte. »Okay. Du zögerst? Dann ist der Barbesuch hiermit eine dienstliche Anordnung. Deine Arbeitszeit ist sowieso noch nicht zu Ende!«

Villano blickte seinen Kollegen erschöpft an. Vielleicht hatte Porter recht, und eine auflockernde Atmosphäre würde ihre Gehirnwindungen auf Trab bringen. Er musste ja kein Alkohol konsumieren. Es gab ja auch genug jungfräuliche Cocktails. »Gut, aber du zahlst! Damit das schon einmal geklärt ist!«

»Meinetwegen«, grinste Porter.

Im Büro trafen sie auf eine grübelnde Keyomi.

»Komm, fahr den Rechner runter! Wir gehen einen trinken!«, forderte Porter sie direkt kurz nach dem Eintreffen auf.

Grant war verwirrt. »Was? Einen trinken?«

»Ja! Einen trinken. Komm schon! Es ist wissenschaftlich erwiesen, dass das ungemein den Geist erhellen soll.«

Grant zog die Augenbrauen hoch. »Das habe ich so noch nicht gehört ... aber wenn du meinst.« Mit wenigen Befehlen beendete sie ihre Programme auf dem Computer, nahm ihre übergroße Tasche und war fertig zum Gehen. »Wir können los! Aber was war eigentlich mit der Leiche ... und ich wollte euch auch ein paar neue Ansatzpunkte ...«

Porter legte den Arm um die Schultern und zog sie in Richtung Fahrstuhl. »Du wirst alles erfahren, und deine neuen Erkenntnisse teilst du uns unterwegs mit!«

Die Bar, in der sie eine Viertelstunde später saßen, war unter den Mitarbeitern des FBI angesagt. Die Atmosphäre war einfach und gemütlich. Es gab leckere Cocktails und hervorragende kleine Snacks, von denen Porter ihnen eine kleine Auswahl bestellte.

Er sah Villano an. »Bevor du fragst! Ja, die gehen auch auf mich!«

Villano errötete leicht, weil ihn Porter anscheinend für total knauserig hielt. »Nett! Lass uns aber lieber mal anfangen! Es war ein langer Tag, und wir wollen nach dem Absacker hier ja auch bald nach Hause!«

Porter konnte sich ein Grinsen nicht verkneifen. Dann wendete er sich zu Grant um. »Keyomi, was sagst du denn zu der neusten Entwicklung?« Sie hatten sie im Auto über alles, was sie am Lake Mead erfahren hatten, informiert und ihr auch ein Foto auf dem Handy gezeigt, welches Porter kurz vorm Gehen noch gemacht hatte.

Grant schluckte, als sie an das Bild dachte. »Ja, das ist eine dramatische Fortsetzung des Falles und bestätigt, dass er es wirklich ernst meint, falls es unserer Serienmörder war!«

»Nehmen wir mal an, es ist unser Opfer Nummer II, und davon gehe ich mit ziemlicher Sicherheit aus – was haben wir hier für eine symbolische Bedeutung?« Porter machte eine kurze Pause, weil die Getränke und die Snacks an den Tisch gebracht wurden. Er bedankte sich und fuhr fort. »Ich denke, wir können doch von symbolischen Bedeutungen sprechen, oder?«

Grant nickte. »Der Fund im Klo macht auf jeden Fall deutlich, dass er das Opfer als Abschaum sieht und es so schlimm wie möglich auch nach dem Tod weiter erniedrigen will, indem er es in Exkremente versenkt.«

»Die Blendung der Sodomiter und die Blendung des Opfers nicht zu vergessen,« warf Villano in die Runde und nippte an seiner Virgin-Margarita.

Porter nickte kauend, nahm einen Teriyaki-Spieß und tunkte ihn in Ernusssoße. »Was ist mit der neuen Leiche?«

Grant schob sich gerade einen der knusprigen Zwiebelringe in den Mund. »Hm. Auf dem kleinen Bildschirm und dem Bildausschnitt konnte man das nicht so gut erkennen, aber sie hing in den Seilen und sah aus wie eine Galionsfigur, nicht wahr?«

Die Männer nickten.

»Galionsfiguren wurden ja früher vorn am Bug von Segelschiffen angebracht. Ich glaube, die Spanier und die Portugiesen führten diesen Brauch ein – bin mir aber nicht zu hundert Prozent sicher.« Sie nahm sich noch einen Zwiebelring. »Soweit ich weiß, war es ein Aberglauben, dass die Figur den Kurs des Schiffes halten und das Schiff sowie die Seeleute vor Unglück bewahren sollte!«

Porter und Villano staunten, woher Keyomi immer wieder ihr Allgemeinwissen hatte.

»Okay. Und was sagt uns das jetzt? Symbolisch gesehen?«, fragte Villano.

»Das bedeutet, so interpretiere ich das Szenario, dass die Tote jemanden nicht vor Unglück bewahrt hat, oder?«, fragte Grant.

Porter strich nachdenklich über seine Sessellehne. »Die Frage, die sich mir stellt ist: In welchem persönlichen Verhältnis standen die Opfer mit ihrem Mörder? Ich meine die beiden Toten, sofern es sich morgen so herausstellen sollte, kamen aus Italien und waren hier nur im Urlaub. Glaubt ihr, dass sie sich vorher kannten? Wenn ja, woher? Und wenn nicht, was bedeutet das für uns?«

»Falls sie sich nicht kannten, bedeutet das ganz Unglaubliches für uns, denn dann verbirgt sich dahinter eine symbolische Bestrafung, die jemand ganz anderes bekommen sollte, und die beiden Opfer sind praktisch nur ein Ersatz!«

Porter sah Grant an. »Key, ich glaube, das könnte eine Erklärung sein, die wir auf jeden Fall in Betracht ziehen sollten!«

»Und zwar morgen!«, warf Villano ein, glücklich, endlich etwas Licht am Horizont zu sehen. Er selbst fühlte sich zur Zeit bei der ganzen Ermittlungsarbeit nicht gerade sehr hilfreich. Grant hingegen, die ja „nur" Systemanalystin war, zugegeben eine sehr intelligente, hatte einen Geistesblitz nach dem anderen! Seinen Neid wollte er sich jedoch nicht anmerken lassen. Deshalb nahm er sein Glas und hielt es in die Luft. »Lasst uns anstoßen, denn morgen werden wir den Fall aus einem anderen Blickwinkel betrachten können. Cheers!«

»Cheers!« Porter stieß zwar mit an, doch seine Gedanken waren woanders. *Hoffen wir mal, dass der Mörder nicht schon wieder neue Opfer in seiner Gewalt hat!* Er wollte die Zeit mit seinen Kollegen nutzen und nochmal alles durchsprechen. Es standen vielleicht nicht nur weitere Leben auf dem Spiel, sondern auch sein Job.

15

Sonntag, 9.08.2015

Er hatte zwei Tage frei. Sonntag und Montag. Zwei Tage, an denen er sich intensiv um seine Eltern kümmern würde. Gestern nach der Arbeit hatte er noch länger im Kontrollraum gesessen und sie beobachtet. Doch er war enttäuscht worden. Beide schliefen anscheinend, und als er die Aufnahmen auf dem Festplattenrekorder zurück spulte, sah er, dass während seiner Abwesenheit auch nicht viel passiert war. Wie auch. Beide hatten kaum Bewegungsfreiheit, konnten nichts sehen, nichts hören. Er würde ihnen die Hölle auf Erden bereiten, und sie sollten sich zu der Situation, in der sie sich nun befanden, zurücksehnen! Er lachte, stand auf, streifte sich seine Klamotten von gestern über und ging hinaus durch den Flur in das halbdunkle Wohnzimmer. Dort zog er die Vorhänge vor den Fenstern zur Seite, und augenblicklich durchflutete Licht das Zimmer. Dann griff er nach der Fernbedienung, setzte sich auf das alte Sofa und stellte den Fernseher an. Es war noch ein alter Röhrenfernseher, der nicht viel her machte. Doch das war gut so. Es gehörte zum Konzept. Von seinem Hang zur modernen Technik sollte niemand, der das Haus zufällig betrat, eine Ahnung bekommen.

Auf den Bildschirm starrend, verfolgte er die Nachrichten, die bei ABC fast rund um die Uhr liefen. Ein paar Minuten liefen Berichte über das allgemeine Weltgeschehen, Konflikte im Nahen Osten, Unwetterwarnungen für den Mittleren Westen. Das Übliche. Doch dann, als er schon die Fernbedienung in der Hand hatte um auszuschalten, hielt er inne. Die Nachrichtensprecherin wechselte das Thema. Von den Waldbränden im nördlichen Kalifornien kam sie zu einem grausigen Fund, den man vorgestern gegen Mittag im Valley of Fire State Park gemacht hatte. *Ja!*, dachte er. *Ja! Darauf warte ich doch!* Gespannt setzte er sich auf die Kante des alten Sofas. Die Sprecherin im Studio schien sich life an den Außenreporter zu wenden. *„Ken, was gibt es Neues in dem Fall?“* Das Bild wechselte, und man sah den Reporter Ken Richard, wie er vor dem Polizeiabsperrband stand und in Richtung des Klohäuschens auf dem jetzt verlassenen Parkplatz des State Parks zeigte. *„Wie wir schon berichteten, wurde am Freitag um die Mittagszeit auf dem Parkplatz des viel besuchten Valley of Fire State Parks der Kopf einer unbekannten männlichen Leiche gefunden. Und zwar im Plumpsklo dieses Klohauses, welches Sie hier hinter mir sehen können. Leider wurden uns von der örtlichen Polizei noch keinerlei weitere Informationen zu dem Fall gegeben. Nur so viel: Den Fund machte das sechs Jahre alte Mädchen Melody Pine aus Boulder City, welche mit ihren Eltern am Morgen im Park unterwegs war. Ihr wurde zunächst gesagt, es handele sich um eine ausgefallene Halloweenmaske, doch es dürfte nur eine Frage der Zeit sein, bis sie die Wahrheit erfährt. Leider gibt es bisher keine Neuigkeiten zu dem Fall, doch wir halten Sie auf dem Laufenden.“*

Das Studio wurde wieder eingeblendet. Die Sprecherin in ihrem roten knappen Kostümchen schüttelte betroffen den Kopf. *„Das arme Mädchen!“* Dann drehte sie sich zu einer Kollegin um. *„Belinda! Was gibt es Neues aus der Welt der Reichen und Schönen …“*

Ein Kind hatte seinen Kopf gefunden? Er grinste. Halloweenmaske – das war gut. Vielleicht sollte er auf Maskendesigner umschulen. Haha. Das wichtigste war, dass sie den Kopf gefunden hatten und wussten, dass das erst der Anfang war!

Es wunderte ihn, dass die Medien noch nichts über die Frauenleiche brachten. Andererseits gab es manchmal auch eine Nachrichtensperre. Er brauchte einfach Geduld! Die Wahrheit würde ans Licht kommen. Früher oder später.

Eine Viertelstunde später saß er unten im Kontrollraum vor seinen Monitoren. *Okay, dann sehen wir mal, wie es euch geht!* Er brauchte nur einen Schalter umzulegen, um den ersten Blick auf seine 'Eltern' zu erhaschen. Alles klar. Beide lagen wie erstarrt da. Sie in ihrer Kiste und er ...

Nick war schon zigmal aufgewacht, aber nach seinen heftigen Versuchen, sich von den Kabelbindern zu befreien, immer wieder vor Erschöpfung eingeschlafen. Er lag rücklings auf einer harten Pritsche. Beide Arme und Beine waren weit ausgestreckt an jeweils einen Bettpfosten gefesselt. Das vermutete er jedenfalls, denn seine Augen und auch sein Mund waren mit einem Tape verklebt worden. Sein ganzer Körper bestand nur aus Schmerzen. Von höllischen Kopfschmerzen angefangen bis zu den mittlerweile aufgescheuerten brennenden Wunden an Hand- und Fußgelenken. Und dieser verdammte Durst! Was würde er für einen Schluck Wasser geben!

Immer wenn er zu Bewusstsein kam, ging er in Gedanken die letzten Minuten in Freiheit durch. Er war in den Stollen gegangen, um nach dem schreienden Kind zu suchen. Als er es anscheinend gefunden hatte und um die nächste Ecke gehen wollte, hatte ihn etwas Hartes am Kopf getroffen. Danach fehlte jegliche Erinnerung.

Wie lange er hier schon lag, konnte er nicht sagen, aber es kam ihm wie eine Ewigkeit vor.

Er hörte ein Geräusch. *Was war das? Eine Tür?* Mit Vehemenz versuchte er sich zu bewegen und Laute von sich zu geben, so gut es ging. Es war ihm egal, ob es ein Retter oder sein vermeintlicher Peiniger war. Dann hörte er ein verhaltenes Lachen. »Na, Hank?

Keine schöne Situation, in der du dich befindest, was?«

»Hank?« Nick stöhnte. Er zog an seinen Plastikfesseln, was wieder starke Schmerzen an den bereits aufgescheuerten Wunden hervorrief.

»Streng dich nicht an! Du brauchst deine Kräfte noch.«

Die Stimme kam immer näher, und Nicks Puls stieg in jeder Sekunde weiter an. Die Angst, die er seit seinem Erwachen verspürt hatte, wurde immer schlimmer. Er lag, ohne sich wehren zu können, gefesselt auf irgendeiner Pritsche, und der Typ konnte in einer Sekunde sein Leben beenden. Einfach so! Und was war das überhaupt für eine Stimme? Irgendwie klang die seltsam. *Dumpf.*

Nick merkte, dass der Sprecher direkt an seine harte Pritsche trat. Dann riss man ihm mit einem Ruck die Augenbinde brutal herunter.

Ein unbeschreiblicher Schmerz durchfuhr ihn. Er bäumte sich auf, riss dabei an seinen blutigen Fesseln und gab einen, vom zugeklebten Mund, gedämpften Schrei von sich. *Was ist das für ein Arsch, der so etwas macht?*, kam ihm in den Kopf. Er kniff die Augen zusammen.

Nur Sekunden später nahm er wahr, wie das extrem starke Klebeband auch an der Wange gelockert wurde. Nick spürte wie seine Gesichtshaut dabei unangenehm nach oben gezogen wurde. An der Lippe angekommen, riss der Entführer nun auch hier mit einem schnellen Ruck das Tape ab. Wieder durchfuhr ihn ein heftiger Schmerz und kurz darauf spürte er wie Blut in seinen Mund rann.

Nick wurde immer wütender und öffnete langsam die Augen. Immer in Erwartung eines neuerlichen Angriffs, sah er seinen Peiniger mit halb zugekniffenen Augen an. Er wollte endlich wissen, wer ihn drangsalierte!

Wenn er bisher noch eine schwache Hoffnung gehabt hatte, eine Antwort zu finden, ... dass er den Menschen eventuell kennen könnte ...

Diese Hoffnung wurde nun enttäuscht, denn das einzige, was er sah, war kein menschliches Gesicht – sondern eine Maske. Eine Halloween-Geister-Maske.

Nick konnte das alles nicht glauben. In welchem Albtraum war er gefangen? Er versuchte zu schlucken, doch im Mund war fast gar kein Speichel mehr, und ihm wurde sein starker Durst wieder bewusst. »Wasser!«, stöhnte er.

Sein Gegenüber, welcher weiterhin neben ihm am Bett stand, zog sich einen Stuhl heran und setzte sich. Dann schaute er Nick an und legte den Kopf dabei schief.

In Nicks Kopf setzte sich derweil der Gedanke an frisches Wasser fest. Das Sprechen fiel ihm schwer. »Bitte! Ich weiß nicht, warum Sie das hier alles machen ... Aber bitte geben Sie mir etwas zu trinken! Bitte!«

»Bitte! Sir! So heißt es! So hast du es mir beigebracht, Vater!«

Nick stutzte und sah seinen Peiniger mit großen Augen an.

Der Entführer stand auf und stieß dabei mit Wucht den Stuhl nach hinten weg. »Das heißt: Bitte, Sir!«

Erschrocken von der unwirschen Reaktion und verzweifelnd vor lauter Durst, beeilte sich Nick und sagte: »Bitte Sir, etwas zu trinken!«

Der Maskenmann legte seinen Kopf wieder zur Seite und sah auf seinen Vater herab. »So ist es besser!«

Er sah auf die Uhr. 10 Uhr. Sein Vater hatte seit mindestens 21 Stunden nichts mehr getrunken. Das war eine lange Zeit! Er ging zu einem an der Wand stehenden Metallspind, nahm eine Flasche heraus und ging damit in Richtung des Bettes. Dann öffnete er sie langsam.

Nick schöpfte Hoffnung. Schweißtropfen, die sich durch die ganze Anspannung gebildet hatten, fingen an, an der Seite seines Gesichtes herunterzulaufen. Mit flehendem Blick sah er den Maskenmann an. »Bitte!«

Sein Gegenüber legte den Kopf auf die Seite.

»Bitte! Sir!«, beeilte sich Nick, sich zu korrigieren.

»Tz, tz, tz.«, sagte der Entführer und schüttelte den Kopf.

»Sir! Bitte!«, bettelte Nick. »Nur einen Schluck!«

»Du hast 21 Stunden nichts getrunken. Das ist eine lange Zeit, aber nicht lange genug!«

Der Maskenmann stand auf und drehte die Flasche wieder zu. »Ich denke, wir warten noch!«, sagte er mit strengen Ton.

Nick schloss für einen Moment die Augen. *Was ist das nur für ein kranker Irrer?,* dachte er. Er hatte so viele Fragen, aber das Denken fiel ihm im Moment schwer, so sehr hatte er schon die ganze Zeit von etwas Wasser geträumt. *Reiß dich zusammen! Frag ihn, bevor er wieder verschwindet!* Er hob den Kopf leicht an. »Wo bin ich hier, und warum halten Sie ...«

Er gebot ihm mit einer einfachen Geste, eines sich schnell zur Seite bewegenden Zeigefingers und einem 'Tz, Tz, Tz' Einhalt. Dann klebte er Nick kurzerhand wieder ein Stück von dem Klebeband über den Mund, ging in Richtung der Tür und machte sie auf. »Hank, so läuft das hier nicht! Außerdem, will ich doch erst einmal sehen, was ich für Mutter tun kann!«

Nick traf der Schlag. *Ich bin Vater ... dann ist ... Nein! Nicht auch Lisa!*

Der Maskenmann drehte sich zu Nick um. »Übrigens, beim nächsten Mal, wenn ich zu dir komme, werde ich dir richtig einheizen. Darauf kannst du dich schon mal freuen!« Er verließ mit einem trockenen Lachen den Raum.

16

Er ging den Flur entlang, zog seinen Schlüsselbund hervor und öffnete Raum 4. Dann machte er das Licht an und ging zu der Kiste, die in der Mitte des Raumes stand. Er stellte sich davor und legte seinen Kopf schief. Seine Fäuste waren geballt. Da war sie drin! Sie – die immer so getan hat, als würde sie nichts mitkriegen! Sie – die, als er sich ihr Jahre später anvertraute, ihm nicht glauben wollte! Jetzt würde sie dafür büßen!

Er öffnete Schloss und Tür des alten Kühlschranks und ließ sie zur Seite fallen. Dann nahm er sie an den zusammengebundenen Armen, zog sie in einem Ruck nach oben, hob sie über den Rand und schleifte sie wie einen Sack über den Boden bis zu der Stelle, an der eine stabile Kette mit einem Fleischerhaken hing. Er hob Mutter hoch und hängte sie so an den Handfesseln auf, dass ihre Füße noch knapp den Boden berühren konnten.

Dann sah er sie an. Keine Gegenwehr? Der Kopf hing schlapp herunter. *Seltsam.* Er legte zwei Finger in Höhe der Schlagader an ihren Hals, um zu sehen, ob sie noch lebte. Er hoffte es inständig. So durfte sie nicht davon kommen! Es war schwierig etwas zu spüren. Nichts! Sie war schon tot!

Doch – da! Ganz, ganz schwach spürte er einen Puls. Mit ein paar Schritten ging er zu dem Waschbecken in der Ecke, nahm den Eimer, der dort stand, und füllte ihn mit kaltem Wasser. Mit einer ausholenden Bewegung schüttete er es in ihr Gesicht.

Lisa erwachte mit einem Ruck aus ihrer Ohnmacht, riss die Augen auf und erschrak. Diese Helligkeit! Adrenalin schoss durch ihre Adern. Sie blinzelte und konnte die Augen kaum aufhalten. Ihre Situation hatte sich verändert. Sie war aus der Kiste heraus und hing irgendwo in der Luft, die Arme über dem Kopf.

Sie spürte, wie ihr jemand zärtlich über die Wange streichelte.

»Hallo! Na? Gut geschlafen, Mutter?«

Ein Geist?, dachte Lisa kurz irritiert.

Dann schlug der Fremde ihr mit der Faust ins Gesicht.

Lisas Kopf wurde brutal zur Seite geschleudert. Sie stöhnte laut auf, doch das Klebeband über ihrem Mund dämpfte das Geräusch. Der Schmerz, den sie an Wange, Kiefer und im Genick spürte, war unerträglich, und doch zwang sie sich, den Kopf langsam wieder zur Mitte zu drehen. Sie musste wissen, wer ihr das antat!

Vor ihr stand ein Mann im Raum. In Jeans und T-Shirt. Barfuß. Er trug eine Halloween-Geistermaske. Den Kopf hatte er schief gelegt und starrte sie an.

Sie wurde wütend. *Was soll das alles hier?* »Wer sind Sie? Was wollen Sie von mir?«, schrie sie unverständlich unter dem Klebeband hervor.

Der Mann schritt auf sie zu und riss ihr mit einem Ruck das Klebeband ab. Er grinste und sagte: »Na? Schwillt das Auge schon zu, Mutter?«

Lisa fing an zu zappeln und schaukelte dabei mit den Armen über dem Kopf hin und her, was ihr sofort schreckliche Schmerzen in den Schultergelenken und an den gefesselten Handgelenken bereitete. »Ahh!«, schrie sie, und versuchte, wieder ruhiger zu werden und ihre Lage zu stabilisieren. »Wer sind Sie? Was wollen Sie von mir?« Verzweifelt sah sie ihn durch ihre zerzottelten Haare an.

Er wurde wütend, stürmte auf sie zu und blieb mit seinem Gesicht einen Zentimeter von ihrem entfernt stehen. »Was ICH von dir will?«, schleuderte er ihr laut entgegen. »Was ICH von dir will, fragst du?«, wiederholte er, entfernte sich wieder und fing an, in dem weiß gekachelten Raum, hin und her zu laufen.

Abrupt blieb er stehen und kam wieder auf sie zu. Er sah wie seine Mutter vor Angst am ganzen Körper zitterte und Urin über ihre Schenkel lief. »DU! DU hast mir nie geholfen! DU hast es die ganze Zeit gewusst und hast nichts dagegen getan. NICHTS!«

Lisa starrte ihn an. Ihr Herz raste. Sie versuchte zu begreifen, was vor sich ging. Sie kannte den Typen doch gar nicht! Einen Amerikaner! Er konnte nicht sie meinen. Er musste sie verwechselt haben!

Er lief wieder wie von Sinnen im Raum umher, murmelte vor sich hin, mit geballten Fäusten. Wieder blieb er stehen, sah sie an und zog langsam ein Messer hinten aus einer Scheide an seinem Gürtel.

Lisa sah es, und ihr blieb vor Schreck die Luft weg. War sie bis jetzt einfach nur geschockt gewesen, so traten ihr nun Tränen in die Augen. Ungläubig und verzweifelt schüttelte sie den Kopf. »Nein!«, flüsterte sie. »Nein!«

Er ging auf sie zu, hob das Messer über ihren Oberkörper und schlitzte ihr T-Shirt auf …

Lisa schrie. Doch sie verspürte keinen Schmerz! Sie sah an sich herunter. Ihr T-Shirt war vorne zerfetzt, und nun fuhr ihr der Irre schnell seitlich nacheinander mit dem Messer in beide Ärmel. Dann riss er das Shirt mit einem Ruck runter. Lisa wimmerte. Jede Bewegung schmerzte an den Handgelenken. Sie hatte Angst und zitterte am ganzen Körper.

Er stellte sich vor sie und sah sie unter seiner Maske an.

Unheimlich. Warum zeigt er sich nicht? Sie erinnerte sich an etwas. *Sind meine Überlebenschancen vielleicht größer, solange er sich mir nicht zu erkennen gegeben hat? Solange ich ihn nicht identifizieren kann?*

Während sie darüber nachdachte, ging er um sie herum und schnitt ihren rosafarbenen BH mit dem Messer durch. Er fiel auf den Boden. »Den brauchst du nun nicht mehr, Mutter!«

Lisa versuchte sich zu ihm umzudrehen, da er immer noch hinter ihr stand. »Warum sagst du Mutter zu mir?«, schrie sie ihn verzweifelt an. »Warum Mutter?«

Mit energischen Schritten ging er um sie herum und giftete sie an. »Weil du meine verdammte Mutter bist! Und du hast NICHTS getan! NICHTS!« Er fuchtelte wild mit dem Messer vor ihrem Gesicht hin und her.

Oh, oh, pass auf Lisa! Mach ihn nicht noch wütender.

»Und dafür wirst du büßen! Genau wie ER!«

Lisas Augen wurden hektisch. *Er?* »Wer ist ER?«

Die Augen schienen sich hinter der Maske zu verengen. Dann schlug er sich mit beiden Handballen stark gegen die Schläfen. »Wie kann man so dämlich sein? Wer ER ist! Wer ER ist!« Wieder schoss er schnell vor, bis zu ihrem Gesicht. Sie konnte seinen metallischen Atem riechen. »VATER!! Das weißt du doch. VATER!!«

Sie konnte sich darauf keinen Reim machen. *Ich muss einfach versuchen, ihn bei Laune halten,* dachte sie verzweifelt. *Ich muss Zeit gewinnen. Vielleicht werden wir ja schon vermisst oder sogar gesucht.* »Kann ich Vater sehen?«, fragte sie kleinlaut und spielte sein seltsames Familienspiel mit.

Er hatte sich wieder ein wenig beruhigt.

Lisa sah, wo sein Blick hing. Auf ihren Brüsten! *Ich muss ihn ablenken!* »Und?«

»Was?!«

»Kann ich Vater mal sehen?«

Er sah sie durch seine Maske an und lachte. »Du wirst ihn sehen! Glaub mir!«

»Wirklich?«, fragte Lisa Hoffnung schöpfend. Vielleicht sah dieser andere einen Ausweg.

»Wirklich!«, kam es dumpf unter der Maske hervor. »Es sei denn, du glaubst nicht nach einem Leben nach dem Tode!« Der Mann lachte dreckig.

Lisas Augen füllten sich mit Tränen.

»Und so gläubig, wie ihr immer getan habt!« Er ging auf sie zu. »Ich denke, ich werde dich jetzt schon einmal ein wenig büßen lassen.« Er kam wieder nah zu ihrem Gesicht. »Und du weißt ja, ich kann sehr gut mit Fleisch umgehen ...«

Lisa konzentrierte sich auf seine Augen, doch dann spürte sie seine Hand auf der rechten Brust. »Bitte nicht!«, stammelte sie. »Bitte ...«

17

1990

Irritiert drehte er sich um, ging in Richtung Haustür und dann weiter über den gepflasterten Hof. Inzwischen war es draußen dunkel geworden. Er sah hoch zu den Sternen und atmete tief ein und aus. Die Anspannung fiel von seinem Körper ab, und er fühlte sich für einen kurzen Moment befreit.

Doch Sekunden später kam ihm, auf dem Weg zum Hühnerstall, der Blick seiner Mutter wieder in den Sinn. Warum hatte sie ihn nicht angesprochen? War sie wegen irgendetwas sauer auf ihn? Sie hatte ihn einfach nur angestarrt. Hatte ihr Gesicht dabei vorwurfsvoll ausgesehen? Oder irrte er sich? Es war ja nicht gerade sehr hell in der Küche gewesen.

Seufzend machte er die Stalltür auf, ging hinein und ließ die Tür achtlos hinter sich zufallen. Aus der hinteren Ecke des alten Gebäudes piepste es aufgeregt aus den kleinen Kehlen der jungen Küken. Er machte das Licht an, ging zu dem abgeteilten Bereich, stieg über die Absperrung und zog sich eine Holzkiste heran, um sich zu setzen. Die Hühner kannten ihn und kamen gleich heran, um vielleicht etwas Leckeres von ihm zu bekommen. Doch heute hatte er nichts dabei.

Langsam und behutsam nahm er eins von den jungen gelben Küken in die Hand. Es war erst einige Tage alt und angenehm flauschig. Zärtlich streichelte er es über den Rücken. »Na, du kleiner Süßer? Dir geht es gut, nicht wahr?« Leise piepsend sah ihn das Küken mit seinen schwarzen Knopfaugen an. Der Junge streichelte es behutsam weiter. »Du scheinst mich zu verstehen, was?«

Sein Blick schweifte ab. Mir sollte es auch viel besser gehen! Ich sollte gar nicht hier sein! Seine Gesichtsmuskeln verspannten sich. Doch ich bin hier und kann nichts dagegen machen! Und dieses alte perverse Dreckschwein wird niemals damit aufhören! Niemals! Wieder und wieder hatte er schon mit dem Gedanken gespielt abzuhauen. Doch das konnte er nicht! Sein Bruder war zu jung. Alle Muskeln in seinem Körper spannten sich an. Zumindest er musste Verantwortung übernehmen! Diese perverse Arschloch durfte nicht damit durchkommen!

Ein Geräusch holte ihn aus seiner Gedankenwelt. Er horchte. »Essen!«, rief seine Pflegemutter laut über den Hof. Aufgeschreckt erhob er sich. Er durfte nicht später als Hank am Tisch sitzen, sonst würde es Schläge geben! Doch er musste das Küken noch absetzen! Er ging in die Hocke, öffnete seine Hände, um es aus seiner Obhut zu entlassen.

Anstatt jedoch piepsend zu seiner Mutter zu laufen, fiel es leblos aus der Hand zu Boden. Er war geschockt und traute seinen Augen nicht! Sein Puls beschleunigte sich. »Hey, du! Was ist los mit dir?«, fragte er verunsichert. Vorsichtig stupste er das flauschige Federbündel mit dem Zeigefinger an. Keine Reaktion! Nun hob er den Kopf des kleinen Vogels an. Die Lider waren halb geschlossen – ohne Leben.

Er schluckte. Es war tot!

Langsam erhob er sich. Er musste los, sonst würde er zu spät kommen. – Und überhaupt. Vielleicht war es besser so für das Küken. Wer weiß, was ihm im Leben noch widerfahren wäre!

18

Wie gerne verbringe ich meinen Sonntagmorgen im Autopsiesaal, dachte Porter, und bewunderte insgeheim die Disziplin, die er zur Zeit an den Tag legte, als er vor dem abgedecktem Leichnam der jungen Frau stand und Jenkins beim Ordnen seiner Instrumente zusah.

Die sich automatisch öffnende Glastür glitt fast geräuschlos zur Seite, und sein Kollege kam zusammen mit Grant abgehetzt in den Raum. »Da sind wir!«, hechelte Villano.

Porter sah auf seine Armbanduhr. »9 Uhr! Brav!«

Villano verzog sarkastisch den Mund. »Morgen!«

Grant war deutlich besser drauf. Sie tänzelte leichten Schrittes durch den Raum, drückte Porter wie auch Jenkins einen Kuss auf die Wange und wünschte beiden einen wunderschönen guten Morgen.

Jenkins, der so etwas in seinem Alter nicht mehr gewohnt war, errötete. »Oh! Womit habe ich den denn verdient?«

»Ach, nur so«, lächelte ihn die junge Frau an.

Porter runzelte hingegen die Stirn. *Gestern zu Tode betrübt und heute himmelhoch jauchzend – egal!* Sie hatten zwei Morde zu klären und vielleicht noch weitere zu verhindern!

Er rieb sich die Hände. »Elijah!«, ließ er lauter und enthusiastischer heraus, als er eigentlich wollte. »Was hast du über die Tote herausgefunden?«

Elijah sah sie mit ernstem Gesicht über seine Brille hinweg an und trat an den Seziertisch. Mit einer schnellen Bewegung zog er das weiße Abdecktuch fort.

Der Anblick der Frau raubte Grant, die noch nicht so oft bei solchen Besprechungen dabei gewesen war, den Atem. Der nackte Körper war zwar gereinigt und von Blut befreit worden, aber das Gesicht war völlig entstellt, und eine Hand fehlte ganz. Die Systemanalystin schnappte nach Luft und drehte kurz den Kopf weg.

Auch Villano und Porter fiel es nicht leicht, sich dem Anblick der Leiche zu stellen.

»Also«, leitete Elijah den Vortrag ein, »ich habe die junge Frau eingehend untersucht und – «, dabei sah er Villano und Porter kurz an, »– dieses Mal bin ich auch schon fertig!«

Porter stöhnte leise, sagte aber nichts.

»Fangen wir oben an.« Er ging um den Tisch und stellte sich an das Kopfende. »Wie ihr feststellen könnt, sieht das ganze Gesicht sehr mitgenommen aus. Das kommt, wohl tatsächlich von der Bewegung des Schaufelrades am Dampfer.« Cathrin hatte es sich nicht nehmen lassen, den Transport der Leiche zu begleiten. Dabei hatte sie ihm Fotos vom Tatort gezeigt und ihm erzählt, was der Schiffspächter ihr gesagt hatte.

»Bei den Versuchen, das Gefährt in Gang zu kriegen, muss sie wohl ein paar mal gegen die Querstrebe gestoßen worden sein, die das wohl einst wunderschöne Gesicht dann nach und nach so zermatscht hat.« Er hob beide Hände abwehrend hoch. »Entschuldigung. Ich meinte natürlich verunstaltet hat.«

Immer dieses Geschwafel, dachte Porter ungeduldig. »Fahr bitte fort.«

Elijah räusperte sich. »Ihr könnt es wahrscheinlich nicht so gut erkennen, aber er hat ihr höchstwahrscheinlich bei lebendigem Leib die Augen rausgeschält.«

Allen, außer Elijah wurde immer flauer im Magen und Porter wunderte sich, wie trocken der alte Pathologe so etwas immer herunter leierte.

»Im Rachen habe ich dieses Mal nichts gefunden, falls ihr auf solche Nachrichten wartet.«

Das Wort Nachrichten war Grants Stichwort. »Und hast du sonst vielleicht irgendwo eine ähnliche Kapsel gefunden wie bei der letzten Leiche?«

Jenkins, sah sie bedeutungsvoll an. »In der Tat, das habe ich, meine Liebe!« Er trat seitlich an die Liege und zeigte auf das blaue rechteckige Tuch, das die Scham der jungen Toten bedeckte. »Und zwar hier!«

Alle Augenpaare richteten sich auf die besagte Stelle.

»Und zwar nicht, wo ihr jetzt denkt – sondern im Rektum.«

Die FBI-Agenten sogen hörbar laut Luft ein.

»Ich habe die Kapsel bereits vorsichtig gesäubert und an die Spurensicherung weitergereicht. Ich denke, die sind damit vielleicht sogar schon fertig, und sie liegt schon bei euch im Büro.«

»Gute Arbeit, Elijah«, lobte Porter den alten Mann.

»Aber – da ist noch etwas! Und zwar seht ihr hier ...«, er holte seine Digitalkamera vom Tisch und suchte das entsprechende Bild. Als er es gefunden hatte, zeigte er es den anderen. »... der Brustbereich der Frau. Ich musste es als Foto festhalten, da ich ja hinterher noch den Brustkorb öffnen musste.«

Porter nickte. »Ja, ja, schon klar!«

»Man sieht einige horizontale und vertikale Schnitte. Eigentlich waren es nur leichte Ritze.«

Villano, der bis jetzt seltsam ruhig gewesen war, meldete sich zu Wort. »Das ist das, was ich schon am Tatort gesehen habe!«

Jenkins sah etwas irritiert aus und räusperte sich erneut. »Ja, wenn du meinst.«

Grant unterbrach ihn. Sie hatte das Muster schon mit einem Blick erfasst. »Das sind nicht nur unwillkürliche Ritze!« Sie zeichnete die Markierungen ein paar Millimeter über dem Kamerabild in der Luft nach. »Hier haben wir eine römische II, würde ich mal behaupten! Und damit eine weitere Nachricht vom Mörder. Nämlich die, dass er es wirklich ernst gemeint hat.«

»Richtig, Key!«, bestätigte Villano.

Jenkins zog ein Gesicht. »Das wollte ich eigentlich euch mitteilen!«

Grant nahm ihn nett in den Arm. »Ach komm schon, Elijah. Gönne mir doch den Spaß!«

Jenkins grinste sie an. »Schon gut. War albern von mir.«

Porter wurde ungeduldig. Sie mussten weitermachen und konnten sich nicht mit solchem Kinderkram aufhalten. Er spürte den Druck, der auf seinen Schultern lastete. Weitere Leichen durfte es nicht mehr geben. Und schon gar nicht in diesen kurzen Zeitabständen! »Können wir bitte fortfahren. Wärt ihr so freundlich!«

Jenkins wurde wieder sachlich. »Kommen wir zu der Hand. Wie ihr seht, fehlt die Linke.«

Ach, dachte Villano.

»Sie wurde, wie schon der Kopf gestern, mit einer Säge entfernt.« Dann zeigte er auf sein eigenes linkes Handgelenk. »Und zwar hier, zwischen dem Mond- und Kahnbein und Elle und Speiche auf der anderen Seite.«

»Man könnte auch sagen unter dem Handwurzelknochen«, sagte Grant.

»Danke, Keyomi. Das hätte ich jetzt als Nächstes angehängt!«, konterte Jenkins.

Villano wurde es nun zu bunt. »Bei Vittorio Mascellani war es gestern ja nicht möglich, die Todesursache zu ermitteln. Woran ist denn diese Frau letztendlich gestorben?«

»Und gibt es Hinweise auf sexuelle Vergehen an der Leiche?«, warf Porter dazwischen.

Jenkins nahm das weiße Tuch und deckte die Leiche langsam wieder damit zu. »Zu deiner Frage Nat: Ja, die gab es! Und zwar massiv!« Er schluckte. »Ihr konntet es ja nicht sehen, aber sie hat so starke Verletzungen im Genitalbereich – so etwas habe ich bisher selten – was sage ich – noch nie bei Vergewaltigungsopfern feststellen können! Alles durch harte Gegenstände verursacht.«

Grant wurde schlecht. »Oh, mein Gott!«

»So ein Schwein!«, brach es aus Villano heraus.

Auch Porters Wut stieg ins Unermessliche. Seine Hände ballten sich zu Fäusten. »So, und nun sag uns noch, woran sie gestorben ist!«

»Sie starb an multiplem Organversagen wegen Dehydrierung.«

»Er hat sie verdursten lassen?«, hauchte Grant leise.

Jenkins nickte betroffen.

19

Deutschland

Irgendetwas stimmt doch da nicht! Frau Mertens, die Mutter von Lisa, lief auf dem Parkettfußboden in ihrem Wohnzimmer auf und ab. Sie war nervös. Das Geräusch eines Schlüssels war an der Haustür zu hören. Sie stürzte durch den Flur und riss die Tür auf. »Da bist du ja endlich, Erich!«

Erich Mertens stöhnte. Er hatte in beiden Händen jeweils eine schwere Wasserkiste und war damit gerade in den zweiten Stock hoch gestiegen. Das Mehrfamilienhaus hatte keinen Aufzug. »Nun lass mich doch erst einmal hereinkommen!«, brummte er ärgerlich.

Seine Frau Lisbeth trat zur Seite. »Oh, entschuldige. Natürlich!« Sie ließ ihn vorbei und ihr Mann stellte die Kisten im Flur ab. Dann atmete er durch. Er war nicht mehr der Jüngste. Das musste er langsam einsehen. Mertens gab seiner Frau einen Kuss auf die Wange. »Du bist ganz rot. Hast du dich aufgeregt? Was ist denn?« Er zog die Schuhe aus und seine Schlappen an.

»Ja«, fing seine Frau an. »Es lässt mir einfach keine Ruhe.«

Mertens sah sie unverständlich an. »Was?« Er ging in die Küche, setzte sich an den Tisch und schenkte sich ein Glas Mineralwasser ein. Ihm war heiß, obwohl es schon früher Abend war und die Hitze draußen bereits nachließ. »Willst du auch?«, fragte er seine Frau.

Lisbeth Mertens schaute irritiert. »Ach, nein.« Sie machte eine wegwerfende Handbewegung.

»Was ist denn nun? Was lässt dir keine Ruhe?«

»Na das, worüber wir heute morgen schon geredet haben!«

»Du meinst Lisa und Nick?«, mutmaßte Mertens.

Lisbeth Mertens nickte. »Ich finde es sehr seltsam, dass sie sich nicht melden. Du nicht?«

Mertens wischte sich mit dem Handrücken den Schweiß von der Stirn. »Wie ich dir heute morgen schon sagte, ich finde, sie sind alt genug, um zu entscheiden, ob sie anrufen oder nicht.«

Frau Mertens wurde unsicher. Ihr Mann hatte recht. Andererseits hatte Lisa es fest versprochen, und sie war in der Beziehung sehr zuverlässig. »Du hast ja recht, aber ...«

»Aber?«

Lisbeth Mertens knetete ihre Hände. »Meinst du, wir könnten sie im Hotel anrufen?« Sie setzte sich ihrem Mann gegenüber an den Tisch. »In diesem „Jaipur“, meine ich?«

»In Las Vegas?«

»Ja! Nur um sicher zu gehen!« Sie sah ihren Mann eindringlich an.

Erich Mertens schnaufte. Er wusste, seine Frau würde keine Ruhe geben, bis sie mit Lisa gesprochen hatte. »Warum sollen wir eigentlich im Hotel anrufen?« Er nahm sein eigenes Smartphone hoch und hielt es in die Luft. »Hast du es schon auf dem Handy probiert?« Frau Mertens hasste Handys, besaß selber keins und reagierte genervt. »Ja, natürlich! Das habe ich dir doch heute morgen schon erzählt! Da kannst du mal sehen, wie du mir zuhörst!« Sie stand von ihrem Stuhl auf. »Bestimmt 20 mal habe ich schon angerufen. Bei beiden, wohlgemerkt!«

Erich Mertens hob erstaunt die Augenbrauen. »Und sie sind nicht ran gegangen?«

»Nein!«

Mertens trank noch einen Schluck und stand auf. »Hast du die Nummer schon rausgesucht – die vom Hotel, meine ich?«

Seine Frau drehte sich vom Fenster, aus dem sie

heraus geguckt hatte, zu ihrem Mann um. »Also rufen wir an?«, fragte sie mit einem Lächeln.

»Ja, mein Gott, damit du Ruhe gibst! Also hast du die Nummer?«

»Nein, ich … ich …«

»Ich weiß, du magst das Internet nicht! Ich sehe schnell nach, Moment.«

Fünf Minuten später tippte er die gesuchte Nummer in die Tastatur seines Festnetztelefons und hielt sich schließlich den Hörer ans Ohr. »Hoffentlich klappt das noch mit meinem Englisch«, flüsterte er seiner Frau zu und grinste dabei.

Lisbeth Mertens hob beide Daumen.

»Äh, ja. Hier spricht Erich Mertens aus Deutschland. Ich würde gerne mit Frau Sommer sprechen!« Er horchte. »Zimmernummer? Äh nein … Moment, bitte!« Er wandte sich an seine Frau, doch die schüttelte nur den Kopf.

»Nein, die haben wir nicht.« Er hörte erneut der schnell sprechenden amerikanischen Frauenstimme zu. Schweiß trat auf seine Stirn. »S-O-M-M-E-R. Angekommen am …« Er sah auf den Kalender, der neben ihm an der Wand hing. »Am Freitag, 7. August.« Wieder lauschte er der Stimme am anderen Ende. »Ja, danke!«

Er hielt den Sprechteil des Telefonhörers zu und flüsterte: »Sie verbindet mich!«

Lisbeth Mertens nickte.

»Ja! Ja, ich höre!« Er blinzelte seiner Frau liebevoll zu, als er der Dame am Telefon antwortete. »Nicht da? Hm. Können Sie Ihnen eine Nachricht zukommen lassen? – Sie möchten sich bitte umgehend bei Erich Mertens melden, egal um welche Uhrzeit. – Danke! – Auf Wiedersehen.«

Lisbeth Mertens sah ihren Mann enttäuscht an. »Sie waren nicht da!«

»Nein, aber – sie sind in Las Vegas! Und …« Er sah

auf seine Uhr und rechnete neun Stunden zurück. »Es ist dort jetzt genau 9.30 Uhr morgens.«

»9.30 Uhr? Da schlafen sie doch sonst noch im Urlaub, und wenn sie abends unterwegs waren, erst recht«, erwiderte seine Frau.

Erich Mertens hatte sich über die Uhrzeit vorher nicht wirklich Gedanken gemacht, aber seine Frau hatte recht. *Die schlafen sonst wirklich immer lange.* »Ach du, vielleicht gönnen die sich da eins von den tollen Frühstücksbuffets oder liegen schon am Pool. Solange wollen sie ja nun auch nicht in Vegas bleiben. Die fahren ja bald weiter!« Mit der Aussage wollte er nicht nur seine Frau, sondern auch ein wenig sich selbst beruhigen.

»Wenn du meinst. Trotzdem mache ich mir noch Sorgen.«

Erich Mertens nahm seine Frau in den Arm. »Mach dir mal keine Gedanken, Spatzilein. Ihnen geht es bestimmt gut, und sie genießen ihre Zeit in vollen Zügen!«

20

Gemeinsam gingen sie hinauf ins Büro. Die Zeit saß ihnen im Nacken, wollten sie nicht riskieren, bald die dritte Leiche auf Elijahs Seziertisch zu sehen.

»Kommt doch mal zur Stellwand, bitte!«, forderte Porter seine Kollegen auf.

Grant setzte sich wieder auf Porters Tisch. Villano blieb mit verschränkten Armen neben ihr stehen. Es herrschte eine gedrückte Stimmung.

Porter wies mit seiner Hand auf die Bilder an der durchsichtigen Wand. »Also, lasst uns nochmal kurz zusammen fassen. Wir haben ein ermordetes Pärchen aus Europa. Der Mann geköpft und geblendet, ohne Körper, der Kopf in einem öffentlichen Klo versenkt, mit einer biblischen Nachricht, die auf sexuellen Missbrauch hindeutet.«

Villano und Grant nickten.

Porter fuhr fort. »Die Frau mit abgehackter Hand, sexuell schwer misshandelt, verdurstet und an ein Schaufelrad gefesselt. In ihrem Körper war ebenfalls eine Kapsel versteckt.«

In dem Moment stieß Gary White, der neue junge Mitarbeiter aus dem Labor, zu ihnen. »Hi Leute. Wie geht's?«

»Hi Gary«, antwortete Porter stellvertretend für alle. »Uns geht es wie immer. Übermüdet und ...«

»... trotzdem hochmotiviert!«, unterbrach ihn Grant schnell.

Porter verdrehte leicht die Augen. »Genau!«

White war in Eile und achtete gar nicht so auf die Plänkeleien. »Schön! Also, ich habe hier die Nachricht aus der Kapsel. Für mich sieht das bis jetzt noch nach Kauderwelsch aus.«

»Kein Problem! Das habe ich in Nullkommanix entschlüsselt«, platzte Grant raus.

White staunte. »Echt? Cool!«

»Ja, klar!«

»Leute!«, stöhnte Porter.

»Hm?« Grant und White sahen ihn fragend an.

»Ihr könnt euch ja mal verabreden und darüber quatschen. In eurer Freizeit!« Porter rückte nebenbei eine Akte auf dem Tisch gerade. »Gibt es sonst noch Informationen aus dem Labor?«

Gary White räusperte sich. »Ja, also – wir haben nur DNA-Spuren von der Toten gefunden. Die Vergewaltigungen wurden anscheinend mit diversen harten Gegenständen ausgeführt. Alles ohne Fremd-DNA. Außerdem habe ich gerade noch mit Cathrin telefoniert. Sie sagte, dass weder im Wasser noch auf dem Boot die Hand der Leiche gefunden worden ist.« Er reichte Porter die Plastiktüte mit der Kapsel und dem Zettel.

»Danke Gary. Gute Arbeit.«

White lächelte. »Alles klar, dann gehe ich mal wieder.« Mit einem Zwinkern zu Grant, drehte er sich um. »Man sieht sich, Leute!«

»Bis dann!« Grant war die Einzige die antwortete.

Porter wollte nach der Unterbrechung so schnell wie möglich mit seiner Besprechung fortfahren. »Also, so weit, so gut. Gestern Abend sind wir an dem Punkt stehen geblieben, dass Mörder und Opfer sich mit allergrößter Wahrscheinlichkeit nicht näher kannten. Deswegen hat Grant die Theorie aufgestellt, dass das Pärchen nur stellvertretend gefoltert und ermordet worden ist.«

»Meine genauen Worte waren: Es verbirgt sich dahinter eine symbolische Bestrafung, die jemand anderes bekommen sollte. Die beiden Opfer sind praktisch ein Ersatz!«

»Was bedeutet, dass der Mörder anscheinend in einer eigenen Welt lebt, die zwischen Wirklichkeit und Fantasie hin- und her springt«, sagte Villano.

Grant nickte. »Was es genau ist, können wir noch nicht sagen, aber auf jeden Fall leidet der Mörder wohl unter einer Persönlichkeitsstörung!«

»Leidet! Dass ich nicht lache. Wer hier wohl leidet! Der bestimmt nicht!«, regte sich Villano auf.

»Mensch, Joe! Du weißt doch was gemeint ist!«, unterbrach ihn Porter.

»Ach, ist doch wahr! Das ist ein sadistischer Psychopath, der die Leute abschlachtet. Italienische Touristen, die nur ein wenig Spaß haben wollten! Dabei wird mir echt schlecht!«

»Du hast ja recht! Und – ja! Es waren Italiener! Doch das bringt uns gerade nicht weiter, Joe!« Porter setzte sich auf seinen Stuhl. »Halten wir mal fest: der Mörder ist ein Psychopath und hat so etwas wie eine gespaltene Persönlichkeit. Er ist sadistisch und gefühlskalt. Er hat Spaß an Kontrolle und Dominanz und demütigt seine Opfer. Er ermordet wahrscheinlich stellvertretend, dass haben wir aufgrund der Symbolik und des biblischen Zitats herausgefunden bzw. nehmen wir das an. Außerdem hat der Täter tagsüber Zeit, da die Opfer am Tage zu den Fundorten gebracht wurden. Er ist ein selbstsicherer Typ, der keine Angst hatte, dabei entdeckt zu werden.«

Grants Augenbrauen hatten sich bei Villanos Ausbruch zusammengezogen. Nun sprach sie aus, was sie sich dabei gedacht hatte. »Und er hat sich ein ausländisches Paar herausgesucht! Ich denke, das tat er ganz bewusst, da er bis zur Entdeckung ihres Fehlens viel mehr Zeit hat, als bei Einheimischen oder Amerikanern, die ja meist nur einen Kurztrip nach Vegas machen. Touristen hingegen bleiben meist länger hier und werden dementsprechend erst spät vermisst!«

Porter tippte mit dem Stift, mit dem er unbewusst gespielt hatte, ein paar Mal auf seine Schreibtischunterlage. »Richtig, Key!« Er stand auf.

Villanos und Grants Blicke folgten ihm.

»Also – wir gehen folgendermaßen vor.« Er zeigte auf Grant. »Du …«, er griff nach der Plastiktüte mit der Kapsel und der Nachricht und reichte sie ihr herüber, »… kümmerst dich um die zweite Nachricht, die in der Frau steckte! Vielleicht kommen wir damit weiter. Und du Joe, entwirfst einen Text, welchen wir dann an die großen Casinohotels und auch an alle kleineren Hotels und Motels in Stripnähe schicken. Die Inhaber sollen ihre Mitarbeiter anweisen, uns zu informieren, wenn gemietete Zimmer mehr als zwei Nächte in Folge nicht benutzt worden sind! Insbesondere interessieren uns die Zimmer von Ausländern.«

Villano wollte protestieren, ob der vielen Arbeit. »Aber …«

Doch Porter kam ihm zuvor. »Ich sagte: Den Text entwerfen! Wegschicken soll es dann jemand von den Sekretärinnen – keine Angst!«

Villano, der sich immer noch nicht daran gewöhnt hatte, dass Porter ihm Anweisungen geben konnte, atmete hörbar aus. *Das geht ja noch*, dachte er.

Er starrte auf den Bildschirm und fuhr sich mit der Hand über das Kinn. Sein Blick wanderte zur Stellwand, zum Bild der toten nackten Frau in den Seilen. Er schlug die Augen nieder. Er musste sich jetzt zusammenreißen! Zwei Menschen waren schon tot, und nun galt es weitere Morde zu verhindern! Entschlossen öffnete er das Textprogramm und fing an zu arbeiten.

Porter beobachtete seinen Kollegen. *Irgendetwas stimmt mit dem nicht*, dachte er.

Dann ging er zum Automaten und holte sich einen Kaffee. Die Müdigkeit war einfach nicht auszuhalten. An die anderen hatte er Arbeiten verteilt, aber was sollte er jetzt machen? An seinem Kaffee schlürfend ging er zurück zu seinem Platz. Er sah sich ratlos um. Sie hatten echt noch nicht viele konkrete Anhaltspunkte. Keine DNA-Spuren. Er musste nachdenken.

Der Mann sucht sich keine schnellen Opfer aus, wie etwa Prostituierte. Er hat keine geschlechtlichen Präferenzen. Er ist ein Psychopath und killt wahrscheinlich immer wieder neue Opfer als Ersatz für jemanden, den er nicht mehr kriegen kann. Und zwar Paare! Er setzte sich vor seinen Computer und lockte sich in ViCLAS ein, ein Analysesystem zum Verknüpfen von Gewaltdelikten. *Suchen wir doch mal nach ermordeten Ehepaaren. Sagen wir mal in den letzten 30 Jahren, hier in der Stadt und im engeren Umkreis von 50 km.* Sein Computer spuckte nach kurzer Zeit erschreckend viele Ergebnisse aus. Von Jung nach Alt, von normalen Mitbürgern, die einem Raub zum Opfer gefallen waren, bis hin zu Gangster- oder Mafiapärchen, die zur falschen Zeit am falschen Ort gewesen waren. *Hm. Nochmal anders. Irgendwie muss ich das eingrenzen.*

»Tata! Ich hab es!« Keyomi sprang auf. »Hab ich nicht gesagt, ich schaffe das in Nullkommanix? Hab ich es nicht gesagt?«

Porter, wie auch Villano, gingen zu ihr.

»Hervorragend Key!«, lobte Porter sie. »Was hast du herausgefunden?«

»Es war dieselbe Chiffre und derselbe Schlüssel wie bei der anderen Nachricht.«

»Den Inhalt wollte ich wissen Keyomi! Den Inhalt!«, sagte Porter genervt. *Also manchmal stehen diese superschlauen Köpfe auch auf dem Schlauch.*

»Ach so. Ja. Moment.« Grant drückte auf „Drucken". »Nachricht kommt«, grinste sie und zog das Blatt Papier aus dem Laserdrucker. »Hier ist sie!«

Porter nahm die Seite entgegen. Oben stand der unverständliche Chiffretext:

YP KZ MF CK MB LE ML GB MF LZ HD TS
PL GZ IT NZ PM TU FB KZ GK FO PE SD
DP PE EO DP IV PL UC TL TC CK GW IT
EO TL KY TD EU LK FB PS PD LM LZ MS

SF GH LM FS EG ER VX LE GB LM MD KL
MF EL GQ LS ZI LY RN TG YK LM LK FB
LG EL YI UI TS IA MP MF LD LT IT.

Darunter der Interessantere. Er las laut vor:

»Wenn dich deine Hand zum Bösen verführt, dann hau sie ab; es ist besser für dich, verstümmelt in das Leben zu gelangen, als mit zwei Händen in die Hölle zu kommen, in das nie erlöschende Feuer.«

»Wieder der direkte Zusammenhang zum Opfer!«, ließ Villano verlauten. Er guckte angewidert. »Musste sie sich die Hand etwas selber absägen?«

Grant verzog den Mund und schluckte. »Oh Gott! Aber was soll das Ganze? Welche Rolle spielt die Religion hier?«, fragte sie. »Ist der Mörder nun sehr gläubig, was ja auch schon vorgekommen ist, oder will er den Glauben anprangern?«

»Gute Frage. Das müssen wir herausfinden.« Porter ging zurück zu seinem Platz und holte seine Notizen. »Auf jeden Fall betreibt der Täter einen hohen Aufwand. Die Symbolik, die religiösen Bestrafungen, die Chiffre-Texte. Er will eindeutig eine Botschaft vermitteln, wahrgenommen werden und sich von anderen Tätern unterscheiden.«

Er ging zurück zu Grant. »Da du ja mit der Entschlüsselung fertig bist, schlage ich vor, wir gucken jetzt gemeinsam nach Missbrauchsfällen von Kindern und Jugendlichen und tasten uns dann weiter vor.«

Grant sah ihn fragend an. »Wie kommst du auf Kindesmissbrauch, Nat?«

»Durch die erste verschlüsselte Nachricht mit den unschuldigen Engeln. Kinder werden doch oft als 'Engel' bezeichnet. Meine Mutter nannte mich als kleines Kind auch 'Mein kleiner Engel'.« *Nachdem ich meine Schwester habe sterben lassen nicht mehr*, dachte er wehmütig. *Seitdem geht mein Leben regelmäßig den Bach runter.*

Grant, die von den Problemen Porters nichts wusste, wuschelte ihm durch die Mähne und grinste. »Oh, wie süß!«

»Ja, ist okay, Key!« So etwas konnte er jetzt nicht gebrauchen. Dann wandte Porter sich an Villano. »Du bist doch sicherlich noch nicht fertig mit deinem Text an die Hotels, oder?«

Villano, der gedanklich schon wieder zu seiner Frau abgedriftet war, guckte zuerst irritiert, fing sich und ging brummelnd zurück an seinen Platz.

Porter sah ihm hinterher und schüttelte den Kopf. Dann zog er sich einen zweiten Stuhl heran und setzte sich direkt neben Grant. »Los geht's! Ich habe da so ein paar Ideen!«

21

Nachdem er mit ihr fertig war, gab er ihr und auch Vater im Nebenraum etwas zu trinken. Nicht zuviel – gerade so, dass sie ihm in seiner Abwesenheit nicht gleich wegsterben würden. Sie mussten weiter für das büßen, was sie ihm angetan hatten!

Jetzt gerade konnte er ihr Geschrei nicht mehr hören. *Schrecklich, dieses Gejammer,* dachte er mitleidlos. Wenn er wiederkam, würde er ihr wieder einen Knebel anlegen oder sie zurück in die Kiste sperren. Er grinste. Jedoch hatte es auch eindeutig etwas, wenn sie dort so halbnackt an der Decke hing.

Doch nun musste er ein paar Sachen erledigen. In seinem „Büro“ verpackte er das Gefäß, dass er zur Polizei bringen wollte. Er konnte seine „kleine Überraschung“ natürlich nicht selbst dort vor die Tür stellen. Er würde dafür irgendeinen dahergelaufenen Junkie anheuern.

Als alles erledigt war, ging er nach oben und überlegte, ob er noch etwas essen sollte. Sein Magen hing durch, nachdem er heute morgen nicht gefrühstückt hatte, und nach der Aktion im Keller eben. *Mensch, hat die sich gewehrt! Das war richtig anstrengend.* Er hätte das Ganze ja auch erledigen können während sie ohnmächtig war, aber er brauchte die angstgeweiteten Augen, den austretenden Schweiß und die Schreie. Ohne diese Komponenten konnten sie nicht wirklich büßen. Das gehörte einfach dazu. Seine Eltern mussten die Buße „spüren“! Immer und immer wieder!

Er entschied etwas auswärts zu essen, nahm die Autoschlüssel und ging nach draußen. Dort holte er den roten Mustang aus dem Schuppen und fuhr ihn auf seinen Hänger. Der Wagen musste von hier weg. Er wollte keine belastenden Beweise auf seinem Grundstück haben.

Er fuhr mit seinem bulligen Ford los in Richtung Hoover Damm, ein Ziel, das viele Touristen anfuhren. Da würde ein verlassener Wagen erst einmal nicht auffallen.

Auf dem Rückweg würde er das Paket von irgendeinem Obdachlosen bei der Polizei ablegen lassen. Er brauchte dringend mehr Aufmerksamkeit in seiner „Angelegenheit"! Die Leute mussten die Wahrheit wissen!

Drei Stunden später war alles erledigt. Sogar die Paketablage hatte der abgeranzte Typ hinbekommen, ohne dass er gleich festgenommen und verhört worden war. Er grinste. Von einem Versteck aus hatte er mit einem Fernglas beobachtet, was die Bullen für ein Aufhebens um das Paket gemacht hatten. Sie hatten doch wirklich einen Sprengstoffexperten geholt, der das Paket mitten in den Hof des Polizeibereichs stellte und es dort vorsichtig öffnete. Als der Bulle dann endlich die Nachricht und das Glas fand, war der Tumult zu Ende, und er fuhr nach Hause.

Nun saß er in seinem Haus auf dem Sofa und schaltete den alten Fernseher an. Nach ein paar Sekunden flackerten die ersten Bilder über den Bildschirm. Er sah ein paar Aufnahmen, die weit entfernt von dem Schiff gefilmt worden waren. »... gestern Abend eine weitere Leiche entdeckt. Und zwar die einer jungen Frau. Zur Identität und den näheren Umständen wollten Polizei und FBI keine Auskunft geben.« *Das FBI ist auch schon an dem Fall dran!* »Es steht aber fest, dass es sich hierbei auf jeden Fall um einen weiteren Mord handelt. Wir halten sie über Neuigkeiten auf dem Laufenden. ... In Illinois ...« Er schaltete den Fernseher wieder ab.

Zeit sich um Hank zu kümmern. Er ging in die Küche machte sich eine Dose Bier auf und ging damit hinunter in den Keller. Bevor er den Raum betrat, setzte er sich wieder seine Maske auf.

Nick hörte Geräusche und hob den Kopf leicht an. Er stöhnte vor Schmerz und ließ ihn wieder sinken. Alles, aber auch alles tat ihm weh, und er hatte sich in der Zwischenzeit, trotz der wenigen Flüssigkeitsaufnahme, eingenässt. Er empfand sehr große Angst. Erstens wusste er nicht, was der Entführer als Nächstes mit ihm vorhatte, und zweitens, ob der Typ wirklich auch Lisa in seiner Gewalt hatte. Er nahm mittlerweile jedoch an, dass er sie als 'Mutter' bezeichnet hatte.

Er würde einfach versuchen, den Maskenmann zu beeinflussen und ihn von seinem Weg abzubringen. Wofür hatte er denn als Nebenfach Psychologie studiert?

Die Tür ging auf.

»Und? Lebst du noch?«, fragte der Maskenmann als er den Raum betrat und schlürfte dabei einen Schluck Bier.

Nick hob erneut entkräftet seinen Kopf. »Bitte lassen Sie uns frei! Ist Lisa überhaupt hier? War sie das, die ich vorhin gehört habe?«

Der Maskierte lachte rau, zog einen Stuhl in die Nähe von Nicks Kopf und setzte sich.

»Dich frei lassen, Vater?« Sein Gesicht kam dem von Nick sehr nahe.

Nick starrte in die Augen, die sich hinter den Schlitzen verbargen.

»Warum sollte ich das tun? Damit du weitermachen kannst mit deinem geheuchelten Leben?«

Vater? Geheucheltes Leben? Was antwortet der denn? Hört der überhaupt, was ich sage? »Ich bin nicht Ihr Vater! Ich heiße Nick Sommer, komme aus Deutschland und bin Lehrer an einer Schule. Ich liebe Kinder! Hören Sie? Was immer Ihnen ihr Vater angetan hat, tut mir Leid, aber ich war das nicht!« Nick keuchte. Das Reden kostete ihn all seine Kraft.

In der nächsten Sekunde schlug ihm der Entführer die Faust ins Gesicht. »Sei still! Du Ungetüm!«

Nick traf der Schlag unvermittelt mit aller Härte. Sein Kopf wurde zur Seite geschleudert, und kurz darauf schmeckte er Blut. Als er den Kopf langsam wieder in Richtung Entführer drehte, sah er, dass dieser Elektrokabel und Handschellen aus dem Schrank holte. *Oh Gott, was hat er vor?* Nicks Angst wuchs. Er musste irgendetwas tun, zu ihm durchdringen. »Mein Name ist Nick Sommer. Ich komme aus Deutschland! Ich bin nicht Ihr Vater! Mein Name ist Nick Sommer. Ich komme aus Deutschland ...«

Wieder traf ihn die Faust. Diesmal mit voller Wucht in den Magen.

»Sei still!«

Nick stöhnte laut und krümmte sich.

Der Entführer legte ihm an der einen Hand, zusätzlich zu der schon vorhandenen Fessel, die Handschellen an. Daran schloss er das Ende eines Kabels an. Das andere Kabel zog er durch eine Öse des Metallbetts und verdrahtete es dort.

Nick, der sich wieder etwas gefangen hatte, sah, dass beide Kabel zu einem Gerät führten, und er glaubte zu wissen, was der Entführer damit vorhatte. *Hatte er nicht letztes Mal angedeutet, er würde mir einheizen? Scheiße!* »Was haben Sie vor? Wollen Sie mich jetzt foltern? Das macht doch keinen Sinn!«

Der Maskenmann legte den Kopf schief und starrte ihn an. »Du wirst Buße tun, für das was du mir angetan hast. So – wie – der – liebe – gütige – Gott – es – von – dir – verlangt!«

Nach dem letzten Wort, drehte er den Stromregler seines Folterinstruments auf ein Drittel der ganzen Stärke.

»Jetzt büße!«, hörte Nick den Mann enthusiastisch schreien. Gleichzeitig durchfuhr ihn abrupt ein starker Schmerz im ganzen Körper. Er zuckte unkontrolliert, und die Augen schienen aus ihren Höhlen springen zu wollen. Sein Herz begann zu rasen. Gleichzeitig hatte er das Gefühl es setzte zeitweise aus. Aus dem Hintergrund, weit, weit entfernt, nahm er lautes, diebisches Gelächter wahr.

Als der Strom aufhörte, durch seinen Körper zu fahren, fiel Nick erschöpft in sich zusammen. Im ersten Moment war er kaum fähig, seine Augen zu öffnen. *Wo bin ich?* Ihm war schwindelig, und er spürte erneut Blut in seinem Mund. Er hatte sich anscheinend die Zungenspitze abgebissen. *Diese Bestie hat mich unter Strom gesetzt*, dachte er träge. Zitternd drehte Nick seinen Kopf, um zu sehen, was sein Entführer tat. Würde er gleich den nächsten Stromstoß bekommen?

22

1996

Er setzte sich an seinen Computer und fing an zu schreiben.

Eintrag 1280
Hi Tagebuch!

Sie sind tot! Beide! Ja!

Dieses Monster hat sich Joseph gegriffen und hat sich an ihm vergangen, als ich weg war. Es wäre sowieso nicht lange gut gegangen, wenn ich länger weg gewesen wäre. Dann wäre Joseph sowieso „dran" gewesen.

15 Jahre konnte ich ihn davor bewahren. Jetzt war ich nicht für ihn da!

Aber Vater hat dafür gebüßt, dieses Schwein. Er ist, wenn man es so ausdrücken will, an seinem eigenen Verlangen erstickt! Haha.

Und stell dir vor, Tagebuch, während ich ihn büßen ließ, tat ich ihm noch den Gefallen und zitierte aus der Bibel!

Auch Mutter musste sterben. Sie hat es nicht verhindert, sondern hat ihn noch bis zu Letzt verteidigt. Sie meinte sein Tun beruhte auf Gottes Willen usw. Dass ich nicht lache! Auch sie hat für alles gebüßt.

Ich habe es im Wald getan, wie immer.

Jetzt ist endlich Ruhe.

Er schob die CD, die einer PC-Zeitschrift beigelegen hatte, in den Computer und öffnete das Programm mit den Chiffren. Mittels dreier Befehle chiffrierte er den Text, sodass er für niemanden mehr lesbar war.

Sein Geheimnis war sicher.

23

Porter kam dem Polizisten, der ihnen das Paket brachte, entgegen. »Stell' die Kiste bitte hier ab!« Schnell klaubte er ein paar Papiere zusammen und legte sie auf einen Stapel, um Platz zu schaffen.

Als sie sicher stand, sagte er: »Okay. Danke, Cliff. Man sieht sich!«

»Gerne geschehen. Viel Spaß damit!«

Porter sah Villano und Grant an. »Möchte jemand von euch?«

Beide schüttelten den Kopf.

Porter zog sich Gummihandschuhe aus einer Box auf seinem Schreibtisch und streifte sie über. Dann klappte er die Seiten des Kartons auf und zog jede Menge Füllmaterial heraus.

»Vorsicht! Da soll ein großes Glas drin sein!«, warnte ihn Grant.

»Ist ja gut, ich bin ja vor ...« Während er redete hatte er das Glas herausgezogen und guckte nun auf den Inhalt. »... sichtig.«

»Was ist das?«, fragte Villano, der seine Brille nicht auf hatte und trat einen Schritt näher.

Grant antwortete. »Das ist eine abgesägte ...«

»... linke Hand!«, ergänzte Porter angewidert.

Villano war geschockt. »Scheiße! Denkt ihr, was ich denke?«

»Dass das die Hand von Angelina Pica ist?«, fragte Grant.

»Wenn wir Glück haben«, antwortete Porter. »Dann ist sie nämlich nicht von einem neuen, unbekannten Opfer.«

Grant sah sich die Frauenfaust im Glas genauer an. »Hey, wartet mal! Guckt mal genau hin! Da steckt was drin!«

Porter hob das Glas hoch und hielt es gegen das

Licht. »Stimmt! Was ist das?«

»Eine Kapsel?«, riet Villano ins Blaue hinein.

»Nein!« Porter stellte das Glas wieder auf den Tisch und machte Anstalten, es aufzuschrauben.

»Du willst doch nicht etwa hier die Hand rausholen?«, fragte Villano pikiert.

Grant war da nicht so empfindlich. »Klar, warum denn nicht? Je eher wir wissen, was das ist, desto schneller können wir handeln!«

»Genau!«

»Mach langsam! Noch nicht herausholen!« Während Porter den Deckel abschraubte, holte Grant schnell eine sterile Unterlage für solche Untersuchungszwecke aus ihrer Schublade, packte sie aus und legte sie auf Porters Schreibtisch.

Villano war verwirrt. »Was hast du noch alles da drin? Vielleicht ein komplettes Zahnarztequipment?«

»Sie ist in Alkohol eingelegt,« erläuterte Porter, hob vorsichtig die Hand heraus und legte sie ab.

»So etwas solltest du eigentlich auch jederzeit bereit haben, Joe«, konterte Grant. »Ist Grundausstattung.«

»Hab ich noch nie gehört!«

»Aufhören, ihr beiden!«

Die Kollegen sahen sich kurz in die Augen und wandten sich dann neugierig Porter und der Hand zu.

»Und? Was ist es?«, fragte Grant.

Porter, der so etwas auch nicht jeden Tag machte, schaute genervt nach oben. »Ein wenig Geduld, bitte! Ich muss erst einmal die Finger auseinander bekommen.« Angewidert nahm er einen Finger nach dem anderen und bog ihn zur Seite. Die meisten der Fingernägel waren abgebrochen und die Reste vom Nagellack kaum noch zu sehen. »So, jetzt die letzten beiden.«

»Es ist ein Büschel Haare!«, sagte Grant.

»Mit einem Stück Kopfhaut daran«, ergänzte Villano angeekelt.

»Ja.« Porter sah sich die Handinnenfläche genauer an. »Und einer weiteren Nachricht!«

»Was?«, fragten beide Kollegen.

»Eine römische Drei denke ich.«

»Scheiße!« Villano haute mit der flachen Hand auf den Tisch. »Er hat tatsächlich schon wieder neue Opfer!«

»Okay, wir machen weiter!« Porter wandte sich Villano zu. »Du bist ja bis zum Mittagessen mit deinem Text fertig geworden, und er wird nun an alle Hotels in Stripnähe versendet, oder?«

Villano nickte.

»Also, dann nimmst du jetzt die Hand und das Haarbüschel, bringst sie ins Labor und lässt prüfen, ob die DNA mit der von Angelina Pica zusammenpasst. Bei Elijah fragst du bitte in der Zwischenzeit nach, ob er bei der Frauenleiche festgestellt hat, ob ihr Haare und Kopfhaut fehlen. Vielleicht hat er es nur vergessen zu erzählen. Es gibt immerhin eine Chance, dass uns der Typ mit der römischen Drei verarschen will und er nur so tut, als hätte er ein neues Opfer!«

Grant sah ihn zweifelnd an und zog dabei die schmalen Augenbrauen hoch.

Porter sah ihren skeptischen Gesichtsausdruck, fing nebenher an, die Hand und die Haare wieder in das Glas zu tun und es zuzuschrauben. »Du hast recht. Eigentlich glaube ich das auch nicht.« Er drückte Villano das Glas in die Hand. »Los! Und mach denen im Labor Druck. Wir brauchen schnellstmöglich Ergebnisse!«

Villano nickte und ging.

Mann, was ist bloß mit dem? »Weißt du, was er hat, Key? Der wird immer seltsamer. Gerade jetzt schaltet sein Hirn auf Sparflamme.«

»Ich weiß es nicht, aber ich vermute, es hat was mit seiner Frau zu tun.« Sie zuckte mit den Schultern.

»Wie gesagt, ist nur eine Vermutung. Ich habe in Sachen Beziehungen selbst momentan keinen Plan.«

Porter seufzte. *Na, toll. Wir ertrinken in Leichen und Körperteilen und Villano schiebt Ehefrust.* Er ging wieder zum Schreibtisch von Grant. »Komm, wir machen weiter!«

Grant setzte sich neben ihn. »Also gut. Wir haben jetzt Missbrauchsfälle an Kindern und Jugendlichen aus den letzten 30 Jahren herausgesucht, wobei das sicherlich nicht alle sind.«

»Hm, ich weiß, das war meine Idee, aber irgendwie glaube ich nicht, dass so ein Psycho unbedingt seine Eltern oder seinen Vater anzeigt. Egal, lass die Maske mal offen! Jetzt suchen wir nochmal nach ermordeten Ehepaaren, unaufgeklärte Fälle, im Umkreis von 50 km um Las Vegas.«

Grant tippte alles in die Suchmaske. Sie warteten zwei Minuten, dann erschien das Ergebnis.

»Okay,« sagte Porter. »Sondiere die mal bitte nach dem Todesdatum. Ich meine, wurden sie jeweils immer am gleichen Tag oder an verschiedenen Tagen umgebracht?«

»Das sind für die erste Variante 115 Paare, für die zweite 81 Paare.«

Nachdenklich tippte Porter sich mit dem Zeigefinger gegen die Unterlippe. »Das sind viel zu viele!« Er raufte sich seine braune Afromähne. »Ich steh irgendwie auf dem Schlauch!«

Grant machte eine neue Suchanfrage auf. »Sadistische Psychopathen fallen öfter schon in frühester Kindheit oder als Jugendliche mit kaltblütigem oder zumindest extrem asozialen Verhalten gegenüber ihren Mitmenschen oder gegen Tiere auf.«

»Das mit den Tieren ist eine gute Idee! Suche doch mal genau nach solchen Fällen, Key.«

»Okay, das dauert nicht lange.« Sie tippte die Suche ein, wickelte sich einen Bonbon aus und schob ihn in den Mund. »Auch einen?«

Porter schüttelte den Kopf. »Nein danke! Ich hole mir noch einen Kaffee!«

Zwei Minuten später war er wieder da. »Und?«

»Wie zu erwarten. Viel weniger Treffer. Um genau zu sein, gab es in den letzten 30 Jahren genau 15 gemeldete Fälle von sadistisch zugerichteten Tieren. Keiner davon aufgeklärt. Die meisten spielten sich eher Anfang bis Mitte der 90er ab, und zwar außerhalb von Las Vegas in einem Radius von 10 Kilometern. Um genau zu sein, in der Nähe von Willeby. Die Tiere waren auf das übelste gequält und dann umgebracht worden. Und warte ...« Sie las nochmal genau nach. »... bei den letzten Fällen, die die Polizei dort vor Ort aufgenommen hat, fehlten auch immer Körperteile der Tiere, wie Köpfe oder Extremitäten. Sie maßen dem wohl nicht so viel Bedeutung zu.«

»Das hört sich irgendwie gut an!«

Grant sah ihn ein wenig irritiert an.

»Okay! Jetzt fällt mir noch was ein!« Porters Hirn kam in Fahrt. »Nun gehe bitte nochmal in die Maske mit den ermordeten Ehepaaren. Und zwar diejenigen, die an verschiedenen Tagen umgebracht worden sind, wie es ja bei unserem aktuellen Paar auch war.«

»Bin drin. Was soll ich dort suchen?«, fragte Grant gierig nach Action.

»Ich möchte wissen, welche der Paare Kinder hatten, die Anfang bis Mitte der 90er Jahre 10 bis 17 Jahre alt waren.«

»Alles klar. Warte ...« Grant hackte schnell die gesuchten Daten in den Rechner. »Das sind noch 11.«

»Super! Und welche von den 11 Paaren mit den Kindern zwischen 10 und 17 lebten in der Nähe von Willeby?«

Grants Finger flogen über die Tastatur. Sie hatte mittlerweile rote Wangen vor Aufregung. »Wow! Da bleibt nur ein Paar übrig! Sie hießen Mr. und Mrs.

Finley. Beide wurden anscheinend nach einem Raub verschleppt.«

Ungewöhnlich, dachte Porter.

»Es fehlten ein paar Schmuckstücke und Geld aus dem Haus. Die damaligen Ermittler gingen von Raubmord aus, und der Fall wurde nie aufgeklärt.«

»Aha.«

»Ein Jäger fand die Toten im Wald, nicht weit entfernt vom Wohnort.« Grant zögerte kurz, bevor sie fort fuhr. »Er wurde kastriert und mit seinen eigenen Genitalien erstickt. Seine Frau wurde anscheinend zwei Tage später als er umgebracht.«

»Was wurde ihr angetan?«

Grant rümpfte die Nase. »Sie wurde bis zum Kopf im Boden eingegraben und dann gesteinigt.«

»Das soll ein Raubmord gewesen sein? Das passt doch alles nicht zusammen! Und sie hatten Kinder im entsprechenden Alter?«

Grant nickte. »Ja. Und das was ich dir nun sage, wird dich nicht freuen! Es ist eine Tochter!«

Porter glaubte es nicht. »Eine Tochter? Bist du dir sicher?«

»Warte ich checke nochmal die Daten!« Sie tippte. Nach einer Minute war sie sich sicher. »Ja. Kein Zweifel. Sie hatten eine Tochter namens Elly.«

»Das ist seltsam. Ich hätte schwören können, dass wir auf der richtigen Spur sind! Das passt doch sonst alles!« Er raufte sich die Haare. »Scheiße!«

Grant drehte sich zu ihm und guckte direkt in seine grünen Augen. »Nun mal angenommen, der Täter ist eine Täterin. Wäre das denn unmöglich? Spricht bis jetzt etwas dagegen?«

Porter dachte nach. *Keyomi hat recht. Theoretisch kann es auch eine Frau sein.* »Es spricht nichts dagegen. Sie müsste nur sehr kräftig und durchtrainiert sein, denn wenn ich daran denke, wie Angelina Pica da in den Seilen hing … Das war sicher ein Kraftakt, die da oben fest zu binden.«

»Wie du schon sagst, vielleicht ist sie ja äußerst kräftig! Viel gewogen hat das Opfer nicht. Körperteile kann eine Frau auch absägen, und Spermaspuren oder männliche DNA wurden nie gefunden. Wir sind einfach immer von einem männlichen Täter ausgegangen ...«

Porter unterbrach sie. »... weil mehr als 90% solcher Psychopathen Männer sind, und weil unser weibliches Opfer auch vergewaltigt wurde!«

»Ja, das wurde sie, aber nur ...«, Grant machte Anführungsstriche in der Luft, »mit Gegenständen.«

Porter sah sie nachdenklich an. »Okay, such' doch mal die Adresse heraus. Sobald Joe wieder ...«

Grant sah an Porter vorbei, in Richtung Fahrstuhl, der gerade aufging. »Oh, da kommt er gerade!«

Porter drehte sich um.

Villano schlenderte gemächlich auf sie zu. »Alles erledigt! Ich habe dafür gesorgt, dass uns die aus dem Labor schnell Ergebnisse liefern!«

»Ergebnisse sind ein gutes Stichwort, Joe. Wir waren auch nicht untätig und haben einen Anhaltspunkt, den wir beide nun nachprüfen werden!« Er stand auf, ging zu seinem Schreibtisch und nahm seine Waffe aus der Schublade. »Es ist nur eine vage Vermutung, aber immerhin eine Spur, der wir nachgehen können. Ich werde hier im Büro noch verrückt!«

Villano war erstaunt. »Was denn für eine Spur?«

Porter ging zu ihm und schob ihn an. »Komm, das erzähl ich dir unterwegs!«

Sein Kollege wehrte sich. »Hey! Ich muss noch meine Waffe holen!«

Porter war unterdessen auf dem Weg zum Fahrstuhl und rief: »Dann beeile dich! Und Key ... ?«

»Die Adresse ist schon bei dir auf dem Handy!«

Der Ford Escalade fuhr schon eine Weile in Richtung Willeby. Das Navigationssystem zeigte an, dass sie in fünf Minuten da sein würden.

»Bis jetzt ist es ja nur eine vage Vermutung. Trotzdem müssen wir vorsichtig sein!«, sagte Porter eindringlich.

Villano sah geistesabwesend aus dem Fenster.

Porter war sich nicht sicher, ob er den richtigen Partner für die Überprüfung mitgenommen hatte. »Joe? Hörst du?«

»Was?«

Porter stöhnte, lenkte den Wagen auf den Standstreifen und stellte ihn aus. »Ich weiß, wir sind nicht die besten Freunde, aber irgendetwas stimmt doch nicht bei dir! Was ist los, Joe? Hast du Probleme?«

»Ob ich Probleme habe? Was meinst du?«

Porter sah seinen Kollegen ernst an. »Jetzt tu doch nicht so! Seit Tagen verhältst du dich seltsam. Ständig bist du geistig abwesend und zu dem Fall hast du bis jetzt nicht viel Nützliches beigetragen!«

Villano setzte eine schuldbewusste Miene auf und kratzte sich am Hinterkopf. »Nat! Ich weiß! Ich stehe zur Zeit völlig neben mir!«

Porter legte die Hand auf Villanos Schulter. »Aber was ist denn? Ist es wegen deiner Frau?«

Villano sah ihn erstaunt an. »Woher weiß du … ?«

Porter machte eine wegwerfende Handbewegung. »Keyomi machte vorhin so eine Andeutung.«

»Keyomi? Woher weiß die denn ….?«

»Komm, Joe. Lass das doch jetzt! Ist doch egal! Erzähl lieber was los ist!«

Villano zeigte aus dem Fenster nach vorne. »Wollen wir nicht lieber die Bestie da draußen fangen?«

Porter lachte resignierend. »Du bist gut! Meinst du, ich gehe mit einem geistig abwesenden Partner auf Mörderfang? Da hast du dich geschnitten, mein Lieber! Du erzählst mir jetzt erst einmal, was los ist!«

Sein Kollege seufzte. »Du lässt nicht locker, oder?« Villano rieb sich die feuchten Hände an der Hose ab. »Zuerst hat meine Frau bei der Paartherapie gesagt, dass sie sich vielleicht von mir trennen will. Gestern hat sie mir mein Schlafzeug auf das Sofa gelegt und mich quasi aus dem gemeinsamen Schlafzimmer geschmissen, heute morgen war sie weg, und vorhin hat sie mich angerufen und mir erzählt, dass sie erst einmal zu einer Freundin gezogen ist. Ich soll mich gut um die Katze kümmern!«

Porter, der kein wirklicher Beziehungsmensch war, konnte die Verwirrung seines Partners nachvollziehen. Er wusste, dass Guiliana und Joe schon ewig zusammen waren. »Scheiße, Mann! Das tut mir leid! Und das ging jetzt alles so schnell? Was hat sie denn für Probleme mit dir? Bist du zu schlecht im Bett geworden, oder was?« Er wollte einen Witz machen, um Villano aufzumuntern, doch dieser sah ihn vorwurfsvoll an. »Sehr witzig!«

»Hey, Joe! Komm erzähl!«

»Es ist der Job! Sie sagt, sie kann das alles nicht mehr mitmachen. Ständig diese riskanten Einsätze und die Überstunden. Außerdem Mord, Drogen, Geldwäsche, und nun auch noch ein Serienmörder! Sie hat sich das Leben mit mir anders vorgestellt. Am Anfang fand sie es noch aufregend an der Seite eines FBI-Agenten, doch jetzt ...«

»Jetzt hat sie die Schnauze voll? Wolltet ihr nicht auch mal Kinder haben?«

Villano sah seinen Kollegen traurig an. »Das kommt noch dazu. Das klappt auch nicht, und wahrscheinlich liegt es nicht an ihr!«

Porter sah aus dem Fenster. Das war für einen stolzen Italiener eine schlimme Sache. „La Familia“ und jede Menge Bambini waren für jemanden wie Joe ein „Muss“! Er wendete sich seinem Kollegen zu. »Pass auf, Joe! Ich schwöre dir, wenn die Sache hier vorbei ist, werde ich mich höchstpersönlich dafür einsetzen, dass du Sonderurlaub vom Chef bekommst, um deine Angelegenheiten zu regeln, okay?«

Sein Partner sah ihn skeptisch an.

»Doch jetzt brauche ich deinen schlauen Kopf und deine hundertprozentige Aufmerksamkeit bei dem Fall! Der Täter ...« Er verdrehte die Augen nach oben. »... oder die Täterin, hat wahrscheinlich in diesem Augenblick schon wieder ein oder zwei Opfer gekidnappt! Nun heißt es diese zu retten, Joe! So leid es mir tut, deine Ehe musst du so lange auf Eis legen und vielleicht tut euch eine räumliche Trennung auch ganz gut.«

Porter legte noch einen nach und klopfte ihm aufmunternd auf die Schulter. »Ihr seid schon so lange ein Paar. Ihr schafft das. Du wirst sehen!«

Die eindringliche Rede Porters hatte tatsächlich bei Villano eine kleine Wende bewirkt. Er sah ein, dass er sich jetzt zusammenreißen und die Gedanken an seine Frau zur Seite schieben musste. Sonst würde er sein Leben und das seines Partners wegen seiner Unzuverlässigkeit aufs Spiel setzen. »Du hast recht, Nat! Und – hey! ...« Er hielt ihm die Faust hin. »... du kannst ab jetzt wieder zu 100% auf mich zählen.«

Porter lächelte und schlug mit seiner Faust gegen Villanos. »Sehr gut! Das hört sich nach dem alten Joe an! Dann lass uns da jetzt hinfahren und gucken, was uns erwartet!« Er ließ den Wagen an. Die kleine, eigentlich ungewollte Pause hatte ihnen in die Hände gespielt, denn es dämmerte schon. In ein paar Minuten würde es dunkel sein, und sie konnten in Ruhe die Adresse, die Grant ihnen gegeben hatte, auskundschaften. Noch hatte Porter Zweifel, weil eine Frau als Entführerin und Mörderin für ihn nicht ins Schema passte.

Sie fuhren noch fünf Minuten und kamen in einen kleinen Ort mit vielleicht 500 Einwohnern. »Oh

Mann, hier würde ich nicht wohnen wollen! Wo geht man denn hier aus?«, fragte Porter rhetorisch.

Villano grinste.

Dann näherten sie sich ihrem Ziel. Porter fuhr einmal langsam an dem Haus vorbei, wendete den Wagen etwas weiter entfernt und parkte ihn zirka 20 m vom Haus entfernt, an der Straße.

»Hoffentlich ist das nicht zu leichtsinnig ohne Verstärkung hier zu ermitteln«, sinnierte Villano, als sie ausstiegen.

Sie gingen den Bürgersteig entlang. »Ich schätze den Mörder nicht als herumknallenden Typen ein. Der ist abgebrühter und hat ein völlig anderes Programm.«

»Und das soll mich beruhigen?«, fragte Villano zweifelnd. »Ich habe im Vorbeifahren gesehen, dass da in einem Hof der Eingang zu einem Fleischergeschäft liegt. Es hatte jedoch schon geschlossen.«

Das war Porter während des Fahrens entgangen. »Ein Fleischer? Echt?« Porter blieb stehen. »Scheiße, Mann. Das passt ja irgendwie ins Bild, findest du nicht?«

Villano nickte, zog seine Waffe aus dem Halfter am Rücken und guckte sich um. Es war keine Menschenseele zu sehen. »Wie gehen wir vor?«, fragte Villano nervös.

»Also mal ganz ruhig, Joe! Es kann immer noch sein, dass wir total falsch liegen. Es wäre ein Wunder, wenn wir mit den wenigen Anhaltspunkten, die wir haben, gleich einen Volltreffer gelandet hätten. Aber man weiß ja nie!« Sie kamen beim Haus an. Porter pfiff leise durch die Zähne. »Ein ganz schön großes Grundstück. Ich weiß nicht ...«, sagte er zweifelnd.

»Was weißt du nicht? Es ist eine wenig bewohnte Gegend, und es ist viel Platz hier, um entführte Menschen zu verbergen!«, flüsterte Joe.

Porter drehte sich zu seinem Partner um. »Pass auf. Ich denke, wir gehen zu der Fleischerei und tun so, als ob wir noch ganz dringend Fleisch für ein Barbecue benötigen. Dabei sondieren wir die Lage.«

»Okay, Nat. Du bist der Boss!«

»Gut. Dann gehen wir rein und halten Augen und Ohren offen.«

Sie gingen zum Eingang des Geschäfts und sahen durch die Fensterscheiben. Die Auslage im Schaufenster wirkte ganz normal, und im Inneren putzte jemand.

Porter klopfte und lächelte freundlich. »Bitte! Wir brauchen dringend noch Grillfleisch für meinen Freund hier. Er hat heute Geburtstag!«

Die Frau, eine etwa sechzigjährige Mexikanerin mit Kopftuch, murmelte etwas Unverständliches, kam aber zur Tür und schloss auf.

»Danke! Das ist sehr nett von Ihnen«, sagte Porter.

Die korpulente Frau stand vor ihnen und ihre wässrigen Augen starrten sie an. »Freuen Sie sich nicht zu früh, junger Mann! Die Angestellten sind schon alle weg. Ich bin Maria Diaz, die Putzfrau.«

Porter zog seinen Ausweis. »Das macht nichts. Wir brauchen gar kein Grillfleisch. Wir sind vom FBI und müssen Ihnen ein paar Fragen stellen.«

Die Frau ging zwei Schritte zurück und fragte entsetzt: »Vom FBI? Hat mein Carlos etwas angestellt?«

»Ihr Carlos?« Villano trat neben Porter und hielt ebenso seinen Ausweis in die Höhe. »Nein. Gute Frau. Es geht hier um die Fleischerei und das Anwesen. Wer sind die Inhaber des Geschäftes? Hat hier nicht mal die Familie Finley gewohnt?«

Erleichtert, dass sie nichts von ihrer eigenen Familie wollten, bat die Putzfrau die beiden Männer in das Geschäft. Diese steckten die bis dahin verborgenen Waffen wieder in ihre Halfter.

»Nun gehört das Geschäft den Carters. Und die

Finleys? Ja, das war eine schlimme Geschichte! Ich habe damals schon hier gearbeitet.«

»Ach wirklich?«, fragte Villano und rümpfte die Nase. Er mochte diesen Geruch nicht, der von Fleischereien ausging.

»Ja. Das Ehepaar wurde bei einem Raub umgebracht.«

»Und die Tochter? Ihr ist nichts geschehen?«

Die Mexikanerin zog die Augenbrauen hoch. »Die Tochter?«

»Sie hatten doch eine Tochter?!«

Sie schlug sich leicht mit der Hand vor die Stirn und lachte. »Ach ja, die Tochter. Solch ein bedauernswertes Wesen!«

Porter zog die Augenbrauen hoch. »Warum bedauernswert?«

»Die Arme sitzt schon ihr Leben lang im Rollstuhl. Mit vier Jahren ist sie von einem Baum gefallen und hat sich die Wirbelsäule gebrochen.«

Porter und Villano sahen sich an. Die Enttäuschung war groß. Somit fiel die einzige Tatverdächtige aus.

Die Putzfrau ging hinter den Tresen. »Nach dem Tod ihrer Eltern 1996 verkauften sie den Laden und das Anwesen an einen befreundeten Metzger und zogen weg.«

Porter wurde hellhörig. »Sie verkauften? Warum „sie"?«

Maria zeigte auf ein paar alte Fotografien, die neben ihr an der Wand hingen. »Hier, sehen Sie! Der neue Besitzer hat die Bilder wohl in Angedenken an das ermordete Ehepaar aufgehängt.«

Villano und Porter gingen zu ihr.

»Elly, so hieß das Mädchen, und ihre beiden Brüder.«

»Die Finleys hatten noch mehr Kinder?«, fragte Porter aufgeregt. Sein Puls beschleunigte sich von einer Sekunde auf die andere.

»Ja. Sie hatten noch zwei Kinder in Pflege. Die Jungen, sie hießen James und Joseph, haben sie kurz nach dem Unfall von Elly aus einem Heim geholt und bei sich aufgenommen. Ich denke, aus christlicher Nächstenliebe.« Maria begann zu schwärmen, während Villano sich die Namen notierte. »Die Finleys waren wirklich äußerst fromm und gingen jede Woche in den Bibelkreis und sonntags natürlich zum Gottesdienst.« Ihr Gesichtsausdruck wurde abfälliger. »Ganz anders als die jetzigen Besitzer. Die gehen nur anstandshalber alle paar Wochen mal in die Kirche. Um den Ruf zu wahren. Pah!«

Porter unterbrach den Redefluss der Frau. »Wissen Sie wo die Kinder jetzt leben? Die müssen doch inzwischen alle um die Dreißig oder älter sein?«

»Lassen Sie mich überlegen ...« Nachdenklich strich sich die mexikanische Putzfrau über ihr Kinn, aus dem vereinzelt ein paar lange schwarze Haare wuchsen, wie Porter amüsiert feststellte.

Eine Minute verging. Villano wurde ungeduldig. »Und? Geht das vielleicht ein wenig schneller?«

Maria zog missbilligend ihre Stirn kraus. »Hey! Immer langsam, ja? Das ist schließlich alles schon lange her!«

Porter legte ihr behutsam eine Hand auf den Unterarm. »Überlegen Sie in Ruhe weiter, Maria.« *Wir müssen ja nur den nächsten Mord verhindern, was soll's?* »Mein Kollege ...«, er schaute Villano streng an, »wird in der Zwischenzeit hinausgehen und sehen was er in der Zentrale über den Verbleib der Kinder herausbekommt!«

Villano wollte sich gerade abwenden, um draußen zu telefonieren, da gab die Putzfrau plötzlich einen schrillen, kurzen Schrei von sich.

Villano fasste sich vor Schreck an das Herz und drehte sich um. »Was ist los?«

Auch Porter war etwas irritiert und wollte schon

seine Waffe ziehen.

»Mir ist wieder eingefallen, wohin die Tochter gezogen ist! Die Jungen sind damals nach der Beerdigung und der Nachlassregelung einfach auf und davon und haben keine Nachricht hinterlassen.«

Villano fasste es nicht, wie konnte sie ihn nur so erschrecken! Er atmete erleichtert aus. »Und wohin ist die Tochter damals gezogen?«, fragte er angespannt.

»Ich erinnere mich, dass sie sich von ihrem Anteil des Erbes – und sie hat als leibliche Tochter fast alles geerbt – eine kleine Wohnung in einer Art Pflegeheim gekauft hat. Was sollte sie auch anderes machen? Ihre Halbbrüder, oder wie man das Verhältnis auch nennen mag, hätten sie nie und nimmer gepflegt.«

Das klingt interessant, dachte Porter. »Erzählen Sie mal!«

Maria lehnte sich mit ihrem dicken Hintern an den Verkaufstresen und strich sich eine Haarsträhne aus dem Gesicht. »Naja, ich weiß auch nicht. Sie waren anfangs ganz nett und offen. Als Kleinkinder meine ich. Da wirkten sie noch ganz normal. Später dann wurden sie immer verschlossener. Der Große war eigentlich ein sehr intelligenter Junge. Er war gut in der Schule, durfte sogar beim Zerlegen der Tiere im Betrieb mit helfen, aber irgendwie … Ich weiß auch nicht!«

Durfte beim Zerlegen helfen?, fragte sich Villano angeekelt.

»Und der andere Junge? Wie hieß er – der Jüngere?«

»Der jüngere Pflegesohn hieß Joseph. Der war etwas lebenslustiger als sein Bruder, aber das änderte sich später auch. Als sie älter wurden, gingen sie viel zusammen auf Jagd. Manchmal zelteten sie tagelang irgendwo draußen in der Wildnis. Doch James – der Ältere – war noch mehr unterwegs als sein Bruder.«

»Und das Verhältnis zur Schwester?«

»Ach ja. Mit der hatten sie eigentlich nicht viel zu tun. Die ging den ganzen Tag zu einer Sonderschule für Behinderte und hat sich sonst hauptsächlich bei der Mutter im Haus aufgehalten. Der Tod der Eltern hat sie wirklich am meisten getroffen.«

»Das denke ich mir«, sagte Villano teilnahmsvoll. »Haben Sie die Adresse von dem Pflegeheim oder wissen Sie in welchem Ort das liegt?«

»Wo war das noch gleich?« Maria sah an die Decke.

Da oben steht die Antwort sicher nicht, dachte Porter.

»Moment, gleich hab ich es! Ja, genau. Das Heim war in Barbanks, nicht weit von hier.«

Porter reichte der Mexikanerin die Hand. »Vielen Dank! Das war es auch schon, Maria.«

Auch Villano bedankte sich. Und öffnete die Ladentür. »Es kann sein, dass wir uns nochmal bei Ihnen melden.«

Porter gab ihr seine Visitenkarte. »Und Sie melden sich bitte bei uns, wenn Ihnen noch etwas einfällt oder die Brüder mit Ihnen Kontakt suchen sollten!« Er war ebenfalls schon auf dem Weg zur Tür, als ihm noch etwas einfiel. »Meinen Sie, ich könnte das Bild aus dem Rahmen dort haben? Sie kriegen es auch wieder. Versprochen.« Er zeigte auf das Bild, auf dem die Jungen abgebildet waren. Vielleicht hatte Keyomi die Chance mit der Alterungssoftware Bilder mit den aktuellen Gesichtern der beiden Brüder zu erstellen.

Maria zierte sich nicht lange, griff nach dem Rahmen und gab ihn an Porter weiter. »Klar, ich denke das ist kein Problem. Warum suchen Sie denn die Kinder der Finleys eigentlich, wenn ich fragen darf?«

Porter nestelte das Foto aus dem Rahmen. »So gerne ich es Ihnen auch sagen würde, Maria – ich darf es leider nicht. Wichtige Geheimsache!«

»Geheim?« Maria schlug die Hand vor den Mund. »Dios mio!«

Porter gab ihr den leeren Bilderrahmen zurück. »Machen Sie sich keine Sorgen, Maria.« Er wendete sich zur Tür, wo Villano immer noch auf ihn wartete. »Auf Wiedersehen!«

Die FBI-Agenten gingen aus dem Laden und verzichteten darauf, sich den Rest des Geländes und die Nebengebäude anzusehen. Sie gingen in Richtung Straße und wollten zurück zum Auto. »Um die Schwester soll sich morgen Matt kümmern. Der hat seinen ersten Arbeitstag nach dem Urlaub«, sagte Porter zu Villano.

Der Hofeinfahrt gegenüber auf der anderen Straßenseite fiel Porter ein Wagen mit laufendem Motor auf. Aus dem Inneren hörte man Musik. Der Mann hinter dem Steuer sah die beiden und schaute gleich darauf nervös zur anderen Seite.

»Wen haben wir denn da?«, fragte Porter rhetorisch. »Den überprüfen wir doch mal schnell! Was denkst du, Joe?«

Joe warf einen Blick links und rechts die Straße runter. »Ja, irgendwie wirkt der auffällig.« Sie zückten ihre Ausweise und gingen auf den schwarzen Camaro ZL1 zu. »FBI! Bleiben Sie im Wagen und stellen Sie den Motor aus! Hände an ...«

Der Fahrer des Wagens hörte die Ansage, legte beide Hände an das Steuer, trat aber mit dem rechten Fuß gleichzeitig das Gaspedal des Automatikwagens durch, sodass er mit quietschenden Reifen vor ihren Nasen mit einem Affenzahn davonsauste.

Porter und Villano sahen ihm erstaunt nach.

»Merk' dir das Kennzeichen, Joe! Nevada 907 – SGB! Den schnappen wir uns! Vielleicht ist das unser Mann!« Porter rannte in Richtung des eigenen Wagens.

Joe hetzte hinterher. »Irgendwas hat der Typ auf alle Fälle zu verbergen, sonst würde er nicht abhauen.«

Als sie endlich im Auto saßen, startete Porter den Wagen, wendete ihn und eilte dem schwarzen Sportwagen hinterher. Der war zum Glück in der ganzen Zeit nicht von der Hauptstraße abgefahren und noch zu sehen.

»Da hinten ist er!«, rief Villano. »Jetzt biegt er rechts ab!«

Porter trat das Gaspedal durch. Als sie selbst um die Ecke bogen, sahen sie den Sportwagen in 200 m Entfernung schon wieder nach links abbiegen.

»Fahr hier gleich links und dann wieder rechts!«

Porter war verwundert, aber tat was sein Partner ihm riet. »Kennst du dich hier etwa aus?«

»Quatsch, aber die Straßen sind hier alle im Schachbrettmuster angelegt. Vielleicht können wir ihn überraschen.«

Porter brummte. »Na, dann schauen wir mal. Er sollte uns nicht durch die Lappen gehen!« Er war dabei rechts abzubiegen, als ihnen der schwarze Chevy direkt entgegenkam und an ihnen vorbei fuhr.

»Das war er! Wende!«

Porter stieg in die Eisen, drehte den Wagen mit quietschenden Reifen einmal um 180 Grad und raste dem anderen Wagen hinterher. Nun waren sie nicht mehr weit von dem Verfolgten entfernt. Er legte einen Zahn zu.

»Gleich haben wir ihn, Nat. Gib Gas!« Villano wirkte nervös.

»Ich gebe mein Bestes, Joe!«

Der andere Wagen war nur noch ein paar Meter entfernt. Er legte nochmal einen drauf, zog schließlich ein Stück an dem Camaro vorbei und stellte sich quer vor ihn auf die Straße. Villano und Porter sprangen heraus und stellten sich mit gezogenen Waffen hinter die geöffneten Türen. Der Verfolgte hatte keine andere Wahl als langsamer zu werden und anzuhalten.

»FBI! Motor aus und dann Hände an das Steuer!«, rief Porter.

Dieses Mal tat der Mann was er tun sollte. Villano sah, dass er seinen Kopf schüttelte.

Langsam gingen Porter und Villano von beiden Seiten mit vorgehaltenen Waffen auf das Auto zu. Hundertfach hatten sie diesen Vorgang schon wiederholt.

Porter erreichte die Fahrertür. »Jetzt die Hände hinter dem Kopf verschränken!«

Der Mann, der sein Gesicht immer noch zu verbergen suchte, tat wie geheißen.

Porter öffnete vorsichtig mit der linken Hand die Tür. Villano sicherte von der anderen Seite des Wagens.

»So, jetzt ganz langsam aussteigen!« Der Mann mit den glatten, braunen Haaren stieg aus und stellte sich schon von allein mit gespreizten Beinen in Richtung Auto.

»Sehr schön machen Sie das!«, frotzelte Porter.

Villano kam um das Auto herum und hielt den Verdächtigen stetig im Auge, während sein Kollege anfing den Mann nach Waffen abzutasten. Er fand keine, hielt aber schließlich den Ausweis des Kerls in der Hand. »Carlos Santana? Soll das ein Witz sein?« So langsam wurde ihm klar, dass das nicht ihr Mann war.

Villano drehte den Mann an der Schulter in ihre Richtung.

»So! Erzählen Sie!«

»Was soll ich erzählen, Mann? Ich habe nichts gemacht!« Santana nahm seine Arme herunter und gestikulierte beim Sprechen wild mit seinen Händen.

Auf so etwas reagierte Villano sehr empfindlich. »Schön die Arme oben lassen, mein Freund! Also, warum fliehen Sie vor uns, wenn Sie nichts getan haben?«

»Ich wollte nur zu meiner Mutter! Und als ich Sie sah, hab ich es irgendwie mit der Angst gekriegt!«

»Maria ist Ihre Mutter?«

Santana nickte.

»Die hat doch aber einen ganz anderen Nachnamen!«

»Ja, die hat nochmal geheiratet und den Namen des neuen Kerls angenommen.«

Villano hatte sich aus dem Gespräch herausgehalten und mit dem Handy Keyomi angerufen. Sie checkte gerade die vorhandenen Daten des Verdächtigen ab und gab sie ihren Kollegen durch.

»Alles klar. Danke dir, Key!« Dann wandte er sich an Santana. »Der Besuch bei der Mama wird sich wohl ein wenig verzögern.«

»Häh?«

»Sie kommen mit auf die nächste Polizeiwache! Es liegt ein Haftbefehl vor!«

Porter grinste. »Echt?«

»Echt!« Villano legte Santana auf dem Rücken Handschellen an. »Sie sind verhaftet! Sie haben das Recht zu schweigen. Alles was Sie sagen, kann und wird vor Gericht gegen Sie verwendet werden. Sie haben das Recht auf einen Anwalt, der während der Vernehmung anwesend ist.« Nach der Rechtsbelehrung ging er mit ihm zu ihrem Auto und drückte ihn hinten auf den Rücksitz. »Schön da sitzen bleiben! Und keine Zicken, ja?!«

Porter durchsuchte in der Zwischenzeit grob den Wagen Santanas nach Waffen und Drogen. Er fand auf den ersten Blick nichts und fuhr den Camaro kurzerhand von der Straße an die Seite und parkte ihn dort. Um den Rest sollte sich das örtliche Polizeirevier kümmern.

Porter ging desillusioniert zurück zum Auto. *Das war nur ein kleiner Fisch,* dachte Porter. *Wir suchen aber den Hai. Wo bist du?*

24

Es war Abend geworden. Die Hitze des Tages verflog langsam. Er saß mit einem weiteren kühlen Bier auf der Terrasse in seinem Schaukelstuhl und wippte entspannt auf und ab. Auf dem Grill lagen ein paar ausgesuchte Stücke, die er sich in wenigen Minuten einverleiben würde. *Was für ein Tag!*

Ein Auto kam um die Ecke. Kurz schreckte er alarmiert auf, doch dann erkannte er, dass es der Wagen seines Bruders war.

Der parkte das Auto, stieg aus und ging entspannt auf seinen Bruder zu. Sie begrüßten sich per Handschlag. »Hey James, wie geht's? Ist dein Plan mit den Ausländern aufgegangen?«

»Ja, die Sache mit den Flyern läuft super. Der Keller hat jedenfalls neue Besucher!« Er grinste.

Sein Bruder setzte sich auf die Holzbank, schnappte sich ein Bier aus dem Eimer mit Eiswasser. »Irgendwann musst du mich mal mit runter nehmen, James.«

»Vielleicht, mal sehen. Auf jeden Fall musst du dir endgültig mal die alten Namen abgewöhnen, Bro! Ich bin nicht mehr James!«

Sein Bruder sah ihn an und seufzte. »Du hast ja recht.« Dann zeigte er auf den Grill, von dem ein verführerischer Duft zu ihm rüberwehte. »Hast du noch ein Steak für mich übrig?«

»Klar! Für dich doch immer, kleiner Bruder!«

Im Keller des Hauses lag Lisa mittlerweile auf einem Metallbett gefesselt. Irgendwann war der Maskenmann wiedergekommen, hatte sie von dem Haken an der Decke genommen, auf das Bett geschmissen und sie angekettet. Nachdem er ihr noch ein paar Schluck Wasser gegeben hatte, stopfte er ihr brutal einen viel zu großen Stofffetzen in den Mund.

Nun lag sie mit offenen Augen halbnackt da, nicht fähig irgendetwas in dieser vollkommenen Dunkelheit zu erkennen, und versuchte ihre heftigen Schmerzen zu vergessen.

Erst hatte er ihr wohl die Brustwarzen abschneiden wollen, doch sie hatte sich so heftig gewehrt, dass er davon abkam und sie stattdessen fast skalpiert hätte. Ein großes Stück der Kopfhaut hatte er hinten samt Haaren mit einem scharfen Messer abgeschnitten. Sie hatte danach heftig geblutet, doch er hatte wohl keine lebenswichtigen Adern verletzt.

Oh, mein lieber Nick, dachte Lisa. *Ich hoffe du lebst und dir geht es besser als mir!* Tränen stiegen ihr erneut in die Augen. *Und meine Eltern? Die denken, ich verbringe den tollsten Urlaub meines Lebens! Hah! Vielleicht sehe ich sie nie wieder! So ein perverser Scheißkerl! Ich will nicht sterben! Ich will leben! Ich will Kinder! Ich will … Was kann ich bloß tun?* Ihre Gedanken fingen immer wieder an, um dieses Thema zu kreisen.

Im anderen Zimmer lag Nick ebenfalls auf einer harten Pritsche. Nachdem er vor Erschöpfung eine Weile eingeschlafen war, lag er nun da und dachte daran, dass er Lisa in den nächsten Tagen eigentlich nochmal hatte heiraten wollen. Wann genau, konnte er nicht sagen. Er hatte jegliches Gefühl für Zeit verloren. Er sah sie im Geiste vor sich stehen, in dem wunderschönen Kleid, dass er schon von Deutschland aus über die Internetseite der Hochzeitsagentur für sie geliehen hatte. Elvis daneben stehend, einen kitschigen Song trällernd ... Tränen schlichen sich in seine Augenwinkel. Leise schluchzend fing er an zu singen: »Love me tender, love me sweet ...« Dann brach er ab. Zu weh tat ihm der Gedanke, dass Lisa ebenfalls von diesem Irren gefoltert wurde. *Wenn sie überhaupt noch lebt!*

25

Montag, 10.08.2015

9.00 Uhr morgens. Porter schmiss seine Tasche auf den Schreibtisch und stellte seinen Becher mit Kaffee ab. *Liegt da nicht etwas?* Er setzte sich und nahm die braune, abgegriffene Ledertasche vom Tisch und warf einen Blick auf die Papiere, die zum Vorschein kamen.

»Was haben wir denn da?«

Eine gut gelaunte Keyomi sah frech über seine rechte Schulter.

»Guten Morgen, Key! Gut geschlafen?«

Sie verzog das Gesicht. »Geht so.« Sie setzte sich mit einer Pobacke wie gewohnt auf Porters Tisch. »Zeig' mal her! Ist das etwas Interessantes?«

Porter reichte ihr eine der Kopien. »Das sind die Laborergebnisse der Paket-Hand und der Haare.«

»Hm. Wie es scheint, war die Hand wirklich die von der Italienerin ...«, stellte Grant fest.

»... und das Haarbüschel samt Kopfhaut ...«

»... stammt von einem neuen weiblichen Opfer!« Grant schüttelte sich. »Diese armen Menschen! Was die durchmachen müssen! Ich finde es so schrecklich!«

Porter legte eine Hand auf das Bein seiner jungen Kollegin. Er konnte das Grauen, das sie bei solchen Gedanken empfand nachvollziehen. Sie war noch nicht so lange dabei und saß meistens im Büro am Rechner, um zu recherchieren. *Wenn sie gesehen hätte, was ich in meinem Leben schon an Gräueltaten zu Gesicht bekommen habe …* »Keyomi, wir kriegen das Schwein, okay?«

Seine Kollegin nickte beklommen.

»Guten Morgen, Leute!« Villano stellte eine Packung mit einem Dutzend Donuts auf seinen Tisch.

»Morgen! Ist das Nervennahrung für dich, um den Tag zu überstehen?«, fragte Porter und grinste dabei.

Villano war entsetzt. »Für wen hältst du mich? Die sind natürlich für alle!« Er setzte sich auf seinen Stuhl. »Was gibt es? Bringt mich auf den neusten Stand, bitte!«

»Es ist so, wie wir schon vermutet hatten. Die Hand ist von Angelina Pica und der Rest von einer neuen Unbekannten.«

Villano nickte.

»Euer Ausflug gestern war doch aber ganz vielversprechend, oder?« Villano hatte sie gestern nach Feierabend noch telefonisch über die Erkenntnisse, die sie gewonnen hatten, informiert.

»Auf jeden Fall wissen wir nun, dass es doch zwei Männer gibt, die in unser Profil passen.«

»Und zwar bestens. Die Jungen wurden als Pflegekinder im Kleinkindalter von der Familie aufgenommen. Die neuen Eltern waren sehr christlich orientiert. Als Jugendliche setzten sie sich immer mehr vom Elternhaus ab – manchmal tagelang.«

»Vielleicht haben sie damals die abscheulichen Morde an den Tieren verübt«, warf Grant ein.

Porter stand auf. Er war unruhig. »Vielleicht ist dafür aber auch nur einer verantwortlich. Maria ...«, er sah kurz zu Grant, »... die Putzfrau von der Fleischerei – sagte, dass der Ältere sehr oft unterwegs war – und zwar alleine.«

Villano klappte die Donutschachtel auf, fischte sich einen mit Schokoladenüberzug heraus und biss herzhaft hinein. »Das kann schon sein«, sagte er mit vollem Mund.

Porter sah sich um. »Wo bleibt eigentlich Matt?« Er hatte gestern Abend den Part übernommen, seinen Kollegen telefonisch detailliert über den neuen Fall in Kenntnis zu setzen.

»Der kommt sicher gleich«, meinte Grant.

Porters Telefon klingelte. Er ging zu seinem Schreibtisch zurück. Eine interne Nummer. Er nahm ab. »Porter!« Dann hörte er der Stimme am anderen Ende aufmerksam zu, während er sich nebenbei Notizen auf einem Zettel machte. »Okay. Alles klar, Miranda! Vielen Dank!«

Die anderen sahen ihn neugierig an.

»Wir haben neue Anhaltspunkte, denen wir nachgehen können!«

Grant, die hochbegabte Halbasiatin, atmete erleichtert aus. »Endlich! Was kann ich tun?«

»Ein Casinohotel hat sich bei uns gemeldet. Um genau zu sein, das Jaipur.«

»Wirklich?«, fragte Villano, schon seinen zweiten Donut, kauend.

Porter trat an die Stellwand und nahm einen dicken Stift zur Hand. »Dort hat ein deutsches Ehepaar eingecheckt, die seit zwei Nächten nicht in ihrem Zimmer geschlafen haben.« Er schrieb in Großbuchstaben den Namen NICK/LISA SOMMER auf die Wand. Außerdem die Schlagworte „Deutschland" und „Jaipur". Er sah kurz auf seinen Notizzettel und fügte die Zimmernummer hinzu.

»Europäer! Das passt doch gut zu unseren Überlegungen!«, rief Grant.

Porter hob den Finger in die Höhe. »Pass auf! Es geht noch weiter! Und zwar haben die Eltern versucht, sie in den letzten beiden Tagen zu erreichen. Sie hinterließen eine Nachricht an der Rezeption, die aber nie abgeholt wurde.«

»Alles klar!«, sagte Villano.

»Warte. Es kommt noch besser. Wir haben noch einen weiteren Anhaltspunkt dafür, dass sie vermisst werden.«

»Und der wäre?« Grant saß auf heißen Kohlen. »Mach es nicht so spannend!«

»Es scheint so, dass sich dieses Paar hier in Vegas

während so einer Kitschzeremonie mit Elvis nochmal das Ja-Wort geben wollte. Auf jeden Fall hat sich die Agentur wegen der Klamotten – ihr wisst schon, Kleid und Anzug – im Hotel gemeldet. Doch auf die Nachricht auf dem Zimmer-Anrufbeantworter hat sich ebenfalls niemand gemeldet.«

»Also ich würde sagen, dass passt alles sehr gut in das Opferprofil«, äußerte Villano.

»Richtig. Also Key, du wirst dir als erstes die Fotos der beiden von der Homeland Security besorgen, damit wir Gesichter zu den Namen haben.«

»Wird gemacht, Chef!«

»Außerdem natürlich ihre Fingerabdrücke als Vergleichsmittel.«

»Selbstverständlich!« Sie sprang sofort von seinem Schreibtisch auf und wollte loslegen.

»Und ...«, holte Porter aus.

Grant drehte sich erschrocken um und warf dabei Porters Kaffeebecher von gestern um. *Mist!* »Ja, Chef?«

»... ich möchte, dass du bei dem Pfarrer von Willeby Erkundigungen nach den Finleys einholst.«

Grant verstand. »Du willst wissen, ob sie irgendwie in der Gemeinde aufgefallen sind?«

Porter zog die Augenbrauen hoch. »Kannst du Gedanken lesen? Genau das Gleiche wollte ich sagen!«

Grant grinste, hob den zum Glück leeren Kaffeebecher vom Boden auf und setzte den Weg zu ihrem Platz fort.

Porter drehte sich zufrieden zu seinem Kollegen Villano um. Er wirkte seiner Meinung nach ein wenig ausgeglichener als gestern. »Und wir beiden Hübschen machen uns auf den Weg zum Jaipur!«

»Das hätte ich jetzt auch vorgeschlagen.«

Während sie in Richtung des Fahrstuhls gingen, machte Porter noch einen kurzen Abstecher in Richtung Kaffeeküche, riss ein Stück Papier von dem Papiertuchspender ab und reichte es dem verdutzten Villano weiter. »Du …«, er zeigte auf den Mund seines Kollegen, »… hast da was!«

Mittlerweile waren sie am Fahrstuhl angekommen und fuhren hinunter, wo sie in der Lobby auf Matt trafen.

»Hi Matt! Wo bleibst du? Wir haben bei der Besprechung auf dich gewartet!«, blaffte Villano ihn an.

Der smarte Achtundzwanzigjährige, der mit seiner hippen Frisur auch als Fotomodell hätte arbeiten können, verzog den Mund. »Danke der Nachfrage! Mein Urlaub auf Hawaii war wirklich schön!«

Villano bemerkte seinen Fehler und legte seine Hand beschwichtigend auf Matts Arm. »Sorry, Mann! Wir stehen hier nur gerade alle unter Strom.«

»Das weiß ich, und deswegen war ich heute morgen schon bei Elly Finley. Sie wohnt übrigens nicht in einem Pflegeheim, sondern in einer tollen behindertengerechten Wohnanlage, mit angegliedertem Pflegedienst, der die Bewohner bei Bedarf unterstützt.«

»Und weiter?« Porter war ein wenig ungeduldig. Er wollte los.

»Nichts weiter. Sie bestätigte mir das, was euch diese Maria Diaz gestern schon erzählt hat. Dass die beiden Brüder als Pflegekinder aufgenommen wurden …«

Porter hob die Hand und stoppte den jungen Kollegen. »Nur die Neuigkeiten, bitte!«

»Um es kurz zu machen: Sie hatte seit der Nachlassverkündung keinen Kontakt mehr mit James und Joseph.«

»Aha«, murmelte Porter enttäuscht.

Matt sah ihn an. »Sie hat aber auch gesagt, dass die Brüder zwar als Teenager immer seltsamer wurden, aber zu ihr, wenn sie denn mal zu Hause aufeinander trafen, ganz lieb und fürsorglich waren.«

Mein Gott, wer war in der Pubertät nicht schwierig?, dachte Porter. *Ob wir da wirklich auf der richtigen*

Spur sind? Was blieb ihnen anderes übrig? Sie hatten keine besseren Anhaltspunkte. »Okay! Dann geh' doch jetzt zu Key und helfe ihr bei der anstehenden Arbeit. Joe und ich fahren zum Jaipur. Da ist ein deutsches Paar seit Samstag nicht mehr aufgetaucht. Alles andere kann dir Key erzählen.«

»Alles klar, mache ich!«

Porter und Villano gingen weiter zur Ausgangstür, als Porter plötzlich etwas Dringendes einfiel. Er ließ den erstaunten Villano stehen und rannte schnell zurück in Richtung Lift. Im letzten Moment bevor sich die Tür schloss, drückte er sie zur Verwunderung der Mitfahrenden wieder auf. »Matt?!«

»Ähm, ja?« Alle Blicke richteten sich auf ihn und seine Gesichtsfarbe wechselte in ein zartes Rot. »Was ist?«

»Ich habe etwas ganz Wichtiges vergessen. Und zwar findest du in meiner Tasche ein Foto von den beiden Brüdern, als sie noch jung waren! Bitte jag das doch durch dieses neue Alterungsprogramm und such danach mit Keyomi alles heraus, was du zu den Brüdern finden kannst!«

»Mach ich, kein Problem.«

»Gut! Bis nachher dann.« Porter ließ die Tür los und ging in Richtung Ausgang. *Wie konnte ich das vorhin bei der Aufgabenverteilung nur vergessen? Eine der wichtigsten Spuren, denen wir nachgehen müssen. Mann!* Er ärgerte sich maßlos über sich selbst, und das sah Villano ihm auch an.

»Was war denn?«

Porter stieß gegen die Drehtür aus Glas. »Ach nichts. Ist schon okay!«

Im Jaipur empfing sie eine ganz andere Atmosphäre als im Venetian. Das Aromaöl, das vernebelt wurde und auch die orientalische Musik im Hintergrund entführte den Besucher in die Welt von 1000 und einer Nacht.

Den beiden FBI-Agenten lag aber weniger daran, dieses Ambiente zu genießen. Sie ließen sich direkt in das Zimmer der Deutschen bringen.

Porter bedankte sich bei der freundlichen Mitarbeiterin. »Es wäre sehr nett von Ihnen, wenn Sie uns bitte alle verfügbaren Daten aus der Hotelanmeldung kopieren und bringen würden.«

»Natürlich! Gerne. Wird sofort erledigt«, schmachtete sie Porter an.

Villano betrat das Zimmer und streifte sich schnell die Handschuhe über. »So, dann fangen wir mal an.« Er ging zum Kleiderschrank und guckte alles grob durch. »Ich weiß nicht, wie es dir geht, aber nach all den Jahren finde ich es immer noch komisch, fremde Sachen zu durchwühlen.«

Porter ging zu dem Sideboard aus dunklem Schwarznussholz. »Was haben wir denn hier? Ein Handy.« Er nahm es in die Hand, versuchte es einzuschalten, doch es war mit einem Passwort geschützt. »Ein Fall für Keyomi, würde ich sagen.« Er nahm eine Plastiktüte aus der Jackentasche und tat es hinein. Er sah sich weiter um, fand aber nichts Auffälliges. Das Paar war ja auch erst am Freitag in Vegas angekommen. »Hast du noch etwas gefunden, Joe?«

»Nein. Nichts.«

Mist, ein Hinweis auf ihre Urlaubspläne wäre echt hilfreich gewesen, dachte Porter. »Okay, dann warten wir noch auf die Kopien.«

Prompt kam die junge Angestellte ganz außer Atem in das Zimmer gestürmt.

»Na, Sie haben sich ja beeilt!«, lobte Porter die Frau.

»Ja, ich bin direkt hier oben in das Büro der Etagenchefin gegangen und habe mich von da aus eingeloggt. Und „Voila“! Hier sind die Unterlagen. Wie gewünscht.«

»Vielen Dank ...« Porter guckte auf das Schild an der Bluse der Angestellten. »... Myra. Und diese Etagenchefin ist zuständig für die Putzkolonne, die hier jeden Tag ihren Dienst verrichtet?«

»Ja genau.«

»Dann möchte ich mit der auch noch einmal reden.«

»Gerne.«

Nach dem kurzen Gespräch, in dem Porter bestätigt wurde, dass das Zimmer anscheinend wirklich seit Samstag Vormittag nicht mehr benutzt worden war, gingen Villano und Porter zurück zum Auto. Sie hatten zur Abwechslung selbst draußen geparkt. Es wehte ein ungewöhnlich starker Wind.

»Fahren wir direkt zurück?«, fragte Villano und bückte sich, um einen Flyer zu entfernen, der ihm an das Schienbein geflogen war. Er nahm ihn, sah kurz drauf, zerknüllte ihn und warf ihn in den nahestehenden Mülleimer. »Blödes Ding!«

»Was sagtest du?«

»Ach nichts. Nur ob wir direkt zurückfahren?«

»Ja. Da wartet genug Arbeit auf uns.«

»Und hoffentlich nicht wieder irgendwelche abgehackten Körperteile!«

26

Nachdem er ausgeschlafen und sich angezogen hatte, ging er in den Kontrollraum, um zu sehen, was seine Eltern machten. Er betrachtete sie am Monitor. Beide lagen auf ihren Pritschen und rührten sich nicht. Er verzog hämisch den Mund. *Abschaum. Euch werde ich es noch zeigen!* Er ging in Raum 3 und füllte eine alte, tiefe Zinkwanne mit Wasser. Dann zog er sich die Maske über und betrat den Raum seiner Mutter.

Lisa erwachte von dem Geräusch, welches die Tür machte, und vom gleißenden Neonlicht. Sie hob langsam, soweit es ging, den Kopf. Ihre Arme und Beine waren noch immer ans Bett gefesselt. Das Plastik der Kabelbinder schnitt ihr schmerzhaft ins Fleisch. Die Augen lagen tief in ihren Höhlen. Sie versuchte, sie zu öffnen, doch es fiel ihr schwer.

»Du kannst jetzt ein Bad nehmen«, sagte der Entführer in einem fast liebevollen Ton und nahm ihr den Knebel aus dem Mund.

Lisa begriff langsam wo sie war und wer mit ihr sprach, aber sie fühlte sich so schwach. »Was?«, fragte sie verwirrt.

»Du kannst jetzt ein Bad nehmen«, wiederholte der Mann.

Ein Bad? Warum ein Bad? Lässt er uns vielleicht frei?

Er befreite ihre Gliedmaßen nacheinander von sämtlichen Fesseln und zog sie an den Händen hoch. Dann führte er sie durch den Flur in den anderen Raum. Die ganze Zeit versuchte Lisa, ihren freien Oberkörper mit den Armen zu bedecken.

»Hier ist die Wanne. Komm, setz' dich rein!«

Lisa sah ihn angstvoll an. *Irgendetwas stimmt doch hier nicht. Warum ist der auf einmal so nett?* Vorsichtig setzte sie den ersten Fuß in das Wasser. »Das ist ja kalt!«

»Ja, kalt! Was sonst?« Mit voller Wucht schubste er Lisa in die Wanne. »Wir mussten doch früher genauso baden!«, brüllte er, während Lisa versuchte in der Wanne Halt zu finden. »In eiskaltem Wasser!«

Als sie gerade versuchte, die Haare der Perücke aus dem Gesicht zu streifen, drückte er sie mit beiden Händen hinunter.

Lisa war erst überrumpelt, drückte sich dann mit ganzer Kraft mit den Beinen am Ende der Wanne ab und bäumte sich auf. Dadurch gelang es ihr, über die Wasseroberfläche zu gelangen und Luft zu holen.

Er lachte laut. Es machte ihm Spaß, wie seine Mutter sich wehrte und alles dabei nass spritzte. Abermals drückte er sie wieder unter Wasser, um ihr danach für eine kurze Sekunde Hoffnung zu geben. Er gab ihr von sich aus kurz Zeit, Luft zu holen.

Seine Mutter sah ihn direkt an und winselte: »Bitte …«

Das reichte. Er drückte sie wieder unter Wasser bis sie strampelte. Wiederholt zog er sie an der Kehle hoch, um sie danach gleich wieder zu tauchen. Dabei freute er sich wie ein kleines Kind.

Langsam schwanden Lisa die Sinne. Er war einfach zu stark, und nach einer Weile fehlte ihr die Kraft. Die Tage ohne Essen und nur minimaler Wasserversorgung zollten ihren Tribut.

Sie war am Ende. *Ich werde sterben, wenn ich hier nicht raus komme!* Sie schlug unter Wasser die Augen auf.

Eine viertel Minute später merkte er, dass sich etwas verändert hatte. *Sie wehrt sich nicht mehr!* Er hörte sofort auf zu drücken und zog stattdessen ihren

Kopf aus dem Wasser. Als er ihren Schädel los ließ, kippte er leblos zur Seite.

Schnell hob er sie aus der Wanne und legte sie auf den kalten Fliesenboden. War aus seinem kleinen Folterspaß jetzt schon tödlicher Ernst geworden? Das durfte nicht sein! Er hatte doch noch so viel mit ihr vor! Er nahm ihre Hand und wollte gerade ihren Puls fühlen, da hörte er ein Klingeln an der Haustür. »Scheiße!« *Nicht jetzt!* Verzweifelt griff er nach der anderen Hand. Doch an der Stelle, an der er den Puls fühlen wollte, war alles blutig aufgeschürft.

Es klingelte wieder. Diesmal ausdauernder. *Scheiße!*

Er ließ seine Mutter liegen, riss sich im Flur die Maske herunter und stürmte nach oben zur Haustür. Keuchend sah er zuerst durch den Türspion und öffnete dann die Tür. »Was machst du denn schon wieder hier?«

Vor ihm stand sein Bruder und wedelte mit einer Tüte voll verlockend riechender Backwaren. »Da staunst du, was? Ich habe dir doch erzählt, dass ich heute auch frei habe. Da dachte ich mir, ich revanchiere mich für das großartige Barbecue gestern.«

»Ach so.« Nervös schaute er in Richtung Küche.

»Was ist? Hast du ein Problem?« Sein Bruder grinste.

»Äh, nein. Ich denke, das hat sich sowieso erledigt.«

»Gut! Also frühstücken wir zusammen! Komm schon! Lass uns hier draußen spachteln, und danach genießen wir eine schöne Zigarette.«

Er strich sich nervös über seinen Dreitagebart. *Ach, scheiß drauf. Die Alte ist sowieso hinüber!* »Okay, aber viel Zeit habe ich nicht.«

»Macht nichts, ich habe auch noch etwas vor.«

Er ging zur Küche vor, schlug im Vorbeigehen wütend die Tür zum Keller zu und holte eine Pfanne aus dem Schrank. »Da hinten steht ein Tablett. Da kannst du das Geschirr drauf stellen. Ich haue uns noch schnell ein paar Eier, Speck und Bohnen in die Pfanne! Mach es dir doch draußen bequem, ja?«

Sein Bruder sah ihn von der Seite an und lächelte. *Er kann ja auch ganz normal sein, wenn er will.*

Sobald sie sicher war, dass er aus dem Raum heraus war und sich entfernt hatte, rührte sich Lisa vorsichtig und atmete mit tiefen Zügen. Ihre plötzliche Eingebung sich tot zu stellen, war aufgegangen. Er hatte sogar schneller auf ihre Passivität reagiert, als sie zu hoffen gewagt hatte. Langsam, aber entschlossen kam sie in die Hocke und stand schließlich ganz auf. Es war nicht leicht, das Gleichgewicht zu halten. Ihr wurde schwindelig, und sie musste sich gegen die Wand lehnen. Mit trüben Blick sah sie zum Wasser, in dem sie eben fast ertrunken wäre, ging mit ein paar wackeligen Schritten zu der Zinkwanne und schöpfte mit den Händen gierig das kühle Nass in ihren Mund. Das laute Geräusch einer zuschlagenden Tür ließ sie erschrocken inne halten. *Was war das? Kommt er wieder?* Ihr Herz begann stärker zu klopfen. Sie sah sich hektisch nach etwas um, was ihr als Waffe dienen konnte. In dem Raum war nicht viel, in der Ecke stand nur ein alter Besen. Barfuß schlich sie auf den kalten weißen Fliesen dorthin, griff ihn sich schnell, ging zurück und stellte sich mit dem Rücken zur Wand neben die Tür. Vorsichtig schraubte sie den Stiel vom Besenriegel ab und legte diesen vorsichtig, immer in Habachtstellung, neben sich auf dem Boden ab. Sie war bereit, um ihr Leben zu kämpfen. Doch es schien alles wieder ruhig. Sie war sich ziemlich sicher, dass er nach oben gegangen war. Vorsichtig lugte sie um die Türzarge in den Flur. Er war nichts zu sehen, nur seine Maske lag auf dem Boden. *Ich muss hier raus, aber vorher muss ich noch Nick finden!* Von dem Flur gingen noch mehrere Türen ab. Vorsichtig huschte sie nun gänzlich in den Gang und ruckelte nacheinander an jeder Tür. Dabei rief sie leise nach Nick, doch es kam nie eine Reaktion. Zwei Türen gingen auf; in dem einem Raum befanden sich Computer und Bildschirme. In dem anderen eine Art Dunkelkammer mit Entwickler- und Fixierer-Kanistern, Schalen und Wäscheleinen zum Trocknen der Fotos. Enttäuscht ging sie zur letzten, aber ihre Hoffnung hinter dieser noch ihren Ehemann zu finden, war gering. *Vielleicht rührt er sich nicht, weil er tot ist.* Sie legte ihre Hand trotzdem auf den Türknauf. Auch diese Tür ließ sich nicht öffnen. »Nick?«

Nick hatte schon die ganze Zeit gemeint er höre etwas, war sich aber nicht sicher, ob ihm sein Geist keinen Streich spielt. Doch nun hörte er doch seinen Namen; oder nicht?

Bei keiner Tür hatte sie zweimal seinen Namen gerufen. Doch dieses war die letzte Tür. Ihre letzte Chance. »Nick?«

Da war es wieder, oder? »Lisa? Bist du das?«

Als Lisa die Antwort vernahm, fing ihr Herz an bis zum Hals zu schlagen. *Oh mein Gott! Er lebt.* Ein kleines Lächeln huschte über ihr Gesicht, gefolgt von einem nervösen Beobachten des Flurs. »Ja, ich bin es! Was ist mit dir? Geht es dir gut?«

Nick glaubte kaum, dass er wirklich mit Lisa sprach. *Vielleicht halluziniere ich auch.* »Lisa, bist du es wirklich?«

»Ja! Nun sag, kannst du aufstehen?«

»Nein, ich bin an eine Pritsche gefesselt und kann mich nicht rühren!«

»Scheiße!«, fluchte Lisa.

»Was ist mit dir?«

»Es geht schon, aber wir müssen hier raus!«

»Kannst du die Tür aufbrechen?« Gespannt erwartete Nick die Antwort.

Lisa sah sich die Tür und den Mechanismus an. Sie sah keine Möglichkeit. Die Tür war zu massiv. »Keine Chance!«

Tränen schlichen sich in Nicks Augenwinkel. Die Hoffnung, die er eben noch hegte, war dahin. »Okay, dann musst du alleine einen Weg finden! Rette dich, Liebling!«

Liebling! Wie sehr hatte sie sich in den letzten Tagen nach solchen Worten gesehnt! »Nein!«, rief Lisa verzweifelt. »Ich lasse dich hier nicht allein!«

»Doch du musst gehen! Versuch Hilfe zu holen!«

Lisa sah den Gang herunter. *Vielleicht habe ich ja tatsächlich eine Chance erst einmal allein zu entkommen.* Sie wischte sich mit dem Handrücken ihre Tränen fort.

»Okay. Ich versuch es! Nick?«

Nick fiel ein Stein vom Herzen. »Ja?«

»Ich liebe dich! Denk immer daran, ja?«

»Ich liebe dich auch! Sei vorsichtig!«

Lisa legte ihre Hand flach auf die Tür. »Bin ich! Halte durch, Nick!«

Nick versuchte ein schwaches Lächeln. »Ich gebe mein Bestes!«

Dann ging sie.

27

»Wie weit seid ihr?«, rief Porter, als er das Büro betrat. Ihm lief die Zeit davon.

Grant sah von ihrem Computer auf. »Ich habe die Fotos und die Fingerabdrücke von den beiden Deutschen. Soll ich die Bilder an Liz weitergeben, damit sie sie veröffentlichen kann?«

Porter ging zu ihr. »Zeig mal her! Wie sehen sie denn aus?« Porter schluckte. Ihm sahen zwei sehr nett aussehende junge Leute entgegen. *Die haben es sicher nicht verdient*, dachte er. Er drehte sich weg. Er wollte sich gar nicht vorstellen, was sie jetzt gerade durchmachten. »Okay, Liz soll die Bilder an die örtlichen Fernsehsender weiterleiten und auch an die Zeitungen hier im Umkreis. Vielleicht hat sie jemand gesehen! Was hat das Gespräch mit dem Pfarrer ergeben, Key?«

Grant seufzte. »Leider nicht viel. Der derzeitige Pfarrer in der Gemeinde hat erst nach dem Tod der Finleys seinen Dienst aufgenommen, und der davor ist an einem Schlaganfall verstorben.«

Na klar, das war ja zu erwarten, dachte Porter.

Porter ging zu dem Schreibtisch seines Kollegen. »Matt?«

»Ich bin auch soweit fertig mit dem Foto der Verdächtigen.« Hanson öffnete die Datei und zwei sehr unschuldig ausschauende Männer sahen ihm entgegen. *Irgendwie komisch. Bei Keyomi die Opfer, bei Matt eventuell die Täter. So nah bei uns und doch so fern!*

»Und denkst du, dieses neue Alterungsprogramm ist gut? Hast du Erfahrung damit, inwiefern die Bilder authentisch sind und realen Personen ähneln?« Porter musste zugegeben, dass er sich mit dem Thema noch nicht auseinandergesetzt hatte.

Hanson lehnte sich zurück. »Schwierig zu sagen, aber ich denke, dass könnte schon hinkommen, wenn sie sich nicht irgendwelchen Operationen unterzogen oder schlimme Unfälle hatten, bei denen das Gesicht zu Schaden kam.«

Porter nickte. »Alles klar. Am liebsten würde ich die Bilder ja auch gleich der Öffentlichkeit zeigen, aber das halte ich für zu gefährlich. Wir wollen den oder die Entführer ja nicht warnen. Schick sie bitte erst einmal nur an alle Polizeidienstellen im Umkreis. Die sollen alle ihre Augen nach solchen Typen aufhalten.«

Villano kam von der Toilette zurück. »Mann, das war echt in der letzten Minute«, grinste er und setzte sich an seinen Schreibtisch. »Gibt es Neuigkeiten?«

Porter brachte ihn auf den letzten Stand.

»Dann heißt es wohl erst einmal abwarten.«

Porter sah seinen Kollegen kritisch an. »Geht es dir besser? Du wirkst heute irgendwie anders.«

Villano nahm sich einen Donut mit Zuckerguss und biss hinein. »Ich habe beschlossen, alles lockerer zu sehen und die Geschichte mit Guiliana und mir einfach auf mich zukommen zu lassen. Was passiert, passiert, und was nicht passiert, kann ich auch nicht ändern.«

Porter runzelte die Stirn. Solche Aussagen sahen seinem Kollegen gar nicht ähnlich. »Aber du bist dir sicher, dass du nicht irgendetwas eingeworfen hast?«

Villano lachte trocken. »Ich und Drogen? Ha! Da müsstest du mich doch kennen!«

»Hm.« Er holte die Kopie des Hotels aus seiner Tasche. »Den Leihwagen der Deutschen haben wir ja schon von unterwegs zur Fahndung ausgeschrieben. Schauen wir mal nach der Vita der potentiellen neuen Opfer.«

»Dann erzähl mal!«

Porter studierte den DIN A4 Zettel. »Viel steht hier leider auch nicht. Sie sind anscheinend beide deutscher Abstammung, 27 Jahre alt und von Beruf Lehrer.«

»Das bringt uns nicht viel weiter, würde ich sagen.«

»Nein, da hast du recht«, seufzte Porter.

Das Telefon auf Porters Schreibtisch klingelte. Er nahm ab. »Porter.« Sein Magen knurrte laut und der Blick ging zu den Donuts. »Was?« Er stand auf. »Bringt ihn sofort hierher! Und dann will ich, dass das ganze Gelände und auch das Wasser abgesucht wird!« Er legte auf.

Seine Kollegen starrten ihn fragend an.

»Ein Polizeiofficer hat den Wagen der Deutschen am Hoover Staudamm entdeckt. Und zwar verlassen! Sie bringen ihn her.«

»Das sind doch gute Nachrichten.« Grant guckte unsicher in die Runde. »Ich meine nicht, dass sie nicht drinnen waren, sondern wir bekommen vielleicht neue Anhaltspunkte über ihren Aufenthalt.«

»Wenn sie nicht schon am Grund des Hoover-Damm-Beckens liegen«, warf Villano ein.

»Das glaube ich ehrlich gesagt nicht. Ich bin zwar erst wieder seit heute hier, aber der Mörder der beiden anderen ist Psychopath. Da ist es für ihn nicht befriedigend, sie einfach über den Abgrund zu stoßen«, sagte Matt.

Porter nickte. »Das sehe ich genauso. Trotzdem muss ich das Gebiet nach ihnen absuchen lassen.«

»Klar.«

Eine Stunde später klingelte erneut das Telefon. »Ja?« Porter nickte. »Alles klar. Ich komme runter.«

»Das Auto der Deutschen ist da. Ich gehe runter und check es nach Hinweisen. Joe und Keyomi? Könntet ihr nochmal alle Hinweise durchgehen? Vielleicht übersehen wir ja etwas!« Er ging in Richtung Fahrstuhl.

»Machen wir!«, rief ihm Grant zeitgleich mit Villano hinterher. Sie sahen sich an und lachten.

Dieses herzhafte Lachen animierte Villano spontan zu einer Einladung. »Hast du vielleicht Lust mit mir etwas trinken zu gehen, wenn das hier vorbei ist, Key?«

Grant zog die Augenbrauen hoch. Sie war überrascht. »Ähm.« Sie strich sich verlegen durch die Haare. »Ich glaube nicht, Joe. Du bist doch verheiratet!«

Der Vierzigjährige fühlte sich ertappt, aber auch ein wenig gekränkt. »Okay. Stimmt. Das wäre wohl unpassend.«

Grant sah ihn noch einmal etwas unsicher an und drehte sich dann zu ihrem Monitor. »Ich mache dann mal weiter.«

Auch Villano rutschte zurück an seinen Schreibtisch. »Ähm. Ja, ich auch.«

Matt Hanson runzelte die Stirn. *Irgendetwas habe ich hier verpasst.*

Porter kam unten in der Garage an. Seine Kollegen vom Kriminallabor waren schon dabei, Fingerabdrücke und sonstige Spuren zu sichern.

»Hi. Und schon was gefunden?«

Cliff Barnes, der ihnen am Vortag das Paket mit der abgehackten Hand gebracht hatte, nickte. »Jede Menge Fingerabdrücke und ein Portemonnaie. Wahrscheinlich das von der weiblichen Vermissten. Dann noch eine Subwayrechnung, eine halbleere Wasserflasche, der Rest eines Gutscheinflyers und – das wird dich nun nicht freuen – ein kaputt geschlagenes Navi! Da müssen wir erst einmal gucken, ob die Speicherkarte in Ordnung ist, und ob wir die Daten überhaupt auslesen können.«

»Kaputt? Scheiße!« Porter schlug wütend gegen ein Regal. »Hier klappt aber auch rein gar nichts!«

Barnes verzog den Mund.

Porter schlug ihm freundschaftlich auf die Schulter. »Nichts gegen dich!« Er ging hinüber zu dem

Tisch, wo die eingetüteten Beweismittel lagen. »Ist das hier alles?«

»Ja. Soweit. Ach! Was ich dir noch sagen kann: Das Auto hat viele kleine Lackschäden. Wie von Splitt oder einer unbefestigten Straße.«

»Okay. Danke dir!« Porter zog Plastikhandschuhe an. *Was haben wir denn hier? Eine Geldbörse aus Leder.* Er nahm sie aus der Tüte, machte den Druckknopf auf und sah hinein. *Bargeld in Dollar und Euro. Ein wenig Kleingeld. Kreditkarten. Visitenkarten. Ein Foto – wahrscheinlich die Eltern. Hm. Nichts Brauchbares.* Er fotografierte die Kreditkarte mit dem Handy, tütete die Börse wieder ein, nahm den Gutscheinflyer in die Hand und betrachtete ihn nachdenklich. *Habe ich den nicht …* Sein Handy klingelte. Genervt ging er ran. »Porter!«

»Ich bin es, Joe!«

»Ich höre!«

»Mir ist doch da vorhin – ich meine als wir vom Jaipur weggefahren sind –«

»Ja. Komm, sag schon ...« Porters Gehirnzellen liefen auf Hochtouren. *Irgendwo habe ich doch diesen …*

Villano war wegen der unfreundlichen Unterbrechung irritiert. »Also, da ist mir so ein doofer Flyer ans Bein geflogen.«

Plötzlich war Porter geistig ganz bei seinem Kollegen. »Was sagst du da? Flyer?«

»Ja!«

»Und was war da drauf?«

»Mir ist jetzt im Nachhinein aufgefallen, dass es wahrscheinlich derselbe war, wie ...«

Nun fiel ihm wieder ein, wo er den Flyer kurz gesehen hatte. »... im Hotelzimmer der Italiener!«, vervollständigte Porter den Satz. »Und weißt du noch, was da drauf war?«

»Klar. Ich habe ihn ja fotografiert, bevor die Spurensicherung da war. Warte kurz! Also der untere

Teil wurde abgerissen, aber der obere Teil ist intakt.«

Porter wurde ungeduldig. »Nun sag schon. Ist es ein Gutschein für Machine Gun Shooting in der Bourbon Street?«

Villano fiel die Kinnlade runter. »Häh. Bist du Hellseher? Woher weißt du das? Genau das steht hier! Eine Stunde Schießen für die Hälfte!«

»Das erkläre ich dir gleich! Ich komme hoch!«

»Okay.« Villano war verwirrt. Er legte auf.

Porters Telefon auf dem Schreibtisch klingelte. Grant stand auf und ging heran. »Grant. – Ja, stellen Sie durch!« Sie winkte aufgeregt Hanson und Villano zu sich und stellte auf Lautsprecher um.

»Sie sprechen mit Special Agent Grant. FBI. Sie haben Informationen für uns?«

Am anderen Ende räusperte sich eine Männerstimme. »Äh, ja. Mein Name ist Clark Brewster.«

»Hi, Mr. Brewster!«

Die Tür des Fahrstuhls ging auf und Porter rief mit lauter Stimme: »Joe, wir müssen unbedingt herausfinden, was auf dem unteren Teil des Flyers ...«

»Pssstttt!« Grant versuchte ihm Einhalt zu gebieten und zeigte demonstrativ auf den Hörer in ihrer Hand.

»Mr. Brewster. Entschuldigung. Wir wurden unterbrochen. Also noch einmal, was können Sie uns zum Verbleib der vermissten Deutschen mitteilen?«

Porter begann zu verstehen, was vor sich ging und stellte sich direkt neben Grant.

»Ich habe die beiden auf den Bildern im Fernsehen wiedererkannt. Wir hatten uns im letzten Jahr im Hofbräuhaus hier in Las Vegas kennengelernt.«

Porter schaltete sich ein. »Und was können Sie zur jetzigen Situation beitragen?«

»Ich hatte mit den beiden während dieses Aufenthaltes noch keinen persönlichen Kontakt ...«

Porter schlug genervt die Augen an die Decke.

»... aber ...«

»Aber?!« Porter war es leid. Bei diesem Fall schienen die meisten Hinweise ins Leere zu laufen und Leute, die anriefen, wollten sich oft nur wichtig machen.

Brewster wirkte verunsichert. »... aber, sie haben mir eine SMS mit ihren Plänen für den Tag geschrieben und den Vorschlag gemacht, sich mit mir zu treffen.«

Porters Herzschlagrate stieg.

»Entschuldigen Sie meine Ungeduld von eben, aber Sie müssen verstehen, dass uns die Zeit wegläuft. Sagen Sie uns bitte genau, was Sie wissen!«

»Hm. Also hier steht, dass sie zu Subway wollten, um dort zu frühstücken, und dann weiter zu einer Geisterstadt.«

»Zu welcher? Steht das da?«, fragte Villano.

Grant verlor keine Zeit, übergab Porter den Hörer und ging an ihren Rechner. Dort gab sie in ihre Suchmaske „Geisterstadt" und „Las Vegas" ein.

»Nein. Das steht hier nicht. Tut mir leid.«

»Haben Sie sonst noch brauchbare Informationen für uns, Mr. Brewster?«

»Ich fürchte nicht. Können Sie mir denn sagen, was mit den beiden ist? Warum werden sie gesucht?«

»Dazu kann ich Ihnen leider zur Zeit noch nichts mitteilen, aber Sie haben uns sehr weiter geholfen. Hinterlassen Sie bitte Ihre Daten bei meinem Kollegen. Ich verbinde Sie nun zurück. Vielen Dank!« Porter legte auf.

»Okay. Der untere Teil des Gutscheins, war für den Eintritt in die Geisterstadt. Keyomi? Wieviele Geisterstädte gibt es hier in der Umgebung?«

»Einige! Zum Beispiel Nelson, Rhyolite, Greatstone ...«

Porter überlegte. *Der Wagen hatte Lackschäden.* »Kannst du bitte prüfen, zu welchen davon nur unbefestigte Straßen führen.«

Grant schob ihre Brille hoch. »Moment!« Sie ging in ihre Suchmaske und kurze Zeit später tauchten Bilder der Zufahrtsstraßen auf. »Also, wie ich das sehe, ist nur die Zufahrt zu Greatstone unbefestigt.«

Villano räusperte sich. »Warum fragst du nach dem Straßenbelag?«

»Weil der Mustang viele kleine Lackschäden aufweist.«

»Ah. Okay.«

Porter gab sein Handy an Grant weiter. »Da ist das Foto der Kreditkarte von Lisa Sommer drauf. Kannst du bitte verifizieren, ob sie in Greatstone eingesetzt wurde?«

Grant tippte die Nummer von dem Foto ab und jagte sie durch ihr Programm. Kurze Zeit später zeigte sich das Ergebnis ihrer Recherche auf dem Bildschirm. »Bingo! Sie haben dort am Samstag um kurz nach 11 morgens mit der Karte bezahlt.«

»Endlich eine konkrete Spur!«, rief Villano.

Porter nahm das Handy, welches Grant ihm zurückgab, entgegen. *Ich frage mich nur, warum wir den Wagen dann beim Hoover Staudamm aufgefunden haben. Das passt doch alles nicht zusammen.* Seine Gedanken behielt er jedoch für sich. »Also, los geht's! Joe und ich fahren nach Greatstone. Matt, du fährst bitte mal zu diesem Brewster und checkst, ob er eine saubere Weste hat.« Er packte seine Waffe in den Halfter am Rücken. »Keyomi? Vielleicht kannst du unser Kommen schon mal ankündigen und die dort zuständige Person bitten, die Leute zusammen zu trommeln, die zur besagten Zeit Dienst hatten. Ansonsten halten wir uns alle gegenseitig auf dem Laufenden.«

»Wird gemacht Chef!«, rief Grant. Sie war froh, dass es endlich Anhaltspunkte für den Verbleib der Deutschen gab. »Ich melde mich bei euch!«

»Die Straße ist ja echt beschissen hier!«, fluchte Villano, der den Wagen fuhr. Er musste das Auto ständig um riesengroße Löcher im Boden herumführen. Sie konnten froh sein, einen SUV als Dienstwagen zu fahren. »Mit dem Mustang muss das eine echte Qual gewesen sein!«

»Das kannst du wohl laut sagen. Es kann aber nicht mehr lang bis zum Eingang sein.« Er sah auf seine Uhr. Es war 13.30 Uhr.

Zwei Minuten später änderte sich der Bodenbelag in Asphalt, und das Kassenhäuschen kam in Sichtweite. Zwei Frauen in khakifarbenen Anzügen standen dort und unterhielten sich. Villano fuhr heran und zückte seinen Ausweis. »Special Agents Villano und Porter. FBI. Man erwartet uns bereits.«

Eine der Frauen kam näher, sah sich den Ausweis an und streckte danach ihre rechte Hand in das Auto. »Penny Miller. Ich bin der Chief des Parks. Sehr erfreut. Ihre Kollegin hat mich bereits kontaktiert. Es sind fast alle, die am Samstag gearbeitet haben im Aufenthaltsraum. Ein Mitarbeiter hat heute frei und war nicht erreichbar.«

»Sehr gut. Wo müssen wir hin?«

»Der Raum liegt neben meinem Büro auf dem Gelände.«

»Dann steigen Sie doch hinten ein und führen uns!«

Die adrette Mitvierzigerin machte die Tür auf. »Gerne.«

Sie fuhren an den Parkplätzen der Besucher vorbei weiter auf das Gelände. Überall standen sehr alte, teilweise fast verfallene Holzhäuser, die den Charme einer glorreichen Vergangenheit ausstrahlten.

Villano schüttelte den Kopf. »Warum war ich eigentlich noch nie hier? Soweit weg von Vegas liegt das doch gar nicht.«

Penny Miller lächelte. »Höchstwahrscheinlich haben Sie keine Kinder, oder Sie waren in Rhyolite. Das ist die bekannteste Goldgräberstadt hier in der Gegend.«

Villano warf einen kurzen Blick über seine rechte Schulter nach hinten. »Wollen Sie bei uns anfangen? Das war alles richtig! Ich habe keine Kinder, und ich war mal vor Jahren in Rhyolite. Dort fand ich es aber nicht so toll.«

»Dann sollten Sie sich in ihrer Freizeit unbedingt mal Greatstone angucken! Sie können hier übrigens rechts anhalten. Wir sind da!«

Sie stiegen aus. »Mrs. Miller, vielleicht werden wir sogar ganz Greatstone einmal komplett umgraben, denn es sind zwei junge Menschen verschwunden, und als letztes waren sie wahrscheinlich hier«, sagte Porter, der die Frau aus irgendeinem Grund nicht abkonnte.

Penny Miller hielt sich erschrocken die Hand vor den Mund. »Was? Das ist ja schrecklich!«

»Hatte meine Kollegin das am Telefon nicht erwähnt?«

»Nein, hat sie nicht. Sie sagte nur pauschal etwas von Ermittlungen.«

Porter nickte. »Gut. Wo geht es lang?«

Penny Miller wies ihnen den Weg. »Hier entlang bitte.«

Villano wischte sich den Schweiß von der Stirn, als er den klimatisierten Aufenthaltsraum betrat. »Jetzt merkt man erst einmal, wie heiß es draußen ist.«

Der Raum befand sich in einem der alten Häuser von Greatstone, aber es war renoviert und so vor dem Verfall gerettet worden. Porter und Villano ließen ihren Blick schwenken und orientierten sich.

An einem Tisch saßen die Mitarbeiter des Parks und starrten sie an.

»Das hier sind alle, die am Samstag Dienst hatten.« Miller räusperte sich. »Und wie ich bemerken darf, auch jetzt Dienst haben. Es wäre nett, wenn Sie sich mit der Befragung etwas beeilen könnten. Die Gäste draußen brauchen unsere Mitarbeiter und Guides!«

Porter nickte. »Wie man Ihnen sicherlich schon mitteilte, sind wir vom FBI und haben im Rahmen einer Ermittlung ein paar Fragen an Sie.«

Es gab Gemurmel. Ein paar nickten.

Villano zog vergrößerte Kopien aus der Innenjacke seines Jacketts hervor und verteilte sie bei den sieben Mitarbeitern.

Wie kann man bei dem Wetter überhaupt ein Jackett tragen?, fragte sich Porter und schüttelte den Kopf. *Echt krank.*

»Sind jemanden von Ihnen am Samstag diese beiden Personen aufgefallen? Wer war denn vormittags von Ihnen am Eingangsbereich? Da mussten sie ja vorbei!«

Sarah Picket streckte zögerlich die Hand und stand auf. »Ich hatte dort vormittags Dienst.«

Ein junger Mann reichte die Bilder an sie weiter.

»Und? Erkennen Sie das Pärchen wieder? Es sind Deutsche, und sie bezahlten mit Kreditkarte.«

Picket, die mit ihren fünfundsechzig Jahren nicht gewohnt war so im Fokus zu stehen, starrte auf die Fotos und war sich unsicher. »Wissen Sie, am Samstag kamen so viele Leute zu Besuch ...«

Porter ließ ein lautes Seufzen hören. »Gucken Sie ...«

Penny Miller schaltete sich ein und machte ein beschwichtigende Handbewegung in Richtung Porter. »Sarah. Das ist echt wichtig. Sieh noch einmal genau hin und versuche dich zu erinnern!«

Picket sah erst schuldbewusst zu Porter und dann wieder auf das Bild. Langsam kam die Erinnerung an das deutsche Pärchen zurück. »Doch, jetzt erkenne ich sie wieder! Sie fuhren einen Mustang, hatten einen Ermäßigungsgutschein und kein Bargeld für die Restsumme.«

Also waren sie wirklich hier. Porter hatte bisher ein wenig gezweifelt. Jemand anders hätte ja auch mit der gefundenen Kreditkarte gezahlt haben können. »Gut. Danke, Sarah. Eine Frage habe ich noch. Wie ist das beim Hinausfahren? Gibt es da irgendwelche Kontrollen?«

Sarah Picket schüttelte den Kopf. »Nein. Dafür gibt es ja keinen Grund. Die Leute können einfach durch die offene Pforte heraus fahren. Die Pforte wird erst nach der Schließung des Parks herunter gelassen.«

»Okay. Danke.« *Sie könnten also danach unbemerkt hier weg und noch zum Hoover Damm gefahren sein.*

Villano sah in die Runde. »Hat jemand anderes das deutsche Pärchen gesehen?«

Niemand meldete sich.

Porter konnte es nicht glauben. »Keiner?«

Alle schüttelten den Kopf.

Porter nahm Penny Miller sachte am Arm und zog sie ein Stück von den anderen fort. »Halten Sie alle ihre Mitarbeiter für absolut vertrauenswürdig oder würden Sie sagen, da ist eventuell der eine oder andere, der etwas seltsam drauf ist?«

Miller sah verstohlen in die Runde. Alle ihre Mitarbeiter, die sie hier sah, waren ihr ans Herz gewachsen. Bis auf … »Da wäre schon jemand.«

»Und wer?«

»Das ist der Mitarbeiter, der heute nicht da ist.«

Porter zog sein Handy aus der Tasche. »Der Name?«

»Jamie …« Penny Miller überlegte.

Jamie? Porter stockte der Atem. *So ähnlich heißt der eine Sohn der Finleys.* »Jamie und wie weiter?«

»Winwood. Jamie Winwood.«

Porter sah sie enttäuscht an. »Sind Sie sich mit dem Nachnamen sicher?«

»Hundertprozent. Ich bin nur nicht gleich drauf gekommen.«

Porter tippte den Namen in sein Notiz-App. »Und warum halten Sie ihn für seltsam?«

Penny Miller guckte ein wenig verzweifelt zu ihren Mitarbeitern. »Kann ich die Leute nicht erst einmal wieder an ihre Arbeit lassen?«

»Äh, ja natürlich.«

Miller klatschte laut in die Hände, um Aufmerksamkeit zu erhaschen. »Sie werden nicht mehr gebraucht. Gehen Sie bitte wieder an Ihre Arbeit. Vielen Dank!«

Der Raum lehrte sich und Villano, der sein Gespräch mit einem der Parkaufseher sowieso gerade beendet hatte, gesellte sich zu ihnen. Er zuckte mit den Schultern. »Wie gesagt, keiner hat die beiden bemerkt.«

Porter nickte und drehte sich dann wieder zu Miller um. »Also, warum halten Sie ihn für etwas seltsam?«

Penny Miller kaute auf ihrer Lippe herum. »Ich weiß auch nicht so recht, und ich will ihn ja nicht irgendwie ...«

Porter zog seine Augenbrauen hoch und zog laut hörbar Luft ein. So langsam riss ihm der Geduldsfaden.

Miller merkte, dass der Mann vom FBI nicht gut gelaunt war. Sie beeilte sich fortzufahren. »Also erst einmal hat er eine riesige, wulstige Narbe im Gesicht. So quer rüber.« Sie zeigte, wie sie im Gesicht des Mannes verlief.

»Eine Narbe? Aha.«

»Ja. Und seinen Hut trägt er immer tief ins Gesicht gezogen. Ich habe ihn eigentlich noch nie so richtig von Angesicht zu Angesicht gesehen. Nur einmal ganz, ganz kurz. Mein Vorgänger hat ihn damals eingestellt. Weiß der Geier warum. Und dann ist er immer so still. Er redet kaum mit einem von uns. Am Feierabend zieht er sich um und verschwindet schnell.

Ohne sich zu verabschieden oder so. Er schiebt seinen Dienst und ist weg. Ganz anders als die anderen.«

Porter zückte sein Handy und suchte die Bilder der beiden Verdächtigen heraus, die mit dem Alterungsprogramm hergestellt worden waren. »Könnte es einer von den beiden sein?«

Miller sah sich die Bilder an. »Wie gesagt, ich habe ihn nie richtig von Angesicht zu Angesicht gesehen, vielleicht ist es dieser hier. Ich bin mir nicht sicher. Das Bild sieht irgendwie seltsam aus. So künstlich. Ist das ein Foto?«

Porter nahm sein Handy wieder entgegen. »Nein. Haben Sie die Adresse von diesem Winwood? Ich denke, wir werden ihm mal einen Besuch abstatten.«

Man sah, wie unangenehm Penny Miller das Ganze war. »Schon, aber ...«

Porter blickte sie warnend an. »Mrs. Miller. Wir entscheiden, wer verdächtig ist ...«

Miller hob beschwichtigend ihre Hände. »Ich muss schnell ins Büro nebenan. Einen Moment.«

Villano ging in der Zwischenzeit zum Getränkeautomaten und holte sich und seinem Kollegen eine Erfrischung.

»Hier. Stärk dich!«

Porter nahm die Flasche entgegen. »Hast du heute deinen Großzügigen? Erst Donuts, nun Erfrischungsgetränke?« Er drehte den Verschluss der Flasche auf. »Danke.«

Zwei Minuten später war Miller wieder da und gab Porter einen Notizzettel. »Das ist nicht so weit von hier.«

»Danke, Mrs. Miller. Dann war es das erst einmal. Falls sich bei Winwood nichts ergibt, kommen wir direkt wieder hierher. Dann müssen wir hier alles durchkämmen. Wenn Ihnen oder jemanden anders in der Zwischenzeit noch etwas einfällt – unsere Nummer haben Sie ja.«

Penny Miller gab beiden die Hand. »Ja, die habe ich, aber bitte sagen Sie ihm nicht, dass ich Sie geschickt habe, ja?«

»Nein, keine Angst, Mrs. Miller«, antwortete Villano. »Auf Wiedersehen!«

Sie gingen hinaus in die Mittagshitze und stiegen ins Auto. Diesmal setzte sich Porter ans Steuer. »Na, dann wollen wir mal!«

»Meinst du, wir sollten gleich Verstärkung anfordern?«

Porter ließ den Wagen an. »Nein, wir gucken uns erst einmal alleine da um, würde ich sagen. Wir wollen ihn ja nicht verschrecken, falls er überhaupt unser Mann ist.«

28

Lisa wusste, sie hatte nur diese eine Chance. Vorsichtig schlich sie barfuß und nur mit ihrem Slip bekleidet durch den Flur. Ihr Herz schlug so heftig gegen ihren Brustkorb, dass sie dachte, es würde gleich herausspringen. *Oh mein Gott, was mache ich hier? Wenn er mich erwischt, bringt er mich sofort um.* Sie fokussierte die Treppe am Ende des Ganges. Nur aus den Augenwinkeln heraus sah sie von den Wänden plötzlich ein zartes Funkeln. *Ein Bild?* Sie drehte den Kopf und blickte es an. Es war ihr vorhin bei der verzweifelten Suche nach Nick nicht aufgefallen. Sie hatte keine Brille auf und musste näher herangehen, um zu erkennen, was darauf war. Dann erschrak sie so sehr, dass sie sich reflexartig die Faust in den Mund steckte, um nicht laut aufzuschreien. Von der Wand grinste ihr ein, vom Körper abgetrennter, Kopf entgegen, die Augen weiß und blind. Mit Silberspray gesprüht stand darunter „Dad“. Sie spürte, wie ihr Magen rebellierte und ihr schlecht wurde. Sie konnte es nicht verhindern und übergab sich im hohen Schwall über das Foto. Das Erbrochene, eine wässrige Lösung, lief die Wand entlang und sammelte sich unten auf dem Boden. Sie hielt sich geschwächt den Bauch und wischte sich mit einer Handrückenfläche den Mund ab. *So eine Scheiße!* Lisa stolperte weiter zur Treppe und vermied dabei noch einmal auf das Bild zu gucken. *Wir müssen hier raus! Der Typ ist total krank!*

Ihr Blick wanderte nach oben. *Eine Tür!* Sie sah noch einmal den Flur entlang. *Es ist die einzige Möglichkeit.* Lisa schluckte. Vorsichtig nahm sie eine Stufe nach der anderen und umfasste, oben angekommen, mit zittrigen Händen die Türklinke. Sie atmete noch einmal tief ein, fokussierte sich, umschloss ihren Besenstiel und drückte dann die Türklinke herunter.

Nachdem Lisa die Tür einen kleinen Spalt geöffnet hatte, stellte sie fest, dass dahinter eine Küche lag. Aus etwas weiterer Entfernung, vielleicht sogar von draußen, erklang Gelächter. Lisa war sich ziemlich sicher, dass niemand in dem Raum war und wollte gerade aus der Tür schlüpfen, da hörte sie Schritte und eine Stimme.

»Warte! Bleib sitzen! Ich hole dir noch einen heißen Kaffee, Brüderchen!«

Scheiße! Schnell glitt sie zurück in Richtung Keller und schloss sanft die Tür hinter sich. Ihr Herz schlug bis zum Hals. *Hat er die Tür zugehen sehen?* Sie nahm ihren Besenstiel fest in beide Hände und stellte sich in Position, um gegebenenfalls zuzuschlagen. Jeden Augenblick konnte die Tür aufgerissen werden. Sie hörte ein Klappern in der Küche und danach Schritte, die sich wieder entfernten. Dann war Stille. Eine Minute verging. Nichts passierte. Erleichtert atmete sie aus. *Er hat mich nicht gesehen, und das muss auch so bleiben.* Sie stand auf und wiederholte vorsichtig die Prozedur. Dieses Mal schlüpfte Lisa gänzlich in die Küche und sah sich um. Es roch nach Speck, Bohnen und Eiern. Obwohl sie sich eben erst im Keller übergeben hatte, merkte sie, wie sie nach den Tagen des Hungerns, Appetit verspürte. Sie sah zur Pfanne. *Vergiß es, Lisa! Du musst hier weg!*

Sie schlich weiter, weg von den Stimmen, heraus aus der Küche. Dann rechts um die Ecke, in einen kleinen dunklen Flur. Am Ende stand eine Tür offen und warf einen Lichtstrahl ins Dunkle. Entschlossen ging sie darauf zu. Immer wieder nach hinten schauend und sich vergewissernd, dass niemand sie sah, betrat sie schließlich das Zimmer und sah sich um. *Anscheinend sein Schlafzimmer.* Auf dem Bett entdeckte Lisa ein kariertes Hemd. Der Gedanke daran ein Kleidungsstück dieses Monsters zu tragen widerte sie zwar an, andererseits war sie immer noch halbnackt

… Sie zog es schnell über, ging in Richtung Fenster, rüttelte daran, aber es ließ sich nicht öffnen. *Scheiße!* Panisch sah sie sich um. *Da! Die Vorhänge. Vielleicht …* Sie ging mit schnellen Schritten zu der Stelle und riss den Vorhang zur Seite. *Ja!* Sie hatte es gewusst. *Eine Schiebetür!* Ein kleines Lächeln stahl sich auf Lisas Gesicht. Sie umfasste den Griff und zog die Tür vorsichtig zur Seite, als sie wieder eine Stimme näher kommen hörte.

»Was ich davon halten soll. Bier am Morgen …«

Lisa hielt inne. Der Spalt war noch nicht breit genug zum Durchschlüpfen und sie hatte Angst, dass ihr Peiniger das Schleifgeräusch der Tür hören würde.

Plötzlich fiel ihr etwas ein. Lisa wurde kreidebleich. Vor Schreck legte sie ihre Hand über den Mund. *Oh Gott! Habe ich die Tür in der Küche wieder geschlossen? Wenn nicht, dann …*

29

Porter war froh, als er nach der unebenen Schotterpiste wieder auf die asphaltierte Straße kam. Das Navigationssystem wies ihm den Weg.

Villano schüttelte den Kopf. »Ich weiß nicht! Immer diese Alleingänge von dir. Bei der Metzgerei war es schon gefährlich! Da hätten wir auch schon auf ihn treffen können!«

Porter sah seinen Kollegen an. »Villano! Es ist bis jetzt nur eine vage Vermutung, die wir überprüfen! Aber wenn du dich damit besser fühlst, ziehen wir dieses Mal unsere schusssicheren Westen über, ja?«

Villano verdrehte die Augen. »Also keine Verstärkung!«

»Nope! Der Chef würde uns für einen solchen Einsatz ohne dringenden Tatverdacht zusammenfalten, bis wir in eine Streichholzschachtel passen!« Porter zweifelte langsam an der geistigen Fitness seines Partners. »Mensch, das weißt du doch selbst!«

Villano schlug die Augen zu Boden.

Porter seufzte. Dieses passive Verhalten nervte ihn. Um so wichtiger war es jetzt, dass er selbst den Durchblick behielt. »Ruf doch bitte Keyomi an, gib ihr durch, wo wir jetzt hin fahren und was wir vor haben. Außerdem soll sie schnellstens herausfinden, was Winwood für eine Vergangenheit hat!«

Nach weiteren zwei Kilometern hielten sie etwas entfernt von der angegebenen Adresse, sichtgeschützt hinter ein paar Bäumen, an.

Villano stieg aus und holte die blauen Westen aus dem Kofferraum. Er reichte eine davon an Porter, als dieser zu ihm stieß, und sah sich gleichzeitig ein wenig um. »Einsam hier, was?«

»Das kann man wohl sagen. Abgelegener kann man

kaum wohnen!« Porter zog die Weste an und befestigte die Klettverschlüsse. Dann prüfte er seine Waffe. »Das solltest du auch machen!«

»Schon passiert!«

»Okay, dann komm!« Porter ging vor. Das Gelände auf dem James Winwood lebte machte einen verwahrlosten Eindruck. Es gab eine große, heruntergekommene Scheune und ein Wohnhaus aus Holz, welches einen anständigen Anstrich vertragen konnte. Mehrere alte Autos und verrostete Maschinen krönten den Anblick.

Vorsichtig schlichen sie sich von der Seite an das Haus heran und warfen einen kurzen Blick hinter das Haus, doch da war niemand. In gebückter Haltung gingen sie weiter in Richtung Veranda und Vordereingang.

»Ich gehe zur Tür und du sicherst!«, sagte Porter. »Man kann ja nie wissen!«

»Alles klar!«

Porter betrat die Veranda aus Holz. Aufmerksam betrachtete er alles. In der Ecke stand ein Smoker. Neben dem Tisch, der noch mit Frühstücksgeschirr voll stand, stand ein Schaukelstuhl. Begleitend machte ein Windspiel aus farbig angemalten Muscheln wohlklingende Geräusche. *Sieht aus wie früher bei meinen Großeltern auf dem Land.*

Er klopfte entschlossen an die Tür. »Jemand da?«

Nichts rührte sich. Porter klopfte noch einmal. »Hallo?«

Villano war inzwischen einmal über die Veranda gegangen und und warf einen Blick neben das Haus. »Hier steht ein großer Ford. Und außerdem führt hier eine Holzrampe auf die Terrasse«, flüsterte er Porter zu.

Porter nickte und hob den Daumen. Er versuchte es ein letztes Mal. Ihm waren die Hände gebunden. Ohne einen Durchsuchungsbefehl konnten sie nicht in das Haus eindringen. »Jamie Winwood? Hier ist das FBI! Bitte öffnen Sie die Tür!«

Wieder keine Reaktion.

»Anscheinend niemand da.« Porter seufzte. War es mal wieder Zeit, auf etwas illegale Weise in das Haus einzudringen? *Was, wenn der Typ hier war und jetzt Opfer in seiner Gewalt hatte?*

Während Porter diese Gedanken durch den Kopf gingen, drangen aus einiger Entfernung Stimmen an ihn heran. Der leichte Wind trug sie zu ihnen.

»Von wo kommt das?«, fragte Villano irritiert.

Das fragte sich Porter auch. »Ich weiß nicht!«

Beide sahen sich um. Porter horchte. »Es ist eine helle Stimme, oder?«

»Lacht da jemand?«, fragte Villano.

Porter ging mit gezogener Waffe die seitliche Rampe herunter und guckte sich um. »Hört sich ein wenig so an.«

»Hey! Was machen Sie auf meinem Grundstück?«, rief plötzlich von weiter weg eine Männerstimme.

Nun sah Porter aus etwa 50 m Entfernung einen Mann über das Gelände kommen. Die Bäume mussten ihn vorher verborgen haben. Irgendetwas schob er vor sich her, Porter konnte jedoch nicht erkennen, was es war. Der FBI-Agent ließ ihn näher kommen und raunte Villano zu: »Alles klar bei dir? Höchste Konzentration! Wenn er unser Mann ist, ist er unberechenbar!«

Villano nickte. »Yep! Ich weiß!«

Porter ging auf den Mann zu, die Waffe hinter dem Rücken verborgen haltend. »Jamie Winwood?«, rief er laut.

Der Mann, mit Jeans und kurzem kariertem Hemd gekleidet, kam näher, und Porter erkannte nun, dass er einen Rollstuhl vor sich her schob. Darin saß jemand. Er konnte aber noch nicht erkennen, wer derjenige war.

Villano war ebenfalls von der Veranda herunter gekommen und ging nun seitlich versetzt im Schatten der Bäume hinter Porter her, um seinen Kollegen zu sichern.

»Ja! Der bin ich!«, rief der Mann mit dem Hut. »Was wollen Sie? Ich kann mich nicht erinnern, jemanden eingeladen zu haben!«

Winwood und Porter waren nur noch 30 Meter voneinander entfernt.

Porter sah mittlerweile, dass ein Mädchen im Rollstuhl saß, welches ihm ängstlich entgegen blickte. »FBI, Las Vegas!«

Sie gingen weiter aufeinander zu, und Porter fing langsam an zu zweifeln, dass es sich bei dem Mann um den gesuchten Serienkiller handelte. Tausend Gedanken schossen ihm in diesem Moment durch den Kopf. *Warum sollte er uns so offen begegnen, wenn er nichts zu verbergen hat? Andererseits … Eventuell ist das eines seiner perversen Spielchen? Vielleicht hat er das Kind als Faustpfand aus der Einrichtung seiner Schwester entführt, weil er irgendwie mitbekommen hat, dass wir ihn suchen.* Porter ließ noch einmal seinen Blick durch das Gelände schweifen, konnte aber auf Anhieb nichts Auffälliges entdecken.

»FBI? In Schutzwesten! Machen Sie Witze?« Winwood und Porter blieben etwa fünf Meter entfernt voneinander stehen.

Porter schätzte den Mann auf Mitte 30. *Das richtige Alter wäre es.*

Das etwa 11-jährige Mädchen sah sich nach oben zu Winwood um. »Was will der Mann von uns, Dad?«

Dad?

»Ich weiß nicht, Kleine.«

Porter konnte durch den Schatten, den der Hut über Winwoods Gesicht warf, nur erahnen, wie die

Narbe sein Gesicht entstellte. »Wir gehen einem Vermisstenfall nach, Mr. Winwood und hätten ein paar Fragen an Sie!« Porter steckte die Waffe in sein Halfter zurück, immer im Bewusstsein, dass sein Partner ihn sicherte.

Winwood schob den Rollstuhl mit seiner Tochter in den Schatten. Es war noch immer sehr heiß. Als sich seine Augen an die veränderten Lichtverhältnisse angepasst hatten, entdeckte er Villano. »Noch einer?«, raunte er. »Mit gezogener Waffe? Was ist hier los?« Er sah Porter offen an und wurde ärgerlich. »Was wollen Sie wirklich? Denken wieder mal alle, ich sei heimtückisch und gefährlich?« Während er das aussprach, baute er sich ein wenig vor Porter auf.

»Das ist eine reine Vorsichtsmaßnahme, Mr. Winwood.« Porter gab Villano ein Zeichen, seine Waffe ebenfalls weg zu stecken.

»Penny Miller schickt uns zu Ihnen.« Zu spät fiel Porter ein, dass er Millers Namen ja aus dem Spiel lassen wollte.

Winwood fing an zu lachen. »War ja klar. Es wird jemand vermisst, und sie denkt sofort an mich!«

»Mr. Winwood, wir befragten alle Mitarbeiter aus Greatstone, die am Samstag Dienst hatten.«

Winwood nahm seinen Hut ab und zeigte auf sein Gesicht. »Ja, klar und sicher hat mich niemand als seltsam und als Freak beschrieben, oder?«

Porter zuckte beim Anblick des Gesichtes fast unmerklich zusammen. Und das wollte schon etwas heißen. Ihm widerstrebte, sich davon beeindruckt zu zeigen. Er hasste es selbst, wenn man jemanden nur aufgrund seines Äußeren, sei es seine Figur, seine Hautfarbe, eine Behinderung oder in diesem Fall eine Entstellung vorverurteilte. Er hatte solche Situationen als Afroamerikaner selbst oft genug erlebt.

Villano kam näher heran. Seine Gefühle waren zwiegespalten, und er wusste noch nicht wie er die ganze Situation handhaben sollte. Kurzerhand zog er seine Kopien, die er dieses Mal in seiner Gesäßtasche verstaut hatte, hervor. »Ich weiß nicht, ob Sie die Suchanfrage des FBI schon im Fernsehen gesehen haben, aber dieses deutsche Pärchen wird seit Samstag vermisst, und wahrscheinlich waren sie zuletzt in Greatstone unterwegs.« Er reichte Winwood die Bilder.

Porter sah das Mädchen an, die ihn ebenfalls, aber mit skeptischen Blick betrachtete. »Und wer bist du?«, sprach er sie an.

»Melissa«, antwortete sie mit einem feindseligen Ton.

Porter reichte ihr die Hand. »Hallo Melissa, ich bin Nathanael!« Sie streckte ihm ihre eigene zögernd und kraftlos entgegen.

Winwood warf skeptisch einen Blick auf die Szene, sah nochmal kurz auf die ausgedruckten Fotos und gab sie Villano zurück. »Die habe ich gesehen«, sagte er in einem trockenen Ton.

»Wirklich? Wissen Sie noch wann und wo?«, fragte Porter erstaunt.

»Klar weiß ich das. Sie waren kurz vor der Mittagspause, gegen 1 Uhr, bei mir im Museum. Dann musste ich schließen, und sie sind weitergegangen.« Von ihren erschreckten Blicken erzählte er nichts.

Porter zog die Augenbrauen hoch. Endlich eine Spur. »Haben Sie zufällig gesehen, wohin die Deutschen vom Museum aus gegangen sind?«

Porters Handy klingelte, er zog es hervor. »Einen Moment, bitte!« Grants Name war auf dem Display zu sehen. Porter drehte sich weg.

»Sicher doch«, antwortete Winwood gelassen.

»Hi Key! Was gibt es?«

»Ich habe wegen diesem Winwood recherchiert.«

»Ich höre!«

»Bis auf ein, zwei kleinere verjährte Jugendstraftaten habe ich nichts gefunden. Da wäre dann nur noch ein ziemlich schwerer Autounfall, in den er und seine ganze Familie vor acht Jahren verwickelt war. Er wurde schwer verletzt, seine Frau starb noch am Unfallort. Was mit den Kindern passierte, steht hier nicht.« Porter, der in der Zwischenzeit ein paar Meter weiter gegangen war, blickte kurz zu Villano und den beiden anderen und schluckte. »Du sagtest Kinder?«

»Ja, es waren ein Mädchen und ein kleiner Junge mit im Wagen. Ich habe jedoch nichts über deren Verbleib gefunden. Tut mit leid, Nat!«

»Ist schon gut. Danke für die Informationen. Gibt es von eurer Seite sonst noch etwas Neues?«

»Ja. Der Bruder von Vittorio Mascellani und die Eltern von Angelina Pica sind eingetroffen und ... warte kurz. Matt kommt zufällig gerade wieder rein.«

Porter wartete und sah sich derweil um. *Kein Wunder, dass dieser Unfall den Mann total aus der Bahn geworfen hat und es hier so aussieht, wie es aussieht. Seine Frau und der Sohn plötzlich tot, seine Tochter querschnittsgelähmt und er selbst entstellt ...*

»Porter?«

»Ja?«

»Also, Matt hat diesem Brewster auf den Zahn gefühlt, aber er meint, der wäre harmlos und auf keinen Fall unser Mann. Sie hatten sich anscheinend im letzten Jahr wirklich nur angefreundet. Und auch die Suche am Hoover Damm hat nichts ergeben. Weder die Hubschrauber noch die Taucher haben irgendetwas von den Deutschen entdeckt!«

Das ist seltsam. »Okay, dafür haben wir hier jetzt eine konkrete Spur. Das Paar wurde im Park gesehen. Ich muss jetzt weitermachen und melde mich, wenn ich etwas Genaueres weiß.«

»In Ordnung. Passt auf euch auf!«

»Machen wir.« Er legte auf und ging zurück in Richtung der anderen.

Villano kam ihm entgegen. »Ich habe ihn weiter befragt. Er sagt, dass es so aussah, als wären sie dem Rundweg gefolgt, der im Heft des Parks beschrieben wird.«

Porter nickte und sah zu Winwood und zu seiner Tochter.

»Und was hältst du von ihm? Ist er unser Mann?«

Der dunkelhäutige Agent mit den grünen Augen schüttelte den Kopf. »Nein, ich denke nicht! Obwohl er jeden Grund hätte, die Bibel rauf und runter zu lesen!«

Villano runzelte die Stirn. »Hä?«

Porter sah ihn an. »Das erkläre ich dir später im Wagen. Wir müssen zurück nach Greatstone.«

Sie gingen zurück zu Winwood und seiner Tochter.

»Entschuldigen Sie bitte die Unterbrechung. Das war nur eine Kollegin.«

»Aha. Hören Sie! Meine Tochter und ich waren eine Weile spazieren und uns ist heiß! Wir würden jetzt gerne in unser Haus gehen! Sie können aber gerne mit hereinkommen, falls wir noch nicht durch sind, mit der sogenannten Befragung.«

Porter war die Situation unangenehm. »Ähm, nein danke. Ich denke wir sind hier fertig. Sie haben uns sehr weiter geholfen, Sir.« Er reichte Winwood die Hand.

Der erwiderte den Händedruck. »Gerne doch! Dann wünsche ich Ihnen viel Glück bei der weiteren Suche! Hoffentlich finden Sie die Deutschen unbeschadet!« Ein seltsames Lächeln begleitete seine Aussage.

»Danke! Ja, hoffentlich.« Porter winkte Melissa zu. »Mach es gut, Kleine. Auf Wiedersehen!«

»Auf Wiedersehen«, erwiderte sie dieses Mal mit einem weniger feindseligen Blick.

Nachdem sich Villano auch verabschiedet hatte, gingen die beiden Agenten zurück zum Wagen. Kaum saßen sie im Inneren des SUV, fragte Villano nach der seltsamen Anspielung mit der Bibel, die sein Kollege ein paar Minuten vorher gemacht hatte. Porter erzählte ihm, was Grant ihm am Telefon mitgeteilt hatte.

Villano war bestürzt und sah in Richtung des Hauses. Der Museumsangestellte schob gerade seine lachende Tochter die Rampe hinauf und verschwand dann mit ihr im Haus. Er schüttelte den Kopf. »Wer hätte das gedacht. Schicksale gibt es. Der Mann kann einem echt leid tun, aber anscheinend kommt er gut klar.«

Porter sah ebenfalls betroffen zu dem Haus hinüber. »Wie man es nimmt. Anscheinend hat er viele negative Erlebnisse seit dem Unfall gehabt. Man merkt ihm und auch seiner Tochter die Verbitterung an.«

»Kein Wunder.«

Porter startete den Wagen. »Sei es, wie es sei. Wir müssen das deutsche Paar finden und es retten, wenn es nicht schon zu spät ist!«

30

Lisa versuchte zu hören, was da in der Küche vor sich ging, oder ob er in ihre Richtung kam. Ihr Herz schlug wie wild. Eigentlich sollte sie los laufen, aber sie war vor Angst wie erstarrt. Sich bemühend, flach zu atmen, stand sie reglos da. Zwischendurch rief jemand: 'Hey, wo bleibst du?' Eine Minute später hörte sie ein: 'Warum?'. Und daraufhin eindringliche, laute-re, für sie aber unverständliche Erklärungen. Dann war wieder Stille. *Scheiße! Warum bin ich so gelähmt?* Lisa ärgerte sich über ihre Feigheit. Weitere Sekunden verstrichen. *Hm, ich habe wohl doch unbewusst die Küchentür zum Keller geschlossen, sonst wäre er schon aufgetaucht.* Ihre Anspannung ließ nach und mit neuem Mut schob sie die Tür weiter auf und schlüpfte hinaus.

Dann rannte sie, sich immer wieder umguckend, so schnell wie möglich ein paar Meter vom Haus weg, hetzte hinter einen dicken Baum und ließ sich dahinter keuchend heruntergleiten. *In welche Richtung soll ich jetzt?* Plötzlich hörte Lisa das Anlassen eines Motors und kurz danach sah sie etwas weiter entfernt einen Wagen wegfahren. *Ob er das war? Oder der Besucher? Egal! Ich muss hier weg und Hilfe holen.* Ziemlich klar im Kopf, sah sie sich um und fasste den Plan, einen kleinen Bogen zu laufen, um sich dann parallel zum Zufahrtsweg durch die Büsche zu schlagen. So würde sie zumindest sicher den Weg zur nächsten Straße finden und sich nicht irgendwo in der Wildnis verirren.

Doch von einem Moment zum anderen konnte sich Lisa vor Angst wieder nicht mehr bewegen. Sie zitterte am ganzen Körper. *Was ist, wenn er nicht weggefahren ist und mich findet … Dann hackt er uns vielleicht genauso den Kopf ab wie demjenigen auf dem Bild!* Ihre Blicke fuhren panisch hin und her und blieben auf ihren blutigen Handgelenken hängen. *Nick!* Er lag immer noch gefesselt auf seine Pritsche und würde, wenn dieses Monster erkannte, dass sie nicht tot, sondern geflohen war, ihm weiß Gott was antun! *Das darf nicht passieren! Reiß dich jetzt zusammen!*

Diese Gedanken gaben ihr wieder Kraft. Sie sah noch einmal zurück zum Haus. Dort schien alles ruhig. *Okay! Dann los!* Sie setzte sich in Bewegung. Geduckt versuchte sie in Deckung zu bleiben. An dem Hügel, an dessen Fuße sie sich fortbewegte, wuchsen einige Büsche und Bäume. Außerdem bot ihr immer wieder mannshohes Geröll Schutz. *Irgendwie kommt mir diese Gegend bekannt vor*, dachte sie, während sie lief. *Es sieht so ähnlich aus wie in dieser Geisterstadt.* Sie stolperte kopfüber weiter. Steine und spitze kleine Äste bohrten sich immer wieder in ihre nackten Sohlen. Auf die Schmerzen, die sie spürte konnte sie keine Rücksicht nehmen.

Endlich kam sie an die Stelle, ab der sie, verborgen hinter Sträuchern und Bäumen, parallel dem Zufahrtsweg folgen konnte. Wie sie hoffte, würden sie nur noch ein paar hundert Meter von der Straße trennen und somit von jemanden, der ihr helfen würde. Lisa rannte weiter. Der Boden war hart und trocken. Der rote Sand hatte schon ewig kein Wasser mehr gesehen. Es war ein Wunder, dass hier überhaupt etwas wuchs, was ihr Sichtschutz bieten konnte. Sie lief immer weiter, leicht im Zickzack um die Dornenbüsche herum. Ab und zu musste sie auch einem herunterhängenden Ast ausweichen. In der ganzen Zeit rasten immer wieder die gleichen Gedanken durch ihren Kopf. *Ich muss uns retten! Ich muss uns retten!* Dieses Monster durfte nicht gewinnen! Sie sah nach vorne und meinte eine asphaltierte Straße zu sehen. *Und ich komme diesem Ziel immer näher!*

Kurze Zeit später erreichte sie tatsächlich eine Straße, blieb keuchend stehen und sah sich um. *Und nun?* In welche Richtung sollte sie gehen? Spontan wendete sie sich nach rechts und fing erneut an zu laufen. Nach dreihundert Metern jedoch verspürte Lisa plötzlich heftiges Seitenstechen. »Ah! So ein Mist!« Sie hielt kurz inne und hielt sich die Seite. *Ganz ruhig atmen, Lisa. Gleich geht es wieder!*

Während sie sich zu beruhigen versuchte, kam ein Auto angefahren. Lisa glaubte es kaum. Sie vergaß ihren Schmerz und wedelte heftig mit den Händen. »Anhalten!« Sie sprang auf die Straße, um den Fahrer dazu zu zwingen stehenzubleiben. »Bitte stoppen Sie!«, rief sie noch einmal laut. Der Van wurde langsamer und hielt an. Lisa ging zur Fahrerseite, und der Mann hinter dem Steuer ließ das Fenster herunter. Der etwa 30-jährige Weiße trug einen Dreitagebart und wie viele Amerikaner eine Schirmmütze, tief in sein Gesicht gezogen. Lisa ließ unbewusst ihren Blick schweifen und bemerkte, dass das Auto genau wie auch der Typ einen schmierigen Eindruck machte. *Habe ich eine andere Wahl?*

»Gibt es ein Problem? Kann ich irgendwie helfen?«, fragte er besorgt und sah die junge Frau von oben bis unten an.

Lisa war sich bewusst, wie schlimm sie aussah, aber das war jetzt nebensächlich. »Bitte! Haben Sie ein Telefon bei sich?« Während sie sprach guckte sie besorgt die Straße einmal herauf und herunter. »Außerdem muss ich schnell von hier weg.«

Der Mann zeigte auf seinen Nebensitz. »Klar. Kommen Sie! Steigen Sie ein!«

Lisa war erleichtert. Der Mann sollte sie erst einmal von hier weg bringen, und unterwegs würde sie die Polizei informieren. Sie ging um das Auto herum und stieg ein. Schnell nahm der Mann ein paar leere Flaschen vom Beifahrersitz und warf sie nach hinten. Das Auto war noch vermüllter als es von außen den Anschein gemacht hatte.

»Entschuldigen Sie das Chaos. Ich arbeite so viel, da habe ich kaum Zeit mal den Wagen aufzuräumen.« Er warf, von ihr unbemerkt, einen langen, genüsslichen Blick auf Lisas nackte Beine, ließ den Motor an und fuhr langsam los.

Nervös warf Lisa einen Blick auf die Straße. »Schon gut. Nicht schlimm!«, sagte sie nebenher. Sie hatte nichts entdeckt, was ihr verdächtig vorkam. Erleichtert atmete sie aus. Sie sah ihren Fahrer an und kurz – ganz kurz kam ihr in den Sinn, dass sie den Typen schon einmal gesehen hatte ... *Aber das kann ja nicht sein.* Sie blendete den Gedanken sofort wieder aus. Sie hatte Wichtigeres zu tun, als über so etwas nachzudenken. »Kann ich nun vielleicht Ihr ...« Die elektrische Verriegelung schloss plötzlich die Türen. An diese Automatik hatte sich Lisa bei den amerikanischen Autos noch immer nicht gewöhnt und zuckte zusammen. » ... Handy ...«

»Weißt du, was komisch ist?«, fragte der Mann sie.

Warum unterbricht er mich einfach? Lisa sah ihn irritiert an.

Porter und Villano waren in der Zwischenzeit wieder in Greatstone angekommen und fuhren direkt zum Büro der Parkleitung.

Porter nahm sich nicht einmal die Zeit, auf ein 'Herein' zu warten, nachdem er an die Tür von Penny Millers Büro geklopft hatte.

»Was? ... Sie?«, fragte Miller und sah die beiden FBI-Agenten erstaunt an.

»Ja! Entschuldigen Sie, dass wir hier so hereinstürmen, aber die Befragung von Winwood ist ins Leere gelaufen«, sagte Porter. »Und nebenbei gesagt, würde ich Ihnen raten, sich mehr mit den Lebensgeschichten ihrer Angestellten zu beschäftigen.« Miller war empört und stand auf. »Was erlauben Sie sich?«

Porter wiegelte mit seinen Händen ab. »Entschuldigen Sie meine unwirsche Art, Mrs. Miller! Wir suchen jedoch mit Hochdruck weiter nach den beiden Deutschen und benötigen dringend Ihre Hilfe!«

Mit einem säuerlichen Gesicht setzte sich Miller wieder an ihren Schreibtisch und bot mit einer einladenden Geste Porter und Villano an, ebenfalls Platz zu nehmen.

»Danke. Nein!«, sagte Villano, und auch Porter blieb stehen.

»Mrs. Miller! Das deutsche Paar wurde von Mr. Winwood kurz vor der Schließung des Museums gesehen. Da war es kurz vor 1 Uhr. Allem Anschein nach wollten sie wohl dem Rundweg durch die Stadt folgen.«

Villano mischte sich ein. »Könnten Sie uns einen Plan von Greatstone aushändigen und uns dann begleiten? Wir müssen den Weg der Deutschen abgehen, da könnten Sie uns leiten. Die Zeit drängt!«

Penny Miller sah sie ernst an. Dann stand sie eilig auf, nahm zwei Infoblätter des Parks von einem Nebentisch und gab sie den Agenten. »Natürlich zeige ich Ihnen den Weg! Kommen Sie! Fahren wir mit meinem Golf Caddy oder mit ihrem Wagen?«

Der Mann mit der Schirmmütze sah Lisa an und grinste. »Es ist komisch, dass ich genau weiß, wohin du willst!«

Lisa sah ihn an und kniff die Augen zusammen. *Was soll das?* »Wie meinen Sie das?«

Er ging mit dem Fuß vom Gas und lenkte den Wagen langsam links in eine Einfahrt.

Lisa verstand gar nichts mehr und sah ihn panisch an. »Was machen Sie? Hier will ich nicht hin! Von da will ich doch gerade weg! Der Kerl, der da wohnt, hält dort meinen Mann gefangen! Wir müssen zur Polizei! Drehen Sie sofort um!«

Der Wagen rollte weiter den Schotterweg hinunter.

Lisa geriet in Panik und fing an, an dem Hemd des Mannes zu reißen. »Hören Sie schlecht? Wir müssen hier weg!«

Der Mann blickte sie an. Sein Lächeln war verflogen. »Lass mein Hemd los! Was soll das?«, rief er ärgerlich.

Der Wagen fuhr unaufhörlich weiter. *Nein! Nicht! Ich muss hier raus!* Lisa ließ von dem Mann ab und fing an, wie verrückt an dem Öffner der Tür zu zerren, doch sie war immer noch verschlossen.

Lisa sah nach vorne. Der Wagen näherte sich dem Haus. *Scheiße!* Die Angst der jungen Lehrerin wuchs von Sekunde zu Sekunde. *Warum versteht dieser Kerl die Situation nicht?* Sie brauchte einen Plan. Vielleicht konnte sie den Typen bewusstlos schlagen, das Steuer übernehmen und wegfahren. Sie drehte sich um und schlug, ohne lang nachzudenken, mit ihrer Faust in Richtung seines Kinns.

Der Fahrer sah den Schlag jedoch kommen und fing die Hand mit Leichtigkeit ab. »Hey, vorsichtig!« Dabei grinste er.

Lisa schloss ungläubig die Augen. *Was ist mit dem? Warum fährt er einfach immer weiter?*

Der Mann hielt das Auto vor dem Haus an und Lisas Blick ging zur Veranda.

Da stand „er“!

Er hatte sogar die Maske auf. Panisch rüttelte sie am Arm des Fahrers. »Sehen Sie nicht? Der Typ ist verrückt! Er will mich umbringen!«

Der Irre kam die Stufen herunter auf das Auto zu.

Der Mann mit der Schirmmütze grinste sie an. »Mach mal halblang Schätzchen! Komm steig aus! Durch euer Hin- und Her komm ich noch zu spät zu meinem Termin!«

Er betätigte den Türöffner, und prompt wurde die Tür von außen aufgerissen.

Lisa zuckte vor Schreck zusammen und schrie. »Nein! Hören Sie! Es ist kein Spiel! Er ist ein Killer!«

Der Maskenmann brummte: »Danke Bro! Wir sehen uns!« Dann ergriff er sie und zog sie mit Gewalt aus dem Auto. Lisa strampelte und versuchte sich noch am Sitz festzuklammern, aber sie rutschte mit den Händen ab. »Ahhh!«

Mit verzweifeltem, irren Blick sah sie zu dem Fahrer.

Doch er lachte nur und winkte. »Viel Spaß noch!« Dann zog er die Tür von innen zu, startete den Wagen und fuhr in Richtung Straße zurück.

Der Verrückte schleifte sie zurück zum Haus. Lisa versuchte sich mit ihrer letzten Kraft zu wehren. Sie versuchte ihn zu beißen, zu treten und sich so aus seinen Armen zu befreien.

Plötzlich blieb der Maskenmann abrupt stehen und schrie sie an. »Jetzt reicht es mir endgültig! Du alte Schachtel hast mich genug geärgert.«

Sie sah wie er die Faust hob und spürte einen starken Schmerz am Kinn. Dann wurde es dunkel.

Porter hielt mit dem SUV in der Nähe des Museums an. »So, ich würde sagen, ab hier gehen wir zu Fuß weiter.« Alle drei stiegen aus.

Penny Miller ging ein paar Schritte voran. »Also hier ist das Museum, in dem auch Winwood arbeitet und dort …«, sie zeigte in die entgegengesetzte Richtung, »dort geht es auf dem Rundweg weiter.«

Villano ging zu ihr. »Was befindet sich da noch?«

Die Frau, die wie alle Mitarbeiter Rangerkleidung trug, beschattete ihre Augen und sah Villano an. »Da sind noch ein paar alte Wohnhäuser, eine Kirche und das Bergwerk mit Stollen und allem, was dazu gehört.«

Porter wurde hellhörig und lud die beiden anderen mit einer Geste ein, schon einmal in die entsprechende Richtung zu gehen. »Sind die Häuser und die Kirche für die Öffentlichkeit zugängig?«

»Nein. Von den Gebäuden ist keines zugängig. Es gibt auf dem Gelände nur drei Häuser, die soweit wieder hergerichtet wurden, dass sie betretbar sind. Diese gehören aber nicht dazu.«

»Ich nehme mal an, dass die Häuser trotzdem ab und an nach Schäden oder Müll kontrolliert werden?«, fragte Villano.

Miller setzte sich ihren Hut, den sie bis jetzt im Nacken baumeln hatte, auf ihren Kopf. »Ja, natürlich. Normalerweise machen das die Mitarbeiter am Ende jeden Tages. Zumindest werfen sie einen kurzen Blick durch die Fensteröffnungen.«

Sie kamen an den ersten alten, aus Holz gebauten Häusern an. Das eine war noch in einem annehmbaren Zustand, während das andere schon etwas verfallener aussah. Es hatte anscheinend einen Brandschaden erlitten.

»Und das ganze Gelände? Ich meine damit auch die großen Flächen, auf denen nichts steht. Wie oft wird dort kontrolliert?«

Penny Miller sah Porter mit gerunzelter Stirn an. »Wissen Sie, das Gelände ist echt riesig. Das kann man nicht so oft machen, aber ich habe vor, eine Drohne für diesen Zweck anzuschaffen. Das erspart Zeit und Personal.«

Porter steuerte auf das erste Haus zu. »Verteilen wir uns und werfen trotzdem nochmal einen Blick in alle Häuser und in die Kirche! Dann können wir sicher sein, dass sie wirklich nicht hier sind.« Sein Kollege und die Parkleiterin gingen jeweils zu den anderen Gebäuden und sahen dort nach.

Nachdem keiner etwas Auffälliges gefunden hatte, trafen sie sich wieder auf der Straße.

Villano rieb sich den Schweiß von der Stirn, obwohl die Sonne sehr tief stand. Er sah auf die Uhr. Mittlerweile war es 4 Uhr nachmittags. In etwas mehr als zwei Stunden würde die Sonne untergehen. »Ich weiß nicht, Nat. Vielleicht sollten wir eine Hundestaffel anfordern. Wenn sie wirklich hier waren oder hier sind, würden die sie finden!«

Porter wuschelte sich durch sein Haar. Sein Kollege hatte recht, aber war der Einsatz gerechtfertigt? Vielleicht waren sie auf dem Holzweg. *Warum war dieser verdammte Wagen beim Hoover Damm? Warum?* Porter stöhnte. »Lass uns erst noch zu dem Bergwerk gehen, Joe! Wenn wir da nichts entdecken, können wir immer noch daran denken, die Hunde anzufordern.«

Villano zog die Augenbrauen hoch und schnaufte missmutig. »Wenn du meinst! Du bist der Chef!«

Porter sah ihn an. »Ja, ich bin der Chef!« Dann wandte er sich Penny Miller zu. »Bevor wir weiter zu den Stollen und dem Bergwerk gehen – gibt es dort Lampen, oder müssen wir welche aus dem Auto holen?«

Nach dem Disput der beiden FBI-Agenten war die Parkleiterin etwas verunsichert. »Äh, ja. Doch. Wir haben dort einen Schrank, in dem wir starke Taschenlampen für unsere Rundgänge eingeschlossen haben. Und bevor Sie fragen … Dort gehen meine Leute auch jeden Tag rein und kontrollieren, ob sich dort nicht doch ein paar Neugierige verlaufen haben, weil sie nach Gold suchen wollten.«

»Aha. Gut. Trotzdem müssen wir uns das Ganze angucken. Gehen Sie bitte vor?!«

Porter ging hinter ihr und Villano her. Dabei griff er zu seinem Handy und wählte Grants Nummer.

»Keyomi? Pass auf! Du musst noch einmal tiefer in der Vergangenheit dieser Brüder wühlen.«

Grant, deren Finger schon ganz wund waren, tendierte kurz dazu aufzubrausen. »Was meinst du, was ich hier mache, Nat? Seit Stunden versuche ich alles Mögliche! Es ist wie ein Buch mit sieben Siegeln!«

Porter seufzte. »Okay, Honey. Falls du auf etwas stößt, melde dich sofort, ja?«

»Mache ich, Chef!«

Nachdem er sie an den Haaren durch das ganze Haus geschleift hatte, kam er nun mit ihr in der Küche an. Er öffnete die Tür und stieß sie mit den Füßen die schmalen Treppe hinunter.

Eigentlich schade, dass sie bewusstlos ist … Aber die Schmerzen spürt die Alte noch früh genug. Er folgte ihr nach unten. *Verarschen wollte sie mich … Fliehen! Ha! Nicht mit mir!* Er sah mit spöttischem Blick auf sie herab, schob seine Maske für einen Moment zur Seite und spuckte auf ihren Körper. »Büßen wirst du für deine Taten. Da kannst du Gift drauf nehmen!« Er packte sie wieder, dieses Mal unter den Achseln und zog sie in ihr Zimmer. Dort schmiss er sie auf die Metallpritsche.

Lisa gelangte wieder zu Bewusstsein. »Ahhh!« Langsam öffnete sie ihre Augen und blinzelte. In ihrem Mund schmeckte sie frisches Blut. Im ersten Moment wusste sie nicht, wo sie sich befand, doch dann fühlte sie, wie jemand ihre Hände nahm und sie links und rechts an die kalten, metallenen Bettpfosten kettete. *Nein!* Sie schloss die Augen. Sie wollte dieses Monster nicht sehen und sich eingestehen, dass ihre Flucht gescheitert war! Sie war schon so weit gekommen und hatte es fast geschafft!

Der Maskenmann nahm mit festem Griff ihre Füße und fesselte auch sie jeweils an einen Bettpfosten. Als er fertig war, baute er sich neben dem Bett auf. »Na,

Mutter? Doch nicht tot? Hast du einen kleinen Ausflug unternommen?«

Lisa öffnete wider Willen ihre Augen. Sie stöhnte. Jeder Knochen und jeder Muskel in ihrem Körper taten ihr weh. Was hatte er mit ihr in der Zwischenzeit gemacht? Sie leckte sich über ihre Lippen, auf denen das Blut langsam anfing zu verkrusten. »Was willst du von mir?«, flüsterte sie fast tonlos.

Ihr Entführer sah sie an. Den Kopf schräg geneigt. Dann fing er wie von Sinnen an, im Zimmer hin und her zu laufen und hielt sich dabei den Kopf.

»DU HÄSSLICHE, EKLIGE SCHACHTEL WIRST JETZT BÜSSEN!«, schrie er sie kurze Zeit später an.

Dann verließ er schnellen Schrittes den Raum.

Lisa schloss erschöpft die Augen. Sie war kaum im Stande klar zu denken, nur eins wusste sie: Dieser Mensch war absolut geistesgestört, ein Psychopath und … er würde sie töten! Dessen war sie sich nun sicher!

Miller verteilte die Taschenlampen, als sie an dem Stolleneingang ankamen. »Hier, bitte.«

»Danke.« Villano sah sich um. »Kommt es oft vor, dass sich trotz Verbots Leute hier herumtreiben?«

»Eigentlich nicht. Die meisten haben Angst und trauen sich nicht, weil sie wahrscheinlich denken, die Stollen könnten einbrechen. In Wirklichkeit sind die sehr stabil.« Sie machte eine kurze Pause. »Aber, wir hatten tatsächlich ab und an Jugendliche, die daraus schon eine Mutprobe gemacht haben, hier herein zu gehen.«

»Wäre das nicht schon Grund genug, die Eingänge zu verschließen?«, fragte Porter.

Penny Miller zuckte mit den Schultern. »Sagen Sie das nicht mir. Ich habe das meinen Chefs jedes Mal wieder vorgeschlagen, aber solange nichts Ernsthaftes passiert … Sie wissen ja, wie es läuft!«

Porter verzog den Mund. Ja, das wusste er zu Genüge. Er schaltete seine Taschenlampe ein. »Gut. Gehen wir!«

Die Parkleiterin ging voraus und beleuchtete den Weg. Villano und Porter folgten ihr. Das Licht von außen wurde mit jedem Meter dunkler. Auf den ersten Metern waren links und rechts an den Wänden immer wieder Warnhinweise aufgestellt worden, die vor dem Betreten der Mine warnten.

Porter wurde unsicher. Warum sollten die Deutschen hier herein gegangen sein? Das ergab doch keinen Sinn. Aber da war so ein Gefühl ...

»Auch wenn man es ihnen kaum ansieht … diese Stollen wurden ca. um 1878 angelegt. Bis zum Jahr ...«

Porter wollte vermeiden, jetzt von Penny Miller einen Vortrag über Greatstone zu hören und schaltete sich dazwischen. »Wir müssen besonders auf Spuren am Boden achten!«

»Ist klar, Nat!«

Miller hielt beleidigt ihren Mund.

Ruhig gingen alle drei den Stollen entlang und leuchteten den Boden ab. Spektakulär und aufregend, wie er sich Goldgräberstollen während seiner Kinderjahre vorgestellt hatte, war hier gar nichts, fand Porter. Nichts glitzerte oder blinkte.

Sie kamen an eine leichte Biegung. »Wie weit verzweigt, ist denn das System überhaupt?«, fragte Villano.

Penny Miller glaubte es nicht. Auf einmal wollten sie doch noch mehr wissen. »Es ist ziemlich weit verzweigt. Wenn man alles zusammenrechnet ...«

»Stopp!«, rief Porter plötzlich. Er hatte in der Kurve die vorderste Position eingenommen und ging nun herunter in die Knie. »Joe! Komm her und leuchte mir!«

Villano ging die zwei Meter zu ihm und hielt den Lichtkegel auf einen etwas größeren Stein, während Porter nervös die Verpackung der Einmalhandschuhe aufriss und sie überzog. Dann nahm er den Stein hoch und drehte ihn im Licht. Dunkelbraune Stellen zeichneten sich auf dem helleren Stein ab.

»Sieht nach Blut aus!«, sagte Villano. »Was denkst du?«

»Yep!«

Penny Miller erschrak bei dem Wort 'Blut'. »Was?« Ihre Verärgerung über die erneute Unterbrechung Porters wich schlagartig. »Was hat das zu bedeuten?«

Porter antwortete nicht, sondern stand auf und leuchtete in unmittelbarer Umgebung den Boden ab. Er machte einen Schritt vorwärts, ging wieder in die Hocke und nahm etwas vom Boden auf. Er hielt den Gegenstand in die Luft und leuchtete es an. »Ein indianischer Anhänger ...«

»... mit abgerissenem Lederband«, ergänzte Villano.

Villano nahm seine Lampe nach unten und leuchtete abermals den Boden ab. Etwas hatte sich an dem Untergrund verändert. »Sieh mal, Nat! Die Schienenstränge liegen ab hier viel offener und sind etwas blanker als in dem vorderen Stollenabschnitt!«

Porter ging zu der Stelle und leuchtete ebenfalls auf den Boden. »Du hast recht!« Porter ging weiter den Stollen entlang. »Mrs. Miller?«

Die Parkleiterin folgte ihm zögernd. »Ja?« Die Frau schien immer mehr verunsichert. Die Situation, hier im Dunklen und mit blutverschmierten Steinen, war nichts für sie.

Porter leuchtete in die Richtung des Ganges und bewegte sich weiter. »Wohin führt dieser Gang?«

Miller zog die Augenbrauen nach oben. »Oh!

Wenn ich ehrlich bin, weiß ich das nicht. Ich weiß nur ...«

»... , dass hier eine Tür ist, die verschlossen ist!« Porter war am Ende des Ganges angekommen und ruckelte am Schloss.

»Richtig«, blieb Penny Miller nur zu antworten.

Porter leuchtete die Schienen am Boden ab. Auch hier wiesen sie frische Schleifspuren auf. Irgendwer hatte hier vor kurzem eine Lore lang geführt. »Haben Sie den Schlüssel zu dieser Tür?«

»Nein. Der ist schon seit ewigen Zeiten verschollen und ehrlich gesagt war uns nur wichtig ...«

Porter setzte sich abrupt in Bewegung und zwar in Richtung Ausgang. Dabei zog er sein Handy hervor. Das Display zeigte jedoch kein Empfang. *Logisch in so einem Stollen.*

»Komm, Joe! Wir müssen Keyomi erreichen!«

»..., dass niemand durch die Tür ...« Penny Miller gab es auf. Ihr hörte sowieso niemand mehr zu. Möglichst schnell folgte sie den beiden Agenten, die in Richtung Ausgang rannten.

Er hatte aus einem Nebenraum sein Werkzeug geholt und stand unschlüssig vor ihrer Tür. Mutter hatte ihn zwar geärgert, aber derjenige, der ihm am meisten Schaden zugefügt hatte, war Vater.

Er hatte eigentlich vor gehabt, seinen Tod zu genießen und ihn in die Länge zu ziehen. Ideen, Hank für die Sünden, die er an ihm begangen hatte, büßen zu lassen, hatte er zu Genüge. Doch der innere Druck, ihm den Rest zu geben, wuchs von Sekunde zu Sekunde.

Er würde erst einmal anfangen und wenn er es nicht rechtzeitig stoppen konnte ... Was soll's! Er grinste, nahm seine Maske ab und machte sich auf den Weg zu dem Zimmer am Ende des Ganges ...

»Keyomi?« Porter und Villano hetzten zurück zum Wagen.

Grant meldete sich augenblicklich. »Ja, Nat? Was gibt es?«

»Du bist doch immer so fix. Mach bitte so schnell wie möglich eine Karte von Greatstone auf und sag mir, was du hinter dem großen Hügel mit dem Bergwerk siehst! Ich habe jetzt keine Ruhe selbst danach mit dem Handy zu suchen!«

Keyomi schob ihre Brille nach oben und fing augenblicklich an. »Warte kurz!« Sie wechselte zu dem Programm, tippte die Koordinaten in die Suche ein und verschaffte sich einen Überblick über das Gelände. *Ah! Das ist wahrscheinlich die Stelle, die er meint!* Sie zoomte näher heran. »Nat?«

»Ja, Key? Was siehst du?«

»Hinter dem Hügel liegt ein Anwesen mit einem Haus und mehreren kleineren Gebäuden. Sieht aus wie Ställe oder Scheunen.«

Die beiden FBI-Agenten waren in der Zwischenzeit am Auto angekommen und Porter startete den Motor. »Okay! Ich will, dass du uns da hinleitest, aber sag mir bitte nicht, dass wir über die Huckelpiste zurück müssen!«

Panisch suchte Grant die Karte ab und forschte nach einem anderen Weg. Sie fand jedoch keine andere Möglichkeit. »Ich fürchte, das müsst ihr. Außer ...«

»Außer was?«

»Außer ihr klettert!«

Villano sah Porter an. »Der Umweg kostet uns über eine halbe Stunde ... Ich würde sagen, wir klettern!«

Porter fuhr los und lenkte das Auto in Richtung Bergwerk. Auf dem Weg kam ihnen Penny Miller entgegen, die ihnen verdutzt nachsah.

»Du hast es gehört, Keyomi! Guck bitte schnell nach einer Stelle, an der wir am schnellsten da rüber kommen!«

»Moment!« Keyomi, die den Wagen der beiden über ihre GPS-Koordinaten verfolgen konnte, prüfte alle Möglichkeiten. »Fahrt einfach noch 50 Meter geradeaus, und dort müsstet ihr dann rechts eine Stelle entdecken, wo ihr gut hinauf kommt!«

»Danke Key! Du bleibst bitte in der Leitung. Ist Matt in der Nähe?«

»Ja, warte!« Grant stellte von ihrem Headset auf Lautsprecher um.

»Nat? Habt ihr eine konkrete Spur? Die deutsche Botschaft hat nämlich, nach der Veröffentlichung der Fotos im Fernsehen, angefangen Druck zu machen!«, sagte Matt.

Porter stöhnte laut. *Auch das noch!* Dann lenkte er den Wagen inzwischen zu der Stelle, die Grant ihnen vorgeschlagen hatte. »Ja, wir haben in einem Stollen einen Stein mit getrocknetem Blut und eine zerrissene Kette gefunden. Alles weist darauf hin, dass er sie dort gekidnappt hat.«

Porter und Villano stiegen aus und griffen sich ihre Westen samt Funkausrüstung.

Grant hatte die kurze Zeit für Recherche genutzt. »Hey Jungs! Ich habe da einen alten Plan vom Bergwerk gefunden. Einer der Stollen führt tatsächlich genau in die Richtung des Hauses auf der anderen Seite des Hügels!«

»Okay. Danke Key!«

Matt schaltete sich wieder ein. »Soll ich euch Verstärkung schicken?«

»Dafür ist es schon zu spät. Wir können, falls wir zugreifen müssen, nicht auf die Einsatzkräfte warten … Aber ich möchte, dass du auf jeden Fall eine Einheit von sechs Mann und einen Krankenwagen los schickst. Sie sollen sich zurückhalten und nur verdeckt vorrücken. Der Krankenwagen hält sich komplett im Hintergrund!«

»Alles klar. Ich gebe es so weiter!«

Porter war mittlerweile dabei, hinter Villano, den steilen Hügel zu erklimmen. Es war rutschig, und es gab kaum etwas zum Festhalten. »Ich muss jetzt aufhören. Ich melde mich wieder!« Er legte auf und steckte das Handy weg. Dann folgte er Villano, der schon ein ganzes Stück vor ihm war.

Nick hörte, wie sich die Tür öffnete und hob den Kopf. »Lisa? Bist du es?« Er hob geschwächt den Kopf. Ein Mann kam herein. Ein Mann ohne Maske! Nick schöpfte Hoffnung. »Helfen Sie mir! Bitte!« Er blinzelte und sah den Mann nochmal an. »Du? Was machst du hier?« Dann verstand er allmählich. »Du bist …?« Nick traf es wie ein Schlag und sein Kopf sank zurück auf die Metallpritsche. »Was hast du mit Lisa gemacht?«, stöhnte er kraftlos.

Der Mann lachte dreckig, ging in Richtung des Bettes und legte seine Utensilien auf dem Tisch daneben ab.

Nick sah seinen Entführer an. »Warum machst du das? Warum wir?«

Die Augen seines Gegenübers zogen sich zu Schlitzen zusammen und er spuckte ihm ins Gesicht. »Du Schwein, jetzt wirst du für alles büßen! Jetzt fackele ich nicht mehr lange!«

Nick sah, wie er eine Metallkapsel vom Tisch nahm und sie hoch hielt. »Hier drin ist die nächste Nachricht für das FBI!«

Nick zog die Augenbrauen zusammen. Er verstand kein Wort. *FBI?*

Er grinste bösartig. »Ich denke, diese Verschlüsselung wird für sie am leichtesten zu knacken sein, aber finden werden sie euch trotzdem nicht!«

Nick schüttelte den Kopf. *Verschlüsselung? Was soll das alles?*

Der Mann sah von oben auf ihn herab.

»Auge um Auge, Zahn um Zahn! Das sagt dir doch etwas. Und die Bibel ist dir doch heilig. Nicht wahr, Vater?«

Sein Entführer griff zu einer Zange. »Fangen wir mit den Zähnen an!«

Nick spürte, wie ihm schlecht wurde.

Porter und Villano waren inzwischen oben auf dem Hügel angelangt. Die Ruhe vor dem Sturm. Beide lagen flach auf dem Boden und sondierten die Lage. Das Haus lag wie verlassen da. Es war keine Bewegung und kein Licht zu sehen. Außerdem schien es, eindeutig die größere Herausforderung zu sein, den Hügel herunter zu kommen.

»Ich gucke mich um«, sagte Porter, während sich Villano einen Kaugummi aufriss und in den Mund schob.

Eine Minute später war Porter wieder da. »Wir gehen dort drüben runter, dort scheint es erstens nicht so steil zu sein und zweitens gibt es an der Stelle größere Felsbrocken, hinter denen wir uns wenigstens teilweise verbergen können.«

Villano nickte. »Alles klar!«

Porter sah seinen Kollegen ernst an. »Wirklich alles klar bei dir, Joe?«

Villano nickte. »Falls du auf mich und Guiliana anspielst …«

»Ja, das meine ich!« Porter sah sich nervös um. Eigentlich war das jetzt nicht der richtige Zeitpunkt, um so etwas zu erörtern, aber er musste wissen, ob er sich auf seinen Partner verlassen konnte.

»Ich weiß nicht, ob wir es nochmal miteinander versuchen, Nat! Aber das ist jetzt nicht wichtig! Wichtig ist, dass du weißt, du kannst einhundertprozentig auf mich zählen! Ja?«

Porter klopfte ihm auf die Schulter. Er hatte in Villanos Augen gesehen, dass er es genauso gemeint hatte, wie er es sagte. »Gut! Dann gehen wir jetzt da runter und retten die Deutschen!«

Drei Minuten später und um einige Schürfwunden reicher, kamen sie unten an. Diese Prozedur hatte ihnen auf jeden Fall viel Zeit gespart.

Porter sah sich am Fuße des Hügels um. Etwa 20 Meter links von seinem Standpunkt machte er am Berg eine Metalltür aus, vor der eine Lore stand. Er gab Villano das Zeichen sich vorsichtig an das Haus anzupirschen.

Er quetschte mit der linken Hand das Gesicht seines Vaters am Kinn zusammen und versuchte gewaltsam seinen Kiefer zu öffnen, doch der Alte drehte immer seinen Kopf zu Seite. Verärgert nahm er ein Messer vom Tisch und schwang sich mit einem Satz auf den Bauch seines Vaters.

Sein Vater stöhnte.

»Du alter Sack! Du brauchst gar nicht anfangen, meine Nähe zu genießen!« Dann hielt er dem Gefesselten das Messer an den Mund. »Mach auf, sonst schneide ich dir vorher noch die Lippen ab!«

Sein Vater winselte: »Hör auf! Hör doch endlich auf!«

»Sei still!« Spontan und unüberlegt hieb er Hank den Messerknauf an die Schläfe. Der Kopf kippte daraufhin leblos zur Seite. Er rüttelte an seinen Schultern. *Scheiße!* Nun würde er nicht mitbekommen, wie er ihm einen Zahn nach dem anderen ziehen würde! *Egal!* Er nahm die Zange und fing an den rechten unteren Schneidezahn damit zu umklammern. *Auge um Auge! Zahn um Zahn! Um die Augen werde ich mich danach kümmern!*

Nachdem sie einen Blick durch die Fenster geworfen und niemanden gesehen hatten, teilten sich die beiden FBI-Leute auf. Während Villano durch die offene Schlafzimmertür in das Haus eindrang, trat Porter mit gezogener Waffe vorne durch die Verandatür ins Gebäude.

Der Zeitpunkt höchster innerer Anspannung war erreicht. Adrenalin schoss durch seine Adern. Sein Herz schlug rasend schnell. Wann und wo würde er auf den Irren treffen?

Er befand sich im Wohnzimmer. Die Atmosphäre war düster. Es trat kaum Licht durch die Fenster, denn draußen begann es schon zu dämmern. Porter schaltete seine Lampe an der Waffe ein. Ihm fielen die vielen Tiertrophäen an den Wänden auf. Mit toten Augen starrten sie auf ihn herab.

Über Funk und In-Ear-Kopfhörern trat er mit Villano in Kontakt. »Joe?«, flüsterte Porter, der sich mit dem Rücken an die Wohnzimmerwand presste. Sein Blick fiel auf den Boden. Dort sah er leichte Schleifspuren von Sand und Dreck, die von der Eingangstür in Richtung Küche führten. Sie waren ihm vorher nicht aufgefallen.

»Nichts! Alles sauber. Ich gehe jetzt durch den hinteren Flur und checke den nächsten Raum.«

»Okay. Ich habe hier Schleifspuren entdeckt. Sie führen in die Küche!«

Porter überquerte mit einem Schritt den Flur, suchte Deckung hinter der Wand. Nachdem er sich sicher war, dass sich dort niemand aufhielt, betrat er die Küche. Die Waffe im Anschlag. Die Küche war leer. Die Schleifspuren führten zu einer Tür, die offen stand. Er warf vorsichtig einen Blick dahinter. *Ein Keller? Hier in der Gegend?* Das war ungewöhnlich.

»Joe?«

»Ja?«

»Komm zur Küche! Ich denke unser Mann ist im Keller!«

»Okay! Hier ist alles sauber, ich komme!«

Eine halbe Minute später stand Villano neben ihm.

Er hielt den blutigen Backenzahn gegen das Licht. Dieser hatte ihn bisher die meiste Kraft gekostet. Er ließ ihn neben die anderen vier auf den Boden fallen. Obwohl er die Zähne brachial heraus gebrochen hatte, war sein Vater nicht aufgewacht. Er sah abschätzig auf ihn herab. *Was für eine Schande! Lebt er überhaupt noch?* Er hielt zwei Finger seitlich gegen den Hals und spürte einen Puls. *Er lebt!* Dann schlug er Hank ins Gesicht. »Wach wieder auf, du Stück Scheiße!«

Ungeduldig sah er auf seinen Vater herab. Es dauerte ihm alles zu lange! *Ich brauche ein größeres Gerät!* Er rutschte vom Oberkörper seines Vaters herunter und ging hinüber in den Nachbarraum. Dort auf dem Tisch lag, was er benötigte: Eine Flex! Behutsam strich er über die Klinge. Damit würde er direkt den ganzen Unterkiefer und dann den Oberkiefer entfernen! *Das macht in dem Paket für das FBI auch mehr her.* Er grinste.

Aber vorher würde er Hank wieder zu Bewusstsein bringen, damit er seine Buße richtig genießen konnte! Er lachte, ging mit der Flex zurück und öffnete mehrere Flaschen Wasser.

Porter sah Villano an und zeigte auf seine Ohren. Villano hatte das Lachen auch gehört und nickte.

Eine halbe Minute später gingen sie schleichend die Treppe herunter. Im Gegensatz zu der oberen Etage war es hier hell, modern und sauber. Sie mussten extrem vorsichtig sein. Der Flur, der sich der Treppe anschloss, bot keinerlei Schutz. Jeden Moment mussten Porter und Villano damit rechnen, dass jemand um die Ecke kam und sie angriff.

Aus einem der hinteren Zimmer hörten sie Wasser plätschern.

Da hinten ist jemand, dachte Porter und gab Villano ein Zeichen.

Der nickte. Gemeinsam rückten sie vor. Porter ging rechts, Villano links. Bis auf drei waren alle Türen geschlossen.

Villano kam an der ersten offenen Tür an und betrat den Raum abrupt. Überraschend für jeden, der nicht damit rechnete. Nichts! Er kam zurück und hielt den Daumen hoch.

Porter nickte und schlich auf seiner Seite zur nächsten offenen Tür. Mit einem Blick erfasste er die Situation. Er betrat auf leisen Sohlen das Zimmer und warf kurz einen Blick in jede Ecke. Sie waren allein.

Die Frau lag an ihren Extremitäten gefesselt auf einem Metallbett, kam in diesem Moment zu Bewusstsein und öffnete den Mund …

Gleichzeitig ertönte aus einem anderen Raum ein lautes Stöhnen und ein Lachen. Dann hörte Porter jemanden etwas sagen und es erklang das Geräusch eines elektrischen Gerätes.

Porter sprang mit einem Satz auf die Frau zu, verschloss ihr den Mund mit der linken Hand und raunte: »FBI – Sie sind in Sicherheit!«

Lisa wusste kaum wie ihr geschah und sah den Afroamerikaner mit schreckgeweiteten Augen an. Dann verstand sie langsam. Zögerlich nickte sie.

Porter nickte, nahm seine Hand von ihrem Mund und hielt sich seine Zeigefinger an seine Lippen. Dann flüsterte er kaum hörbar: »Leise!«

Lisa nickte noch einmal. *Träume ich? FBI?* Der Mann entfernte sich. *Nein! Was ist? Was macht er?*

Porter drehte sich um und sah, dass die Frau ihren Kopf erhoben hatte und ihm nach sah. Wiederholt legte er den Finger auf seine Lippen.

Lisa begriff, doch der nächste Schauer ergriff sie. *Nick? Was ist mit Nick?*

Porter traf im Flur wieder auf Villano. Dieser hatte erst kurz die Situation im Zimmer der Frau beobachtet und stand nun bereits mit gehobener Waffe neben der Tür, aus der die Geräusche kamen. Porter huschte auf die andere Seite und warf dabei einen schnellen Blick in den Raum.

Ein Mann saß rittlings mit dem Rücken zu ihnen auf dem Bett und beugte sich über einen Mann, höchstwahrscheinlich Nick Sommer.

»Na? Wieder wach, Vater?«, hörten sie. Und ein Stöhnen und Röcheln des Gefolterten.

Porter und Villano riskierten einen Blick.

Eigentlich eine ideale Schussposition, wäre da nicht die rotierende Flex in der Hand des Serienkillers! Ein Schuss war zu gefährlich. Die herunterfallende Flex würde das Opfer mit dem rotierenden Blatt töten.

»Spuck' es ruhig aus, Vater! Gleich kommt noch mehr dazu! Erinnerst du dich? DEINE BUSSE! ZAHN UM ZAHN! «

Er senkte die Flex in die Richtung des Kopfes und lachte dabei laut. »Los geht's!«

Sie konnten nicht mehr warten. Villano und Porter nickten sich zu und stürmten den Raum. »FBI!«

Überrascht drehte Randy Coleman seinen Oberkörper.

Porter und Villano verteilten sich so, dass der Mann immer nur einen gleichzeitig sehen konnte.

»Stellen Sie das Gerät ab! Es ist vorbei!«

Coleman zuckte mit den Schultern. Er verstand nicht. *Vorbei?* Er hatte doch noch gar nicht richtig angefangen!

Sein Vater musste doch büßen! Büßen, für seine Sünden!

Verwirrt sah er Porter an. Er bewegte sich und wollte schon von Hank heruntersteigen, um ihnen zu erklären, warum er das tun musste …

Porter sah, wie er sich bewegte … *Ja, noch ein Stück, dann kann Joe schießen. Dann ist die Flex außer Reichweite …*

… doch dann überlegte er es sich instinktiv anders. Er zeigte mit der freien Hand auf seinen Vater. Sein Blick war irre und glasig von den Tränen. Verzweifelt schrie er: »Versteht ihr nicht? Er muss büßen! Und er will auch büßen! Er ist doch so gottesfürchtig! Und Gott hat nicht gewollt, dass Kindern so etwas angetan wird!«

Nick röchelte und hob den Kopf. »Randy!«

Coleman sah verwirrt auf ihn herunter.

Das war die Ablenkung, auf die Porter gewartet hatte. In sekundenschnelle hechtete er zum Bett und warf sich mit voller Wucht gegen den Mann mit der Flex.

Coleman fiel auf der anderen Seite des Bettes zu Boden und blieb auf dem Rücken liegen. Die Flex immer noch laufend in der Hand.

Villano rückte vor und hielt ihn, cirka zwei Meter entfernt, mit der Waffe in Schach. Ein gezielter Schuss in den Kopf würde Coleman notfalls ein Ende setzen. »Das Ganze ist vorbei! Schalten Sie das Gerät ab!«

Randy Coleman grinste Villano hämisch an. »Vorbei? Das denkst auch nur du!«

Villano zog fragend seine Augenbrauen hoch. *Was will der denn jetzt noch?*

Coleman zog die Flex zu sich heran …

Will er sich umbringen? »Hören Sie! Das müssen Sie nicht tun!«

... um sie anschließend mit voller Kraft direkt in die Richtung des FBI-Agenten zu schleudern.

Villano schrie, sprang reflexartig zurück, um nicht von dem Gerät getroffen zu werden.

Porter, der gerade dabei war, vom Bett herunterzusteigen, erschrak genauso, war jedoch nicht in der Lage, auf die Situation reagieren. Er stürzte besorgt auf seinem Kollegen zu. »Alles okay? Bist du verletzt?«

Villano nahm beschwichtigend die Hände nach oben. »Ja, nein. Danke, alles in Ordnung!«

Villano wollte dem Ganzen jetzt schnell ein Ende machen und machte ein Schritt an Porter vorbei. »Wo ist er?«

Porter drehte sich um. »Weg! Das kann nicht sein!« Mit gezückter Waffe ging er um das Bett herum, bückte sich und sah vorsichtig darunter. »Scheiße!«

»Was ist?«, fragte Villano und trat einen Schritt näher heran.

Porter stand auf, schob das Bett mit dem verwirrt dreinblickenden blutenden Deutschen zur Seite und zeigte auf ein dunkles Loch im Boden.

»Scheiße! Ein Fluchttunnel?« Villano trat mit voller Wucht gegen die Wand. »Das kann doch nicht wahr sein!«

Porter zog sein Funkgerät heraus und gab es an seinen Partner weiter. »Ruf du die Verstärkung und den Krankenwagen. Ich hoffe, sie sind schon da. Die beiden Deutschen müssen dringend ärztlich versorgt werden!« Er stand am Rande des Loches und schaltete sein Licht an der Waffe ein.

»Mache ich. Und du? Du willst doch da jetzt nicht allein hinterher?«

»Einer muss ihm nach!«

Zweifelnd nickte Villano. Er wusste, es hatte keinen Zweck, seinem Partner das Vorhaben auszureden. »Okay, pass auf dich auf!«

»Klar!« Porter ließ sich auf den Boden herunter und ließ sich in das Loch hinabgleiten ...

31

Villano machte ein paar Schritte auf Nick zu, der ihn mit großen Augen anstarrte. »Ich rufe eben noch die Verstärkung und das Ärzteteam, dann befreie ich Sie von den Fesseln.«

»Okay«, antwortete Nick kraftlos.

Villano hob das Funkgerät an den Mund. »Hier Villano – Vegas 1 bitte kommen!« Er wartete. »Vegas 1 bitte kommen!«

Keine Reaktion.

»Scheiße, ich glaube das Funkgerät funktioniert hier unten nicht! Ich muss nach oben!«

Er wandte sich Nick zu. »Okay, ich befreie Sie vorher noch von Ihren Fesseln. Danach bleiben Sie bitte hier liegen, bis ich mit den Ärzten wieder hier bin.« Villano guckte sich nach geeignetem Werkzeug um und fand auf dem Tisch einen Bolzenschneider, mit dem er nach und nach die Metallstränge der Handschellen und auch die Kabelbinder durchtrennte.

Nick spuckte währenddessen immer wieder Blut aus.

»Der Scheißkerl hat Ihnen ein paar Zähne gezogen …«, bemerkte Villano während er Nick befreite. »Und Ihre Handgelenke sehen auch nicht gut aus!«

»Sie haben recht, doch das ist nun nebensächlich«, bekam Nick umständlich heraus. »Was ist mit meiner Frau? Lebt sie? Geht es ihr gut?«

Villano legte die Hand auf Nicks Schulter, denn er war im Begriff sich aufzusetzen. »Ich weiß, es ist sicher unbequem, aber bitte bleiben Sie liegen. Mein Kollege hat ihre Frau vor ein paar Minuten gesehen. Da war sie soweit wohlauf.«

Diese Aussage reichte Nick nicht. Er nahm all seine Kraft zusammen und stemmte sich nach oben. »Lisa!«, rief er laut so gut er konnte. Dabei lief ihm blutiger Speichel aus den Mundwinkeln.

»Mr. Sommer! Ich sagte Ihnen doch ...«

Nick sah ihn eindringlich an. Gleichzeitig horchte er angestrengt.

»Nick!«, hallte es schwach bis zu ihm.

»Hören Sie? Da! Sie ruft mich!« Er schwenkte seine Beine über den metallischen Bettrahmen. »Lisa! Ich komme! Warte!«

Villano gab auf und seufzte. »Okay. Kommen Sie, ich stütze Sie und bringe Sie zu ihr!«

Nick lächelte den FBI-Mann dankbar an. Große blutige Lücken klafften in seinem Gebiss.

Villano ging um das Bett herum, senkte seinen Oberkörper unter Nicks Schulter, um ihn zu stützen, und half ihm aufzustehen. »Vorsicht! Das Loch!« Behutsam zog Villano seinen Schützling davon weg. Dann griff er sich mit der freien Hand den Bolzenschneider.

Mehr oder weniger humpelnd verließen sie den Raum und kamen in den Flur. Mit jedem Schritt, den Nick machte, merkte er, wie wieder Leben in seine Beine kam. Irritiert sah er sich im Flur um und wunderte sich, wie klinisch es dort aussah. Ein Blick streifte das Bild an der Wand. *Oh, mein Gott! Was ist uns da erspart geblieben! Was für ein kranker Mensch macht so etwas?*

Lisa konnte es gar nicht glauben. Ihr Nick lebte! Tausende von Glücksgefühlen strömten durch ihren Körper. Sie hob, soweit es ging, den Kopf an, weil sie ein Geräusch vernahm. Sie wollte endlich ihren Mann wiedersehen. »Nick?«

Lisas Augen wurden groß. Sie sah nur einen schwarzen Schatten. Dann wurde sie ohnmächtig.

»Warte, ich bin gleich bei dir!«, rief Nick. »Ein paar Meter noch!«

Villano und Nick kamen bei dem Zimmer an, in dem Lisa lag. »Meinen Sie, Sie kommen allein klar?

Ich muss jetzt unbedingt per Funk die Verstärkung anfordern. Wir müssen den Mistkerl suchen!«

Nick sah zur Metallpritsche und hörte nur noch mit einem halben Ohr zu. »Ja, ja. Ich schaffe den Rest allein. Gehen Sie nur!«, antwortete er geistesabwesend. *Irgendwie regt sie sich gar nicht.* »Lisa?« Er trat in den Raum.

Villano konnte ihn gut verstehen. *Nach solch einer Tortur ...* Er wollte sich schon auf den Weg nach oben machen, da fiel ihm der Bolzenschneider wieder ein, den er immer noch in der Hand hielt. »Nicht erschrecken, ich schiebe Ihnen den Bolzenschneider auf dem Boden zu. Damit können Sie ihre Frau losschneiden.«

Nick ging auf die Pritsche zu. »Ja! Gut!«

Villano legte das Werkzeug auf den Boden und schob es mit einer schnellen Bewegung ein paar Meter hinter Nick in den Raum. »Ich gehe jetzt hoch! Bis gleich! Es ist vorbei. Entspannen Sie sich!«

Nick hörte zwar, was der FBI-Agent sagte, aber hatte nur Augen für Lisa. Er wankte, immer noch schwach, auf sie zu und sah, dass ihr Kopf auf der Seite lag. »Lisa?« War sie ohnmächtig?

Beunruhigt setzte er sich auf die Seite ihrer Pritsche. »Lisa?« Er legte seine rechte Hand vorsichtig unter ihren Kopf und strich ihr mit der Linken liebevoll die fettigen Haarsträhnen aus dem Gesicht. Sie sah wirklich schlimm aus. Das rechte Auge war halb zugeschwollen, die Lippen blutig. Die Wange grün und blau. Was hatte der Scheißkerl ihr wohl noch angetan? »Lisa, Liebes. Wach auf!«

Langsam, ganz langsam kam Leben in das Gesicht seiner Frau. Vorsichtig schlug sie die Augen auf. Ungläubig sah sie Nick an. »Bist du es wirklich? Oder träume ich wieder?«

Nick lächelte. »Das ist kein Traum, Schatz! Ich bin bei dir!«

Lisa zog die Augenbrauen zusammen. »Was ist mit deinen Zähnen? Du bist überall voller Blut! War er das?«

Nick streichelte weiter ihr Gesicht. »Denk nicht darüber nach. Alles halb so schlimm. Jetzt mache ich dir erst einmal die Fesseln ab.« Er stand auf und sah liebevoll auf sie hinab. »Ich hole mal den Bolzen...«

»Nick!«, rief Lisa laut.

Nick sah sie verständnislos an, dann hörte er einen lauten Schrei hinter sich.

»VATER! JETZT WIRST DU BÜSSEN!«

Nick drehte sich zwar blitzschnell um, doch Randy, der sich bis zu diesem Zeitpunkt hinter der Tür versteckt hatte, ging langsam, den schweren Bolzenschneider über dem Kopf haltend und mit eiskaltem Blick, auf ihn zu.

Er wird mir den Kopf einschlagen, war Nicks letzter Gedanke ...

... bevor zwei Schüsse fielen und Randy, tödlich getroffen, zusammenbrach.

Nick stolperte vor Schreck zwei Schritte zurück und sah auf seinen Peiniger herab. »Wie?«, stotterte er. Dann sah er zu Lisa. Sie blickte ihn mit schreckgeweiteten Augen an.

Nick drehte sich verwirrt. Er begriff gar nichts mehr. »Woher sind die Schüsse ...«

Etwas bewegte sich unter der Metallpritsche, auf der Lisa lag und plötzlich kam ein Kopf darunter hervor.

»Ahhhhh!«, schrie Nick.

Porter schob sich weiter unter der Pritsche hervor, stand schließlich auf und machte eine beschwichtigende Handbewegung. »Alles ist gut! Es ist vorbei!«

Er ging zu Randy Coleman und prüfte, ob nicht doch noch Leben in ihm war. Kein Puls. Er sah zu Nick und Lisa. »Er ist tot!«

Erleichtert atmeten beide aus, doch Unverständnis stand in ihren Gesichtern geschrieben.

»Wo ...? Woher kommen Sie?«, fragte Lisa stotternd.

Porter nahm den Bolzenschneider vom Boden und ging auf Lisa zu, die vor Anspannung immer noch am ganzen Körper zitterte. Er fing an, ihre Kabelbinder abzuzwicken.

»Unter ihrem Bett ist genau so ein Loch wie in dem Zimmer, in dem ihr Mann gefangen war. Unter dem Haus befindet sich ein großes Gewirr von Gängen. Vielleicht sind die früher mal als Fluchtwege von irgendwelchen Goldgräbern oder Gangstern gegraben worden. Auf jeden Fall bin ich vorhin da runter und habe diesen Randy verfolgt. Erst ist er mir entwischt, doch dann habe ich ihn in einem Gang wiederentdeckt. Er hat mich jedoch nicht bemerkt, und so bin ich ihm bis hier gefolgt.« Er löste die letzte Plastikfessel.

Dann hörten sie Geräusche aus dem Flur. Porter zog erneut seine Waffe und bedeutete Nick sich zu ducken.

»Porter?«, rief Villano und trat in den Raum. »Hey, hey! Waffe runter! Ich bin es nur! Ich dachte, ich hätte deine Stimme gehört. Wie kommst du hier...« Er stockte. Sein Blick wanderte auf den Boden, auf dem sich langsam neben Randy Colemans Leiche eine Blutlache bildete.

»Porter?« Er sah seinen Kollegen verdutzt an. »Wie hast du das gemacht?«

Porter lachte laut, nahm seinen Kollegen am Arm und zog ihn aus dem Raum. »Lass erst einmal die Docs durch! Den Rest erzähl ich dir draußen!«

32

Mittwoch, 12.08.2015

Fast alle Besucher und Patienten, die sich in der offenen Cafeteria aufhielten sahen den ungleichen Männern hinterher. Der eine groß, mit auffallender Frisur, in coolem zerrissenen Jeans-Outfit und von schwarzer Hautfarbe. Der andere weiß, eher klein, im feinen Anzug und Halbglatze. In der Hand einen Blumenstrauß. Sie gingen den Gang entlang, den ihnen die Frau am Empfang genannt hatte, fuhren eine Etage mit dem Fahrstuhl nach oben und fanden dort nach kurzer Zeit Krankenzimmer 105.

Porter klopfte.

»Herein!«

Porter und Villano traten ein. Sie waren anscheinend nicht die einzigen Besucher. Er sah zwei Männer und eine Frau an den Betten sitzen.

Lisa Sommer richtete sich im Bett auf. »Ach, Sie sind es! Guten Tag!«

Auch Nick grüßte die FBI-Mitarbeiter.

Porter sah die vielen Leute und war verunsichert. »Guten Tag! Sollen wir lieber später wieder kommen? Wir stören wohl gerade.«

»Auf gar keinen Fall«, sagte Lisa schnell und winkte die beiden Männer in den Raum. »Bitte kommen Sie herein!«

Dann wandte sie sich an die Frau, die neben ihr saß. »Mutter, würdet ihr freundlicherweise ...«

Frau Mertens stand sofort auf. »Natürlich, Kind. Wir sind ja noch länger hier.« Dann ging sie zwischen den Betten hindurch und gab ihrem Mann und ihrem Sohn, der es sich ebenfalls nicht hat nehmen lassen, seine Schwester zu besuchen, ein Zeichen. »Kommt! Wir holen uns einen Kaffee!«

Nachdem der Raum sich geleert hatte, schwenkte Villano mit den Blumen. »Die habe ich Ihnen mitgebracht, als kleine Aufmerksamkeit. Ich suche gleich mal eine Vase.«

Lisa strahlte ihn an. »Oh! Vielen Dank. Das ist wirklich sehr nett. Eine Vase müsste dort hinter dem Vorhang stehen.«

Villano verschwand kurz, während sich Porter neben Nicks Bett stellte und ihn besorgt ansah.

»Wie geht es Ihnen beiden denn? Haben Sie sich etwas von den Strapazen erholt?«

Nick versuchte ein Lächeln. Dabei zeigten sich große, klaffende Lücken in seinem Gebiss. »Naja. Es geht einigermaßen. Seit der letzten Befragung vor zwei Tagen sind zumindest die körperlichen Wunden etwas besser geworden. Das Zahnfleisch fängt langsam an zu verheilen, und die Fesselstellen an Händen und Füßen werden auch besser. In Deutschland werden wir beide uns auf jeden Fall in psychologische Betreuung begeben.«

Porter nickte. Er hatte den Deutschen wegen seines lädierten Kiefers kaum verstanden. »Das ist eine gute Idee. Dazu würde ich Ihnen auch dringend raten.« Dann deutete er auf die Verbände. »Und was die Verletzungen angeht … Das braucht sicher noch Zeit, aber Sie werden ja hier bestens versorgt.«

»Ein wenig mehr Ruhe würde uns schon gut tun. Unsere schlimme Geschichte hat uns fast einen Promi-Status eingebracht. Seit der Pressekonferenz über unseren Fall stehen ständig Journalisten oder Fernsehteams vor der Tür«, brachte Lisa hervor und sah Porter dabei ernst an.

Porter fuhr sich mit der Hand durch seine Mähne. »Oh! Ist das wirklich so? Das tut mir leid! Ich werde mich sofort, wenn ich wieder im Büro bin darum kümmern, dass für den Zeitraum Ihres Krankenhausaufenthaltes ein Security-Mitarbeiter vor Ihrem Zimmer steht.«

»Das wird sicher helfen. Danke!«, sagte Lisa.

Villano hatte in der Zwischenzeit die Vase mit den Blumen auf den Nachttisch gestellt. Lisa betrachtete den in violett gehaltenen Strauß.

»Die sind wirklich sehr schön! Nochmal vielen Dank dafür.«

Villano lächelte Lisa an. »Gerne.«

Porter trat an das Fenster und sah kurz hinaus. Es wurde langsam dunkel. Dann drehte er sich zu den beiden Kranken. »Wir sind gekommen, um Ihnen in aller Kürze die neuesten Erkenntnisse mitzuteilen.«

Nick und Lisa nickten wissbegierig. Ihnen waren seit ihrer Befreiung noch nicht so viele Details mitgeteilt worden. Sie wussten nur, dass ein italienisches Pärchen nicht so viel Glück gehabt hatte wie sie. Sie waren grausam gefoltert und dann umgebracht worden.

Porter fuhr fort. »Das FBI hat noch am Tag ihrer Befreiung in Zusammenarbeit mit der örtlichen Polizei jeden Winkel des Geländes abgesucht. Dabei wurden zum Glück keine anderen Opfer gefunden.«

»Gott sei Dank!«, entfuhr es Lisa.

»Aber leider konnten wir den Bruder bisher nicht aufspüren!«, fuhr Porter fort.

»Das ist nicht gut, denn er war ja derjenige, der uns am Ankunftstag die Gutscheine in die Hand gedrückt hatte,« sagte Nick. »Er hat garantiert gewusst, was da vor sich geht.«

Villano nickte. »Ja, das denken wir auch, und es wird mit Nachdruck nach ihm gefahndet, glauben Sie uns!«

»Wir haben jedoch auf dem Computer von Randy Coleman ein Tagebuch gefunden, welches er genauso verschlüsselt hatte, wie die Nachrichten, die er in den Leichen deponiert hatte«, sagte Porter.

Nicks Wut auf ihren Peiniger flammte wieder auf. »Was für Nachrichten, und warum tut so ein Mensch so etwas?«

Porter konnte gut verstehen, dass Nick so aufgebracht war und wissen wollte, warum ihnen das Erlebte angetan worden war. »Aus dem Tagebuch konnten wir erfahren, dass James bzw. Randy Coleman über Jahre von seinem Pflegevater sexuell missbraucht worden war. Während dieses geschah, musste er wohl jedes Mal Stellen aus der Bibel zitieren. Das gab dem Pflegevater Hank Finley wohl nochmal einen sexuellen Extrakick!«

Lisa schüttelte sich vor Grauen. »Wie schrecklich! Das arme Kind!«

Nick sah zu ihr herüber und glaubte es nicht. »Lisa! Hast du vergessen, was der Typ uns angetan hat?«

»Er war doch noch ein Kind!«

Nick schüttelte den Kopf. Er bekam das Bild des Monsters trotzdem nicht aus seinem Schädel. »Und dann? Was passierte weiter?«

»Dadurch, dass er sich selbst als Ersatz anbot, konnte er wohl Finley davon abhalten, sich an seinem kleinen Bruder zu vergehen. Wenn man so will, opferte er sich für ihn.«

Lisa schluckte.

Nicks Gemütszustand schwankte. »Er war also damals ein selbstloses Kind. Und wie ging es weiter?«

»Selbstlos schon. Jedoch hatte er so aufopferungsvolle Gefühle nur seinem Bruder gegenüber. In seiner Freizeit begann er nämlich irgendwann, Tiere zu jagen und sie qualvoll umzubringen. Das war sein Ventil, mit allem fertig zu werden.«

Nick zog die Augenbrauen nach oben. »Aha,« sagte er langgezogen.

Porter fuhr fort. »Eines Tages jedoch konnte Randy seinen Bruder nicht mehr beschützen, und das Unvermeidbare geschah. Robert wurde ebenfalls missbraucht. Jedoch nur ein einziges Mal, denn das war der Auslöser für Randy, sich endgültig von seinem Peiniger zu befreien. Er brachte seinen Pflegevater und auch seine Frau auf bestialische Weise um und beendete dieses Kapitel. So dachte er wenigstens.«

»Er brachte auch die Pflegemutter um? Wieso?«, fragte Lisa.

»Sie wusste von dem Trieb ihres Mannes, schütze die Kinder jedoch nicht, sondern sah bewusst weg.«

»Und was ist jetzt mit diesen Nachrichten und den weiteren Morden?«

Porter seufzte laut. »Nachdem Randy seine Pflegeeltern umgebracht hatte, und er es fertig gebracht hatte, es wie einen Raubmord aussehen zu lassen, war erst einmal für lange Zeit Ruhe. Anscheinend hatte er nach dem ganzen Terror durch den Pflegevater den Drang ein normales Leben zu führen und unterdrückte seine sadistischen Gefühle, die er früher an Tieren ausgelassen hatte, mit Psychopharmaka. Doch irgendwann vor ein paar Monaten hörte er auf sie zu nehmen, die Wirkung ließ nach und die Psychopathie brach voll aus.«

»Er war also krank?«, fragte Lisa.

Porter, der immer noch am Fenster stand, zog sich eine Stuhl heran und setzte sich. »Im gewissen Sinne ja. Auch, wenn man es nicht wahrhaben will. Diese Leute führen nach außen hin meist ein normales Leben, sind freundlich, charmant, umgänglich. Jedoch sind sie auch Meister in der Manipulation, wenn sie ihre Ziele erreichen wollen. Es mangelt oft an Mitgefühl und Schuldbewusstsein. Das Ganze hat sich bei ihm gepaart mit einer Persönlichkeitsstörung.«

»Da kam viel zusammen, was ihn zu dem machte, was er war«, stellte Lisa fest.

Porter nickte. »Das kann man wohl sagen! Auf jeden Fall, um die Frage abschließend noch zu beantworten, legte er seinen Opfern immer verschlüsselte Texte aus der Bibel bei ...«

Nick unterbrach ihn. »Warten Sie! Ich glaube, wir wollen das gar nicht mehr wissen! Lassen wir es dabei!«

Lisa stimmte ihm zu. »Ja, ich will davon auch nichts mehr hören. Jedenfalls jetzt nicht. Das reicht erst einmal an Informationen!«

Porter stand auf und gesellte sich zu seinem Kollegen, der die ganze Zeit still dagestanden und zugehört hatte.

»Gut, dann werden wir Ihre Verwandten nicht länger draußen warten lassen und uns fürs erste verabschieden«, sagte Porter.

»Okay. Vielen Dank, dass Sie hier waren und ein wenig Licht in das Dunkel gebracht haben.«

Villano und Porter gaben ihnen kurz die Hand und gingen zur Tür.

»Das haben wir gerne gemacht!«, sagte Villano. »Auf Wiedersehen und gute Besserung!«

»Ach ja!«, rief Nick ihnen hinterher. »Falls es noch über uns kommt und wir nochmal heiraten, mit Elvis und allem Drum und Dran, ist Ihr ganzes Team herzlich eingeladen!«

Lisa war total überrascht und fing laut an zu kreischen. »Was? Du willst mich hier noch einmal heiraten? Davon weiß ich ja gar nichts ...«

Porter hob zustimmend den Daumen in Richtung Nick, der ihm noch einmal mit verschmitzten Augen zunickte, während Lisa aufgeregt weiter schnatterte. Dann verließ er leise und grinsend den Raum.

Die beiden FBI-Agenten gingen den Flur entlang.

»So! Das wäre geschafft!«, sagte Villano erleichtert. »Wir haben den Fall gelöst, und ich muss sagen, am Anfang habe ich dir die Stelle des Stellvertreters wirklich nicht zugetraut.«

Porter blieb kurz stehen. »Ach wirklich? Na, da habe ich es ja dir und O'Brian jetzt bewiesen, dass ich es voll drauf habe!«

Villano wollte schon zu einer bissigen Bemerkung ansetzen, da redete Porter weiter und lenkte ihn ab. »Kann ich dich irgendwo absetzen, Joe? Ich fahre auf den Strip und treffe mich dort mit Cindy. Die von der Rezeption im Venetian, weiß du noch?«

»Klar, erinnere ich mich an die Kleine«, antwortete Villano und zwinkerte Porter zu. »Danke für das Angebot, aber ich werde gleich vor dem Krankenhaus abgeholt.«

»Aha. Und von wem?«

Villano wurde rot und grinste über das ganze Gesicht. »Von Keyomi! Stell dir das vor! Ich habe sie noch einmal nach einem Date gefragt, und dieses Mal hat sie zugesagt!«

Porter runzelte kurz die Stirn und musste sich anschließend tierisch zusammenreißen nicht laut los zu lachen. *Das wäre das ungleicheste Paar in ganz Las Vegas! Ein Geck und eine Durchgeknallte! Perfekt!*

Zur selben Zeit war Joseph Robert Coleman, Randys kleiner Bruder, mit seinem Van unterwegs auf dem Highway. Weit weg von Vegas.

Er hatte durch die Medien vom gewaltsamen Tod seines geliebten Bruders gehört! Und er würde das Werk seines Bruders in seinem Angedenken fortführen und seine Eltern büßen lassen!

Er grinste. Und wie sie büßen würden!

ENDE

14794526R00150

Printed in Germany
by Amazon Distribution
GmbH, Leipzig